아름다운
그늘

신경숙 산문집

아름다운 그늘

문학동네

　올 늦봄에 포르투갈에 가기 위한 어느 공항에서 서른셋에 출간한 산문집인 이 책『아름다운 그늘』을 읽었다. 아마도 나는 리스본에서 만날 사람을 위해 이 책을 가방에 넣어갔을 것이다. 미처 다른 읽을 것을 챙기지 못해 결국 내 책을 내가 읽고 있는데 마음이 격렬해졌다. 첫 산문집이어서였을 것이다. 이 책 속에 세상과 문학을 향한 나의 첫 마음들이 고스란히 들어 있어서……

　십오 년을 무사히 건너와 이렇게 새옷을 입게 된 것에 감사한다.

2011. 11.

신경숙 씀

　새 글을 섞어보자는 것을 그러지 말자 했다. 문장들을 손보고 싶으면 보라는 것도 그리 하지 못했다. 그래볼까 하여 교정지를 받아 오래 가지고 있었으나 그냥 그렇게 두고 보는 얼굴처럼 누추한 대로 그냥 두고 보자는 마음이 굳어졌다. 세월이 흘러도 그 마음이 그 마음이지 여겼으나 한 해 두 해 쌓여 십여 년이 흐르고 보니 어떤 마음으로부터는 너무 멀리 와서 돌아갈 수가 없고 간혹 어떤 마음한테는 가고 싶어 사무치나 가는 길을 잃어버렸으니…… 결국 그렇게 두고 볼 수밖에 없는 것이 하나둘씩 쌓이는 것이 인생이기도 하려니 생각한다, 고 쓰는데 어디가 홧홧거리며 정신이 번쩍 난다. 불과 십여 년 전에 무엇을 들킨 듯이 수줍어하며 냈던 첫 산문집을 두고 벌써 이렇게 늙수그레한 생각을 해도 되나! 맨등짝을 호랑이가 홱! 할퀴고 지나가는 듯하다.

　봄이 되었다고 그리 꽃이 피더니 또 저리 지고 있다.

2004년 늦봄에
신경숙 씀

이렇게 일찍 산문집을 갖게 될 줄은 몰랐습니다.
겨우 서른셋에요.

마음속으로 소설이 아닌 다른 책은 제 일생에 한 권만 가져
야지, 했습니다. 나중에 아주 나중에 제가 얇아지고 얇아지고
얇아져서 공기 같아졌을 때요. 그때에나 소설이란 형식을 벗
어난 아름다운 책 한 권을 써봐야겠다고 생각했었습니다. 길
게 말고 짧게 말을 줄여서 짧디짧게요. 그런데 저는 저도 모
르는 사이 일을 안 하기가 하기보다 더 힘들어졌습니다.

마음을 다시 수습한 뒤엔 지금까지 제 글을 따라 읽어준 분
들의 심상을 떠올리며 그분들이 이 책을 펼쳤을 적에 마음 상
하지 않게 하려고 여러 밤을 새웠습니다. 밤을 새우는 동안
새삼 제 속에서 흘러나오는 사유의 절반이 옛집과 닿아 있음
을 느꼈습니다. 마당에 가축을 놓아 기르며 살았던 기억을 가
진 사람들에게 저는 유난한 친밀감을 느낍니다. 그들의 걸음
걸이가 닭이나 오리, 소나 염소를 닮았기 때문이지요. 그들의

옛집이 사라져가고 있음을 알기 때문입니다. 제가 글을 쓰는 사람이 아니었다면 어떻게 다시 그 옛집의 마당으로, 어린 형제들 속으로, 젊은 부모님에게로 돌아갈 수 있었겠는지요.

이따금 손을 놓기도 했습니다. 사람들은 제 소설을 두고 고백체라고 합니다만 저는 그 동안 소설 속으로 열심히 숨어다녔습니다. 제게는 소설 속만큼 깊이 숨을 곳은 없었습니다. 그랬는데 이렇게 솔직해져도 되는가, 싶었어요. 가족들한테 누가 되는 건 아닌가, 걱정스럽기도 했습니다. 비밀이 없는 사람은 옷을 안 입고 서 있는 사람과 마찬가지라는데…… 생각이 거기까지 미치면 머리가 지끈지끈 아프기도 했습니다.

지난 겨울에 어떤 사람과 오랫동안 비워둔 불기 없는 방에서 커피를 끓여 마신 적이 있습니다. 오래 인기척이 없던 방이라 커피통의 커피가 덩어리지고 눌어붙어 있었어요. 스푼으로 커피를 긁어내 찻잔에 담고 오랫동안 쓰지 않아 엉성해진 커피포트에 물을 끓여 겨우 한 잔씩 나눠 마셨는데 참 독특하게 맛이 있었어요. 어렵게 끓여 마신 커피라 그랬겠지요. 이 글들을 다시 읽어보고 버리고 새로 쓰기도 하면서 자주 그 커피 맛을 생각했습니다.

오랫동안 잊히지 않는 글을 쓰고 싶은 건 누구나의 꿈이겠지요. 제 꿈 또한 그 근처에 머물고 있습니다. 그러니 점차 나아지지 않겠는지요.

1995년 초여름에
신경숙 씀

차례

봄, 쓸쓸한 저쪽

마음속에 산길 하나.

찬란한 봄이 시작되려 할 때, 해가 저물려 할 때, 막 잠에서 깨어나거나 잠들려 할 때, 문득 그 산길이 일어서서 내 마음속을 쓰윽 빠져나가는 걸 느낄 때가 있다. 순간 허공 속에 내놓여진 듯한 야릇한 불안. 그 불안은 무엇하고라도 밀착되려는 터무니없는 애를 쓰게 만든다.

타자와 하나가 될 수 있다는 환상에 속지 않는 나이가 되어서도 그건 마찬가지다.

고집스럽게 입을 다물지만 사실은 무섭다.

*

둘째오빠는 선장이 되고 싶어했다.

하지만 그는 선장이 될 수 있는 해양대학교에 가지 못하고 사관생도가 되어 우리가 어린 시절을 함께 보낸 집을 떠났다. 그렇게 떠난 후 그는 다시 그 집으로 돌아가지 못했다. 얼마 후 나 역시 그 집을 떠났고 나 또한 지금껏 그 집으로 돌아가지 못했다. 그러나 그 집은 우리들이 공유하는 현전(現前).

집을 떠나면서 오빠는 우물 옆 꽃밭에 줄장미를 세 그루 심었다.

그는 내게 그 줄장미를 잘 기르라고 했다. 그는 세 오빠 중에 가장 온순했다. 청소를 하는 내게 에이프런을 사다주는 그런 오빠였다. 이미 큰오빠가 집을 떠난 후라, 그가 또 떠난 집은 휑했다. 휑한 집 담장을 타고 줄장미는 붉고 푸르게 자라났다. 나는 그에게 편지를 자주 썼다. 편지에 가장 많이 등장하는 건 그 집의 줄장미였다. 꽃이 피었다고 꽃이 졌다고 죽은 것 같다고 아니더라고 살았더라고. 나는 그때 자전거를 타고 읍내의 중학교에 다니고 있었는데 장미꽃이 피는 사, 오월이면 만발한 줄장미를 꺾어 자전거 뒤 책가방에 매달고서 아침바람 속을 달려가 교탁에 꽂아놓곤 했다. 봄바람 속을 장미와 함께 페달을 밟고 달리는 유쾌함.

봄마다 어머니는 마당에 햇병아리를 쉰 마리쯤 놓아 길렀다. 어느 해나 그 집 초봄의 마당 풍경 속엔 어김없이 이리저리 흩어져 종종걸음치는 노란 병아리떼가 있었다. 마당 여기저기 놓여져 있는 병아리가 먹을 물접시들. 언제든 드나들 수 있도록 돌이 괴어 있던 무덤처럼 둥그런 닭우리. 초봄의 노란 병아리들은 서른 마리 정도가 살아남아 닭이 되었다. 제사 때나 타지에서 손님이 찾아올 때면, 그 닭들은 한바탕 실랑이를 벌인 끝에 잡혀 상 위에 올랐다. 봄부터 기르기 시작한 쉰여 마리의 병아리가 닭이 되어 겨우 한두 마리 남게 될 때가 그해의 끝이었다. 나는 그 집 부근에서 가볍게 살고 있는 것들을 사랑했다. 병아리떼 오리떼 새떼 염소떼나 물 속의 송사리떼 비바람 속의 옥수수떼, 그런 것들.

오빠가 떠난 다음해 봄에도 마당엔 햇병아리들이 가득했다. 마루 끝에 앉아 햇병아리떼의 종종걸음을 바라보다가 꽃밭에 거름을 주어야겠다고 생각했던 것 같다. 선장이 되고 싶은데 군인이 되려고 집을 떠나간 오빠. 그가 떠났기 때문에 나는 그를 그리워했을 것이다. 집에 남아 있는 자들은 떠난 사람이 남긴 흔적을 그 사람의 대체물로 생각하기 마련인가보다. 그 대체물을 의지하게 되고 그걸 향해 그리움을 토로하게 되는가보다. 그것이 자신에게밖엔 별 중요한 일이 아니라는 걸 알면서도.

헛간으로 가서 바가지에 비료를 담아가지고 나와 옆에 두고 호미로 장미뿌리 밑을 파기 시작했다. 장미뿌리가 비료를 먹으면 지난해보다 장미가 훨씬 더 만발하리라, 싶어서였을 것이다. 그러나 잠시 후 나는 꽃밭을 파던 호미를 내팽개치고 단숨에 마루를 뛰어올라 방으로 도망쳤다.

내 손의 호미질에 살진 지렁이가 반쯤 잘려 꿈틀거렸다. 나는 그 집 부근에서 숨붙이고 있는 것들 중 꿈틀거리는 것들을 무서워했다. 송충이나 누에, 뱀이나 깨벌레 미꾸라지 따위들. 바로 내 눈앞에서 내가 들고 있는 호미에 토막난 살진 지렁이의 꿈틀거림이라니. 피가 거꾸로 솟구치는 전율. 방으로 도망쳐 불안하게 뛰는 가슴을 진정시킨 뒤 슬그머니 다시 마당으로 나왔다가 나는 멍해져버렸다.

마당 한 축이 기우뚱거리는 것 같은 충격. 어이없게도, 내가 내팽개치고 달아난 호미에 어린 병아리 한 마리가 맞아 죽어 있질 않은가.

*

읍내로 들어가는 입구에 다리가 하나 있었다. 아니다. 이제 시내로 들어가는 입구라고 해야 맞다. 일제하에 지어졌다는 그 다리는 해방 후에 놓인 새 다리들이 장마에 휩쓸리고 끊기고 부서지는 사이에도 가장 튼튼한 다리로 남아 있다.

한때 그 지방 거렁뱅이들은 그 다리 밑 공터에서 살았다.

그 미친 여자도 그곳에서 살았다.

여자는 이따금 먼길을 걸어서 마을 안으로 구걸을 하러 오곤 했다. 말도 없고 못생긴 그 여자가 미치지만 않았다면 여자가 마을 안에서 할 일은 많았다. 어쩌면 그 여자, 미치지만 않았더라면 마을의 누군가와 살림을 이루고 살았을지도 모를 일이었다. 하지만 그 여자는 조용하게 있다가도 헤득 웃음을 터뜨리거나, 웅얼웅얼 혼잣말을 하거나 갑자기 아무에게나 욕설을 퍼부었다. 여자는 그렇게 이 마을에서 저 마을로 돌아다니며 샛밥 얻어먹고 볏짚 속에 누워 낮잠 자다가 해가 저물면 그 다리 밑으로 돌아가곤 했다.

그 여자를 볼 수 없는 계절은 겨울이었다. 추워서였을까. 눈길이 미끄러워서였는지도. 겨울잠을 자러 간 동물처럼 그 여자는 겨울이면 마을에서 사라졌다. 아마도 다리 밑 어디엔가로 깊이 파고들었다가 봄이 되어서나 나오는 모양이었다. 마을 입구로 그 여자가 허적허적 걸어들어오면 봄이 왔나보다고들 했으니까.

거지들이 기숙하는 그 다리 밑 공터 옆으론 하천이 흘렀다. 하천은 봄날 거지들의 빨래터이며 목욕터였다. 볕이 따뜻해지면 거렁뱅이들은 겹겹으로 입었던 옷들 중에서 몇 겹을 벗어내 그 하천의 돌팍에 앉아 빨아서 널었다. 그들의 겨울옷이 널린 옆 공터에서 봄의 장날이면 거위장과 오리장이 섰다.

어느 해 봄에, 나는 그 미친 여자를 마을에서가 아니라 그 다리 밑에서 먼저 봤다. 어머니를 따라 오리장에 갔다가었다. 귀엽고 가엾게 생긴 새끼오리들 큰오리들 까탈스런 거위들의 꽥꽥거리는 소리들로 장날의 공터는 아수라장이었다. 그 여자가 어슬렁거리며 다리 밑에서 걸어나왔다. 오리나 거위를 사려는 사람들과 팔려는 사람들이 부산한 사이로 그 여자가 지나갔다.

여자는 영화 벤허에서의 나병소굴의 한 여자 같은 그런 행색이었다. 여자는 보자기로 얼굴을 싸매고서 더럽고 두껍고 구겨지고 해진 긴 외투를 너펄거리며 느릿느릿 하천으로 걸어내려갔다. 하천. 장날의 하천 돌팍 여기저기에는 여자보다 먼저 거지들이 두엇 혹은 홀로 장터를 등지고 앉아 머리를 감거나 아이를 씻기거나 무슨 의식을 치르듯이 물 속에 겨우내 튼 손을 담가 때를 불렸다가 잔돌로 문질러대고 있었다. 여자도 느릿느릿 그들 속으로 섞여들어갔다. 얼굴의 보자기를 풀고 물가에 앉는 여자를 나는 사납게 꽥꽥거리는 거위 곁에서 바라보았다.

어머니는 어떻게든 건강한 새끼오리를 사려고 여기저기 부산하게 왔다갔다하는데 그 여자는 지켜줄 것도 내어줄 것도 아무것도 없다는 듯이, 아니 이 세계와는 아무런 관련이 없다는 듯이, 그렇게 움직였다. 어두운 데서 느릿느릿 걸어나와 물가에 아무렇게나 퍼지르고 앉아서 손바닥으로 물을 퍼서 푸푸 세수를 하는 여자의 뒷등은 봄날 햇볕 아래서 게으르고 평화스럽고 완만했다. 그 등은 말하고 있는 것 같았다.

나는 자유예요. 나는 그대들이 어떻게든 얻어내려고 하는 것들과 아랑곳없는 폐허예요. 그래서 누구에게도 나를 진정시켜달라고 말할 일이 없는 완전한 자유지요.

그날 사온 오리새끼들이 천방지축으로 뒤란을 휘젓고 다니던 어느 날 나는 마을 입구에서 그 여자와 다시 마주쳤다. 그 여자는 먹을거리를 구걸하려고 깡통을 팔에 건 채 가을로 들어서는 중이었고, 나는 학교에 가기 위해 자전거를 타고 막 마을을 빠져나가려는 참이었다.

봄햇살이 투명했고 먼산으로 꽃빛이 찬란한 봄날 아침. 나는 먼산의 꽃자리가 저희들끼리만 산을 빠져나와 화르르 날아가버리는 듯한 충격을 받았다. 둥그렇게 솟아올라와 있는 여자의 아랫배. 겨우내 거적 속에서 여자의 아랫배는 부풀어오르고 있었던 모양이다. 곧 아이를 낳을 몸이 분명했다.

봄날 아침 만삭의 미친 여자는 마을을 향해 버티듯이 걸어갔다. 여자의 뒷모습은 더이상 자유도 완만한 평화로움도 아니었다. 나는 자전거 위에 몸을 싣고 페달을 굴렸다. 뒤이어 묶어놓았던 책가방 위에서 장미꽃이 신작로로 툭 떨어졌어도 다시 줍지 않았다.

아침, 산들거리는 봄바람 속으로 섞여들던 기묘한 슬픔. 우리가 인간이라는 생각. 미친 여자와도 잠을 잘 수 있는 인간. 미쳐서도 아이를 낳을 수 있는 신체구조를 가진 인간…… 우리가 인간이라는 생각.

*

봄이면 종적을 감추고 싶어진다. 아직도 남아 있는 환상. 찬란한 봄은 찬란한 만큼 그늘을 가지고 있다.

어느 계절보다도 봄날의 공기 속에서 막 잠에서 깨어나거나 잠들려 할 때, 이 세상엔 아무 희망이 없이도 살아가야만 하는 사람들이 있음을 상기한다.

삶은 신비로운 수수께끼야, 중얼거리기도 한다.

그러다가 이 세상에 존재하지 않는 것을 향해 고집스럽게 입을 다물기도 한다.

무섭지 않다!

사랑이 와서

나는 내 소설 해변의 의자, 라는 작품에서 한 여자로 하여
금 이런 고백을 하게 했다.

……꽃게가 마당을 기어다니는 집이 있었어. 알밤이 수두
룩이 떨어져도 아무도 줍지 않는 곳. 그곳에서 내게 오래된
이야기를 말해주는 이가 있었지. 그가 얘기를 하면 나는 들었
어. 돌다리를 함께 건너고 함께 햇살을 쪼이고 여우비를 쫓아
다녔지. 손을 잡고 밤하늘의 별을 보며 서로 맹세했어. 헤어
지지 말자고. 저녁에는 철길로 나가 지나가는 기차를 보았지.
끝없이 열려진 꿈같은 날들이었어. 그는 오래된 이야기를 해
주면서도 내가 기다리는 것은 미래에 있다고 말했어. 니가 디

래가 언제 오냐고 물으면 그는 곧, 이라고 대답했지. 곧이라
고요? 믿어지지가 않아요. 내가 되물으면 그는 불확실한 게
더 좋아, 희망이 있잖니, 라고 말해줬어. 미래가 된 지금 그는
어딘가로 간다고 해, 곧 온다면서. 나를 보내주겠니? 자꾸만
물어. 나는 이제 그러세요, 라고 대답할 거야. 나는 그를 더
따라갈 수가 없거든. 내가 할 수 있는 말은 당신이 없는 동안
난 당신이 그리울 거예요, 이것뿐이야. 이것이 내가 기다린
미래였어. 그가 떠날 때 나는 그의 등뒤에 대고 처음으로 말
하게 될 거야. 사랑한다고. 하루 이틀 일 주일 한 달, 나는 그
가 떠난 자리에 서서 일 년 이 년 기다릴지도 몰라. 밤이면 이
제 혼자 기찻길에 나가보겠지. 기차가 지나갈 때면 그가 간
곳까지 나도 데려다달라고 외치면서 뛰게 될 거야. 기차는 늘
나를 떼어놓고 달아나겠지. 나는 기차 뒤에 남아 울 거야. 그
러다가 어느 날 정신이 든다면 그때야 조용해지겠지……

어렸을 때 나는 사랑하는 것은 서로 이야기하는 것이라고
생각했다. 서로의 아주 깊은 속에 있는 아주 내밀한 일들을
하나씩 하나씩 서로에게 옮겨주듯 말해주는 것, 비밀을 나눠
갖는 것이라고. 다른 사람은 못 알아듣는 이야기를 그는 알아
듣는 것이 사랑이라고. 왜 그런 생각을 하게 되었는지는 모를
일이다. 남자인 오빠들 속에서 섞여 성장하면서 나에 대해서

말하는 법을 잊어버려서였는지도 모른다. 그러나 서로 이야기를 나눌 수 있는 사람을 쉽게 만날 수가 없었다. 나는 힘겹게 내 마음을 말하면 그는 곧바로 다른 사람에게 전달해버렸다. 나는 다시 입을 꾹 다물어버렸다.

좀더 자라 나를 지켜줄 사람을 갖는 일이 사랑하는 일이라고 생각했다. 영원히 나를 지켜줄 사람을 갖는다는 것은 약한 나의 존재를 얼마나 안정시켜줄 것인가. 새벽에 혼자 깨어날 때, 길을 걸을 때, 문득 코가 찡할 때, 밤바람처럼 밀려와 나를 지켜주는 얼굴. 만날 수 없어 비록 그를 향해 혼잣말을 해야 한다 해도 초생달같이 그려지는 얼굴. 그러나 일방적인 이 마음은 상처였다. 내가 지켜주고 싶은 그는 나를 지켜줄 생각이 없었으므로.

좀더 자라 누구나 다 자신을 지켜줄 사람을 갖고 싶은 꿈을 지닌다는 것을 알게 되자 사랑은 점점 더 어려워졌다. 거기다 우리가 영원히 가질 수 있는 건 세상에 아무것도 없다는 걸, 사랑은 영원해도 대상은 영원하지 않다는 걸 알아야 했을 때, 사랑이란 것이 하찮게 느껴지기까지 했다.

영원을 향한 시선과 몸짓들이 어느 날 꿈에서 깨어난 듯이 사라져버리다니, 멀어져버리다니.

그러면서도 나는 썼다.

……어렸을 때 내 소원이 뭐였는 줄 아니?

……언제까지나 너를 지켜줄 사람을 갖는 것.

……어떻게 알았어?

……누구나 다 그런 생각을 하는 거야.

점점 나는 사랑으로부터 멀어지는 듯했다. 순수하게 사람을 그리워하는 마음을 잃은 듯했다. 그가 누구인지 조금 궁금해하다가 지나쳤다. 그 또한 내가 누구인지 조금 궁금해하다가 지나갔다. 서로 그냥 조금 마음에 떠오르는 대로 불러보다가 지나갔다. 그가, 혹은 내가 있어야 할 자리에 대체물들이 많이 생긴 탓이겠지, 생각했다.

사랑은 점점 그리움이 되어갔다. 바로 옆에 있는 것, 손만 뻗으면 닿는 것을 그리워하진 않는다. 다가갈 수 없는 것, 금지된 것, 이제는 지나가버린 것, 돌이킬 수 없는 것들을 향해 그리움은 솟아나는 법이다.

사랑을 오래 그리워하다보니 세상 일의 이면이 보이기 시작했다. 생성과 소멸이 따로따로가 아님을, 아름다움과 추함이 같은 자리에 있음을, 해와 달이, 바깥과 안이, 산과 바다가, 행복과 불행이.

그리움과 친해지다보니 이제 그리움이 사랑 같다.

흘러가게만 되어 있는 삶의 무상함 속에서 인간적인 건 그리움을 갖는 일이고, 아무것도 그리워하지 않는 사람을 삶에 대한 애정이 없는 사람으로 받아들이며, 악인보다 더 곤란한 사람이 있으니 그가 바로 그리움이 없는 사람이라 생각하게 됐다. 그리움이 있는 한 사람은 메마른 삶 속에서도 제 속의 깊은 물에 얼굴을 비춰본다, 고.

사랑이 와서, 우리들 삶 속으로 사랑이 와서, 그리움이 되었다. 사랑이 와서 내 존재의 안쪽을 변화시켰음을 나는 기억하고 있다. 사라지고 멀어져버리는데도 사람들은 사랑의 꿈을 버리지 않는다. 사랑이 영원하지 않은 건 사랑의 잘못이 아니라 흘러가는 시간의 위력이다. 시간의 위력 앞에 휘둘리면서도 사람들은 끈질기게 우리들의 내부에 사랑이 숨어살고 있음을 잊지 않고 있다. 아이였을 적이나 사춘기였을 때나 장년이었을 때나 존재의 가장 깊숙한 곳을 관통해 지나간 이름은 사랑이었다는 것을.

말해질 수 없는 것들

아버지는 정읍에서 소를 기르신다. 아버지는 말씀이 없으신 분이다. 사십 년 가까이 아버지를 겪으셨으면서도 어머닌 지금도 아버지 등뒤에서, 나 몰래 솥뚜껑을 삶아드셨수? 무슨 말씀 좀 하세요, 하시고, 아버진 뭘 말을 하라는 게야? 그러시곤 그만이다. 그래서 아버지가 한번 하신 말씀은 즉시 효력을 나타낸다. 한번 다녀갈 테냐? 하시면 네, 이다. 워낙 말이 없으신 분이 그러실 땐 무슨 사연이 있겠지, 내 형제들은 아버지를 그런 식으로 받아들이며 지낸다.

지난 봄 새벽에 아버지로부터 한번 다녀갈 테냐? 라는 전화를 받았다. 물론 내 대답도 네, 였다. 사방은 봄이었고 꽃은 피어서 땅바닥에 그림자를 만들었고, 호박 구덩이를 파는 어머니를 지나 아버지 우사에 가보니 소들이 송아지들을 자그마치 열여섯 마리나 낳아놓고 있었다. 그 어린것들은 텃밭이 무슨 저희들 놀이터나 되는 양 양지 쪽에 포개지고 걸치고 비비며 봄하늘을 보고 있었다. 어느 한 놈이 폴짝 뛰면 모두들 덩달아 뛰고 한 놈이 울타리에 기대면 그 위에 층을 이루며 무너지다 음매거리다 서로 응응거렸다. 보드라운 등에 얼굴을 묻어보고 그 깊고 맑은 눈과 눈맞춤도 해보며 나도 섞여 한참을 놀았다. 소의 눈을 들여다본 사람들은 알 것이다. 그 긴 속눈썹. 그 밑에 퍼져 있는 그림자, 젖은 그림자. 여기어선 이런 말만 하자. 내 약점이겠지만 그 송아지들이 자라서 어떻게 되느냐까지는 말하지 말자.

내가 눈먼 송아지를 발견한 건 우사 안에 들어서서였다. 여물통에 물을 부어주고 계시는 아버지 뒤를 따라다니다가 보니 웬 송아지 한 마리가 어미소 곁에 바싹 붙어 앉아 있는 것이었다. 쟨, 왜 바깥에서 안 놀아요? 의아해하니까 아버진 눈 먼 놈여, 하셨다. 눈이 멀다니? 어린 송아지가? 나는 마치 그것이 아버지 탓이나 된다는 듯이 왜요? 아버지? 왜 앞을 못 봐요? 졸졸 따라다니며 물었다. 아버진 대수롭지 않게 사람이라고 봉사 없냐, 그짱이지야, 그러시고 마셨다.

휑뎅그러니 큰 집. 마당이고 방이고 넓기만 한 집. 아버진 행여 내가 다른 방에 이부자리를 깔까봐서 당신 곁에 폭삭한

요를 깔아주시며 여기서 자거라, 하셨다. 한번 내려올 테냐?
의 뜻은 그것이었을까. 봄이 깊은데 감꽃도 막 피었는데 소들
은 송아지들을 수두룩이 낳았는데 아무래도 당신만 쓸쓸하셨
건 게다. 이젠 호박 구덩이를 여럿 팔 필요가 없는 삶이 주는
적막함이 도회지의 내게로 전화를 걸게 했을 것이다. 한번 내
려올 테냐고. 그러나 이것도 짐작일 뿐 아버진 그런 심중을
입 밖으로 표현하시지도 않는다. 다만 깊은 한밤중에 간혹 묻
는 것이다. 자냐? ……아니요. 얼마쯤 지나 다시 물으신다.
자냐? ……아니요. 그러다 내가 먼저 잠들었으니 그 물음이
언제 끊겼는지는 모르겠으나 자냐? 그 고적한 짧은 물음은
찡해오는 코끝을 베갯잇에 묻게 했다. 내가 젊다는 것이 아버
지 앞에선 전혀 행복하지 않다. 내가 젊기 때문에 그는 늙은
것이다.

　자냐? 그 목소리는 그저 몇 치 떨어진 건너편에서 들려오
는 것인데 그분의 유년과 청년과 중년을 통과해오고 남은 것
인 양 피로하고 적막하고 멀게만 느껴지는 것이다. 나는 어리
고 그가 젊다면 행복할까? 내가 기억하는 아버지의 장년(長
年)을 뒤적거려보다 먼저 잠들어버렸다.

　사람으로서의 즐거운 기척을 아버지께 드리질 못하고 지난
봄 거기 머무는 사흘 동안 나는 그 눈먼 송아지하고 놀았다.
그 맑은 눈이 아무것도 보지 못한다는 게 믿기지가 않아서 눈

앞에 손바닥을 대고 흔들어봤다. 아무런 동요가 없는 눈. 등은 다른 송아지보다 더 보드랍고 눈도 더 맑았으나 눈먼 송아지를 움직이게 하는 건 어미소의 기척이었을 뿐이다. 눈먼 송아지는 제 어미의 등에 붙어서는 제 어미가 일어서면 서고 앉으면 앉는 것 그것 외에는 아무것도 몰랐다. 두레박이 떨어지는 우물 속같이 깊은 그 눈 속을 들여다보다가 허리를 펴는 내 마음은 송아지의 눈멂이 측은해 언짢아져 있곤 했다. 몇 걸음만 걸어나오면 눈뜬 송아지들이 텃밭에 붉은 먼지를 일으키며 저희들끼리 기대고 포개고 뛰어다니는데, 봄은 깊어 후두둑 지는 꽃들까지 꺄르륵거리게 할 정도로 명랑한데, 그런데.

그 사흘 중의 어느 시간 심심해서 눈먼 송아지를 우사에서 데리고 나왔다. 먼 걸음을 걸어본 적이 없는 송아지가 자꾸만 비척거려 조심조심 걸리며 틈틈이 안아주며 수리조합 나들이를 나갔다. 잔쑥들이 쇠어서 수북수북한 위에 자리를 잡아주고 나도 앉았다. 늘 제 어미 기척에 의지해온 터라 그랬는지 눈먼 송아지는 서 있질 못하고 곧 주저앉았다. 나는 내 무릎을 송아지에게 내주었다.

그러다 마주치게 된 거대한 적막, 바람은 부는데, 또랑물은 흘러가는데 붉고 노란 꽃자리들은 환한데 예전이나 지금이나 기차는 들녘을 가로질러가는데 너는 저런 것들을 아무것도 못 본단 말이지? 왜 그랬을까? 사십 년 동안 내 부모들이 가장 많이 주고받았을 대화가 내 안에서 움질거렸다. 말씀 좀 하시라는 어머니께 아버지가 늘 똑같이 응수하시던 말씀, 뭔 말을 하라는 게야?

아아, 말하여질 수 없는 것들, 마음을 붙이고 싶은 신기루들, 붙잡으려 하나 손아귀에서 빠져나가는 것들, 다가왔다가 멀어져가는 것들, 끝끝내 암호처럼 남을 견뎌야 할 것들. 나는 막막함에 휩싸여 눈먼 소의 등을 손바닥으로 쓰다듬어주며 음매거렸다.

측은한 건 너가 아니고 나다 음매, 불쌍한 동물은 앞 못 보는 너가 아니라 나다 음매. 눈먼 송아지의 그 칠흑의 눈이 내 마음에 투명하게 떨어졌다.

*

작년 언젠가는 강아지를, 최근 들어서는 고양이를 열흘쯤 데리고 있었다. 처음에는 그들과 정을 들여서 즐거워보려고 그랬었다. 하지만 나는 그들과의 교제를 겨우 열흘 정도밖에 견뎌내질 못했다. 결정적인 이유는 강아지는 너무 나를 졸졸 따라다녀서이고, 고양이는 너무 나를 피해 숨어다녀서였다. 하지만 곰똘히 사연을 따라가보면 강아지나 고양이 탓이 아니다. 내 탓이다. 나는 그들의 생리를 잘 알지도 못하면서 어느 날 충동적으로 그들을 내 방으로 데리고 왔던 것이다.

강아지를 데리고 온 곳은 영천시장 안이었다. 야채거리를 사려고 어두운 시장 안을 왔다갔다하고 있는데 강아지 팝니다, 라는 검정 글씨가 눈에 띄었다. 느닷없는 발견이라 나는 그 주위를 눈여겨보았다.

강아지 한 마리가 얼기설기 얽어진 망 속에 엎드려 있었다. 눈은 검은 머루고 몸집은 작고 맑디맑은 노란색 털을 갖고 있는 강아지였다. 그랬다 할지라도 그 다음으로 내가 발견한 글씨를 읽지 않았다면 나는 그 강아지를 데리고 올 생각은 안 했을 것이다. 고양이는 처음부터 낯설어서, 개는 어린 시절에 나를 따르던 누렁이가 기차에 치인 꼴을 본 후, 나는 그들을 내 가까이에 두고 본 적이 없다. 강아지 팝니다, 라는 글씨 뒤편으로 붉은 글씨가 눈에 띄었는데 그 글씨의 내용은 개고기 팝니다, 였다. 소꿉 같은 살림이라 시장에 자주 안 가기도 하지만 그래도 이사 온 지가 몇 개월이나 되었고, 드문드문 장 보러 다니면서도 나는 야채가게 옆집이 개고기 파는 집, 이라는 걸 전혀 몰랐다.

생각해보면 눈앞에 뭔가 붉은 것이 어른거리기는 했던 것 같은데 상상력이 그게 개고기일 거라는 것과 통해주지 않았는지도 모른다. 그냥 어렴풋이 뭔가 있다, 그 정도였던 것이 그날 웅크리고 앉아 있던 강아지 때문에 실체와 마주쳤던 것이다.

토막쳐져 있는 개고기 옆에 쭈그리고 있는 어린 강아지라니.

감당도 못 할 연민에 이끌려 콩나물이나 김, 꽁치나 과일 등을 사려던 돈을 톡톡 털어서 그 강아지를 사가지고 들어왔던 것이 그 강아지와의 열흘간의 시작이었다.

강아지는 나만 졸졸 따라다녔다. 쓸모가 없어져서 구석에 세워두었던 커다란 대바구니를 꺼내와서 신문지와 수건을 깔아주고 여기가 네 집이야, 라고 해도 내 발끝에만 매달려 다녔다. 대소변을 가리지 못하는 것도 물론이었다. 강아지를 잘 길렀던 친구한테 물어보니까 처음 한 사나흘은 매정하게 한 자리에서 용변을 보도록 길을 들여야 한다고 해서 막 야단을 쳐도 내 말을 알아듣는지 마는지 아무 데나 누었다.

하지만 워낙 몸집이 작은데다 먹는 것도 없어서 용변이라야 아주 조금이었으므로 그건 견딜 만했다. 한데 놈은 내가 아무것도 못 하게 칭얼거렸다. 책을 읽으려고 하면 책 위로 올라와 주저앉고, 외출하려는 기미만 보이면 바지 끝을 물고서 놓아주질 않고, 나갔다 돌아오면 숨 넘어갈 듯이 내 키를 뛰어넘으며 앙탈을 부렸다.

어느 날 낮잠을 자는 중이었다. 나는 자는 도중 나도 모르게 몸을 세우고 자는 버릇이 있는데 그 낮잠의 자세도 그랬던 모양이다. 몸이 저려 돌아누우려는데 물컹한 것이 짓눌러졌다. 비명을 지르고 발딱 일어섰다. 강아지도 지레 놀라 나를 빤히 올려다보았다. 내가 자니까 저도 등뒤에 바싹 붙어서 자고 있었던 모양이다. 저는 천진하게 나를 보고 있는데 나는 성가셨다. 몸을 힘껏 뒤챘으면 어쩔 뻔했나, 아무튼 그 강아지의 외로움을 감당 못 하겠어서 그 이후로 사나흘을 더 버티다가 동네 애견센터에 사정을 하며 맡겼다. 데리고 있다가 정말 강아지를 사랑하는 사람이 있으면 그에게 맡겨달라고 하면서. 그렇게 헤어진 후 꽤 여러 날을 멍하니 보냈다. 졸졸 따라다닐 땐 미칠 일이더니 그러다가 없으니 이 틈 저 틈에 그 놈이 남겨놓은 체온이 감각되어서.

고양이를 얻어온 곳은 식당이었다. 아는 분의 독창회 구경을 갔다가 저녁을 먹으러 들른 식당에 새끼고양이들이 다섯 마리나 있었다. 태어난 지 삼 주나 되었을까. 다른 놈들은 활발하게 식당 손님들의 발 밑을 기어다니고 뛰어다니는데 온몸이 하얀 고양이 한 마리만 움직이지를 않고 주눅이 들어 웅크리고 있었다. 같이 간 친구들이 새끼고양이들을 귀여워하니까 음식 시중을 드느라 왔다갔다하던 주인이 기르고 싶으면 가져가라, 하였다. 관심을 보이면서도 막상 가져가라 하니까 누구도 선뜻 나서지를 않았는데 내 입이 어느새 내가 한번 길러볼까? 말하고 있었다.

강아지 이야기를 알고 있는 친구는 말렸고, 그 자리에 계시던 한 어르신은 내가 너무 정을 모른다고 한 마리 데리고 가서 길러보면서 정을 들여보라 하셨다. 나는 결국 가만히 웅크리고 있던 흰 고양이를 얻어 안고 왔다. 털이 희다고 나는 그 고양이를 흰순이라고 불렀다. 흰순이는 순하고 얌전했으며 강아지와는 달리 나를 전혀 따르지를 않았다.

너무 어려서인지 그저 가만히 웅크리고만 있었다. 아침마다 배달되는 우유를 반으로 나눠 마시고 고양이들은 통조림을 좋아한다길래 슈퍼마켓에서 참치통조림을 사와 접시에 조금씩 덜어주었는데, 흰순이는 내가 옆에서 쳐다보고 있으면 그걸 먹지도 않았다. 내가 모른 척하고 있어야 겨우 조금 입에 댔다. 흰순이는 간섭할 필요가 조금도 없었다. 작은 모래상자를 만들어 옆에 놔뒀더니 거기에 오줌도 누고 똥도 누고는 안 그런 척 열심히 덮어놓기까지 하였다.

이틀째 되던 날이었다. 새벽에 눈을 떴는데 흰순이가 보이질 않았다. 어디에 있겠거니 했는데 오전 열시가 돼도 흰순이가 보이질 않았다. 출입구를 열어두지 않은 이상 흰순이가 내 방을 나갈 도리가 없는데 기척도 없었다. 이 구석 저 구석을 다 들여다봐도 없었다. 나는 정말이지 코미디언처럼 책상서랍까지 열어봤다. 내 방은 칠층이었고, 나가면 바로 찻길이었

다. 웅크리고 앉아 있던 것밖에 사회성이라곤 눈곱만큼도 없
는 흰순이가 방을 빠져나갔다면 어리둥절한 채 교통사고를
당했을 게 틀림없었다. 제발 내 방을 빠져나가지 않았기만을
바라면서 나는 드디어 책 사이사이까지 들여다보기 시작했는
데도 없었다.

정오가 되었을까. 그렇게 찾아도 기척을 보이지 않던 흰순
이가 어디선가 야옹, 소리를 냈다. 소리난 곳을 헤쳐보니 책
장 맨 구석 학교 때 희곡창작시간에 보고서 대신 써냈던 습작
희곡 원고를 담아놓은 노란 봉투 속이었다. 폭삭한 솜까지 깔
아준 집을 마다하고 흰순이는 그렇게 구석쟁이를 찾아 들어
갔고, 나는 매일 구석을 쑤시고 다니느라 애를 먹었다. 구석
을 한번 파고들면 내가 찾아낼 때까지 거기 웅크리고 앉아 있
었다. 그게 저가 사는 방법이라 해도 음식을 먹지 않으니 괜
한 걱정이 드는 건 내 사정이었다.

나는 정말이지 내 방에서 죽은 고양이를 집어내는 일 같은
건 절대로 하고 싶지 않았다. 겨우겨우 찾아내서 밥을 먹이곤
하는 일을 열흘쯤 하다가 나는 흰순이와 함께 살기를 체념해
버렸다. 나하고 숨바꼭질을 할 양인지 구석쟁이로만 숨어들
어 찾고 찾는 일에 기진맥진해 있는데, 고양이를 길러본 친구
는 수화기에 대고, 지금은 어려서 괜찮은데 조금 자라봐라,
개 연애하러 다녀야 하는데 그 뒤치다꺼리 너는 못 할걸. 새

끼는 또 얼마나 자주 낳는지 아니? 게다가 니 방은 고양이로서도 감옥일 거야. 들락날락할 수가 있어야 하는데 칠층 창문 밖은 낭떠러지 아니니. 나가고 싶은데 못 나가봐라. 얼마나 앙탈인지 너는 못 견뎌낼걸. 더 자라기 전에 개가 살 마땅한 환경을 찾아줘라, 걜 위해서도 널 위해서도 그게 좋겠다, 며 겁을 주었다.

결국 나는 숨고 찾아내는 실랑이를 사흘 더 한 뒤에 고양이를 잘 기르시는 선배분에게 바구니에 담아 보자기로 싸서 이사를 떠나보냈다. 흰순이를 보내고 여러 날 제발 숨지 말라고 달래면서 흰순이를 쓰다듬어주었던 흰 털의 감각이 내 손에 남아 있어 가끔씩 빈 손바닥을 비비며 지냈다.

*

시골집에 낙천이 아저씨라고 불리는 분이 계신다. 왜 그 아저씨가 우리집에 살게 되었는지는 모르겠으나 그 아저씨의 우리집에서의 삶은 햇수로 치면 십여 년이 넘어서고 있다. 등이 굽고, 작은 키에 황토보다 더 붉은 낯빛에, 나뭇가지 같은 몸피여서 힘든 일은 아무것도 못 하신다.

아저씨가 우리집에서 하시는 일은 아버지와 함께 우사(牛舍)를 돌보는 일이다. 동네의 누구도 그 아저씨의 연세가 어떻게 되는지, 고향이 어디인지, 가족이 있는지 어떤지를 알지 못한다. 아저씨는 누구에게 말을 거는 일도, 누구의 이야기를 듣는 법도 없고 그 무엇에 마음 붙이는 일도 없다. 그저 아침과 저녁에 소밥을 챙겨주는 것 이외에는 세수하기조차 싫어해서 눈에 늘 눈곱이 끼어 있는 분이다. 집에 내려갈 때 밥상머리에서나 마주치는 분이어서 나는 그저 그런 분이 계신가보다, 했었다. 한번은 집에 내려갔는데 낙천이 아저씨가 없다. 아저씨가 없으니 아버지 혼자서 소똥을 치우랴, 사료를 풀랴, 애쓰신다. 낙천이 아저씨는 어디에 갔느냐니까, 아버지 말씀이 또 나갔다, 였다. 또 나가다니? 나는 처음으로 낙천이 아저씨한테 관심을 갖고서는 아버지께 자꾸만 말을 시켜보았다.

아버지 말씀에 의하면 아저씨에게 떠돌이병이 있다는 것이었다. 서너 달에 한 번씩은 온다 간다 말도 없이 집을 나간다는 것인데 점심밥 먹고 대문을 나서서는 안 돌아오고, 낮잠 자다 부스스 일어서서 그 길로 어디로 가버리신다는 것이다. 그렇게 한번 나가면 집으로 돌아오는 길을 잃어버린 듯이 소식이 없는데, 아버지조차 낙천이 아저씨를 잊을 만하면 어디서 봤다, 는 소식이 온다는 것이었다.

그런데 그 어디란 데가 아버지를 놀라게 하는 고양이었다. 그도 그럴 것이 거지가 되어서 밥을 빌러 다니더라는 얘기가 대부분이었으니. 아무튼 지난 십 년 동안 낙천이 아저씨는 낮잠을 자다가, 재떨이에 아직 덜 피운 담배를 내려놓은 채로 흔연히 집을 나갔다가 어찌어찌해서 다시 돌아오곤 하는 모양이었다. 때로는 다리 밑에 쓰러져 있는 낙천이 아저씨를 동네 사람이 경운기에 싣고 오기도 하고, 뜻밖에도 타 지방의 파출소에서 전화가 걸려오기도 하고, 시립병원에 누워 계시기도 하고.

가장 최근에 소밥을 주다 말고 다시 집을 나간 아저씨는 근 열흘 만에 스스로 마을로 돌아왔는데, 아버지 말씀에 의하면 미안해서인지 집으로 바로 들어오질 않으시고, 마을 입구에 앉아만 있는 낙천이 아저씰 아버지께서 나가 데리고 오셨는데 그만 아버지께서 눈시울이 젖고 말았다고 한다. 어찌 저런 인생이 있을까? 싶으셨다는 게 아버지 말씀이셨다. 이젠 몸피가 쇠약해질 대로 쇠약해져 길에서 쓰러지면 그대로 저승길일 텐데, 하셨다.

아버지는 생각다 못해 우사의 송아지 중에서 가장 튼튼한 송아지 꼬리에 손낙천, 이라는 이름표를 달아주면서 아저씨께 이렇게 말씀하셨단다. 이 송아지는 자네 것이야. 잘 길러보게. 이 송아지가 커서 소가 되면 새끼를 낳을 테고, 그 새끼가 자라서 또 송아지를 낳고 해서 여러 마리가 되면 따로 우사를 지어줄 테니 마음 붙이고 잘 길러보게.

아버진 말씀은 그렇게 하시면서도 그 송아지가 낙천이 아저씨 마음을 붙잡지는 못할 것임을 알고 계시는 것 같다. 다만 그렇게라도 해서 아저씨가 집에 계시는 날들이 길어졌으면 하는 바람이신 것 같다. 두 분의 실랑이를 바라브는 나는 삶이 너무 수수께끼 같다. 아득한 뭉게구름 같다. 아저씨는 소들을 돌보다가 말고 가끔 손낙천, 이라는 이름표틀 달고 있는 송아지를 우두커니 쳐다보곤 한다. 그 송아지가 자라서 소가 될 때까지, 그리고 새끼를 낳을 때까지, 흘러가는 구름에다 대고 그저 그때까지…… 나는 중얼거려본다.

*

드가는 언제나 혼자 있다고 느꼈고, 혼자 있었다.
성격 때문에 혼자 있었고, 특출난 본성 때문에 혼자였고,
성실성 때문에 혼자 있었고, 오만한 엄격성 때문에 혼자였고,
굽히지 않는 원칙과 판단 때문에 혼자였고,
자기 예술, 다시 말하자면 자신에게 자신이 요구한 것 때문에 혼자였다.
—폴 발레리

그때 나는 몇살이었을까?

기억이 나지 않는다. 아주 어린애는 아니었고 그렇다고 열살을 넘어서지도 않았다. 무엇 때문인지 한밤중의 들판의 볏짚 속에서 혼자 잠이 깼다.

이상하게 내게는 그 한밤중의 들판의 볏짚 속에서 눈을 떴던 순간이 잊히질 않는다. 추웠고, 캄캄했고, 별이 반짝였다. 내가 왜 여기에 있는가, 를 생각하기 전에 엄습해오는 무서움 때문에 가슴이 떨렸다. 사람들이 다 가버렸다는 생각이 뒤늦게 들었다. 들판에 멍석을 깔아놓고 추수일을 하는 사람들 사이에서 다른 아이들과 놀았다는 생각. 홀테에서 쏟아지던 황금빛 알갱이들.

무엇 때문에 볏짚 속으로 기어들어갔던 것인지. 햇살 때문이었을까? 아니면 볏짚 속이 따뜻해서였을까? 졸렸던 것일까? 숨바꼭질을 했던 것일까? 무엇을 했었건 나는 잠이 들었고 눈을 떴을 땐 모두가 돌아가버린 뒤의 밤이었다. 침묵에 잠겨 있는 논, 논의 집채만하게 쌓여져 있는 낟가리, 하늘의 별, 마을을 둘러치고 있던 야산, 밤의 들판을 걸어나오면서 몇 번이나 벼를 베어낸 자리의 볏등에 걸려 넘어졌던 기억이 난다.

넘어져서 보면 마을 속의 집은 먼 불빛으로 출렁였다. 그토록 다정했던 곳이 알지 못할 곳으로, 그 밤으로는 도저히 갈 수 없는 머나먼 곳으로 여겨졌다. 그 침묵 속을 걸어서 집에 돌아왔을 때 모두들 자고 있었다. 마루턱에 오래 앉아 있었던 기억도 난다. 낮까지만 해도 친숙했던 닭장이며 돼지막

이며 배나무며 우물이 깊은 침묵 속에 가라앉아 있는 것을
바라보며.

처음엔 그 들판에 나를 두고 가버렸다는 원망이, 다음엔 나
를 찾지도 않고 모두들 자고 있었던 것에 대한 외로움이, 그
날의 일을 잊지 못하게 했다. 해가 저물려 할 때나, 밤비가 내
릴 때, 혹은 한낮의 깊은 적막 속으로, 그 밤의 공포와 침묵이
휘익 지나가곤 했다. 방이 많은 집이었고, 마루에 널려진 수
건 한 장도 줄에 걸어놓을 틈 없이 바쁜 추수 때였으니, 그럴
수도 있었겠다, 고 생각했으나, 이미 밤 들판의 두려움이 어
린 몸을 지나간 후였다.

자신이 씨앗이라고 생각했을까. 눈물을 질금거리며 누군가
다가와서 나를 땅 속에 묻어주길 기다렸다. 나는 나와 비슷한
여자들 사이를 빠져나가고 싶었다. 누군가 땅 속에 묻어주기
만 하면 그럴 수도 있을 것 같았다.

마음 깊은 곳, 내 헛간에 갇힌 나의 욕망은 귀족이 되는 것
이었는지도 모르겠다. 싸구려 옷을 입고 퉁명스런 사투리 속
에 섞여 이가 나간 접시에 얹혀진 음식을 먹는 데 싫증이 났
었는지도 모르겠다. 다른 말씨를 쓰는 곳, 살빛이 흰 사람들
이 머리에 미사포를 쓰고 있거나, 고독에 못 이긴 외로운 사
람이 자신의 귀를 잘라버리며 광포하게 걸어다녔던 섬 같은
곳으로 나를 옮겨가고 싶었는지도 모르겠다. 나 자신과 나를

키워준 집으로는 거기에 도달하지 못할 것이라고 생각했는지도 모르겠다. 그래서 다른 힘, 다른 손길, 을 그토록 간절히 원했는지도.

그러나 아무도 선반에 얹혀진 꽃씨를 땅 속에 묻어주질 않았다. 그래서 침묵 속에 더 오래 앉아 있게 되었다. 선반에 쪼그리고 앉아 세계가 벌이는 싸움을 바라보게 되었다. 닭 한 마리가 밑알을 품고 앉아 힘겹게 피 묻은 새로운 알을 낳는 것도 보게 되었다. 내가 사랑하는 존재가 선반 위에서 다른 꽃씨를 꺼내서 마루를 내려가는 것도 보게 되었다.

그러다가 지금은, 지금은, 그저 내 머리를 쓰다듬어주는 그가 향기로워 그가 퍼뜨리고 다니는 말들을 귀 기울여 듣고 있다.

*

어렵게 든 잠이었는데 무엇이 수수수거리며 잠을 흔든다. 빗소리. 열어놓은 창으로 빗소리가 쏴아 밀려들어온다. 저절로 이마에 손이 얹어진다. 아버지가 꼭 이런 자세로 주무셨다는 생각. 아니다. 손이 아니라 팔이었다. 베개를 베고 이마에 팔을 얹으시고. 왜 이마에 팔을 얹고 주무시는가. 곤히 주무시는 곁으로 다가가 이마에 얹혀진 아버지 굵은 팔을 내려놓아본 적이 있다. 그러나 잠시 뒤면 아버지 팔은 다시 이마에 얹어져 있곤 했다. 피식, 웃음이 나온다. 이 밤, 아버지 생각은 왜 갑자기?

얼마 전 아침이었다. 토마토주스를 한 잔 만들어 마시려던 참이었다. 사다놓은 지가 오래되어 토마토 꼭지가 달라 있었다. 그 꼭지를 따려고 과도 끝을 꼭지에 갖다댔다. 과도를 쥔 손에 힘을 준 건 칼끝이 잘 들어가지 않아서였다. 안 돼. 뉘우침이 섬광처럼 스쳤지만 이미 늦었다. 아주 짧은 순간 토마토 꼭지에서 빗나간 칼끝은 이미 손가락을 후볐다. 힘이 쏠린 탓에 드릴 같았다. 칼과 토마토를 바닥에 팽개치고 주저앉았다. 핏방울이 툭툭툭 떨어지는데 차마 후벼진 손가락을 바라볼 수 없어 다른 데를 봤다. 그곳에 아침 햇살이 쨍했다. 콧등이 시렸다.

이렇게 힘이 잘못 들어가 피투성이가 돼버린 시절이 있었다. 잘못되었다고 느꼈을 땐 이미 잘못된 대로 너무 친숙해져 있어 돌이킬 수가 없었다. 어쩔 수 없었다. 잘못됨을 껴안을 수밖에. 껴안고서 점점 더 잘못되어갈 수밖에. 거기에도 바닥이 있었다. 그 바닥까지 가지 않았으면 돌아올 수 없었을 것이다.

가는 잠으로 다시 빠져드는 참인데 창문 밖 숲속에서 밤고양이들이 후다닥거린다. 너덧 마리는 되나보다. 비 내리는 숲

속이 소란스럽다. 저들은 저기에서 뭘 하는가? 잠시 침묵. 날카로운 비명. 귓속으로 빗소리가 휘익 지나간다.

존재한다는 것의 공포. 이마에서 손을 내리고 몸을 뒤집는다. 그의 머리맡에 내 이름을 밝히지 않은 편지를 놓고 올 수 있다면, 그렇다면 이 공포가 조금 가라앉으려나.

내게 다른 거울은 없다. 내가 보고 듣고 느끼는 것, 나는 그것을 끊임없이 표현해내려고 애썼다.

우화적으로 나온 것일수록 내 심연 속에 강렬하게 가라앉았다 떠오른 것들이다. 한때의 진실이 남기고 간 발자국들. 가두려고 할수록 뚫고 지나가버리는 것. 태어남과 동시에 이루어지는 소멸. 설명하려 할수록 해체되어버리는 것. 가까이 다가갈수록 멀어지는 것. 참을 수 없어야 하는데 참아지는 것.

느닷없는 전화벨 소리. 누굴까? 이 시간에?

벨은 멈췄다가 다시 울린다. 간절히 울렸던 거와는 달리 내가 손을 뻗어 받자 저편에선 얼른 수화기를 놓아버린다. 시계를 보니 새벽 세시. 그는 빈 방을 갖고 싶다고 했다. 아무도 모르는 그만의 빈 방이 이 세상에 있어 아무도 모르게 그 방에 들어가 글을 쓰고 싶다고 했다. 글을 쓰고 싶다고요? 글을 쓰고 싶다는 그의 원이 나를 시원하게 했다. 그는 이제 그런 말을 하지 않는다. 그 말을 듣지 못하는 내가 시무룩하다.

다시 잠들기는 영 어렵겠다. 아예 일어나 찬물을 한 컵 따라가지고 책상 앞에 앉는다.

빗소리 탓인가? 아니면 저 밤고양이들 탓인가? 가슴이 서늘해진다.

시간은 둘 중 하나를 선택하지 않는다. 무서워하지 말자. 시간은 잔인하지만 공평하다. 잠들어 있는 것, 깨어 있는 것, 여기에 있는 것, 저기에 있는 것, 모든 것들 위로 흘러간다. 모두에게 어린 시절을 주고 모두에게 청년을 주고 모두에게 노년을 준다. 나와 그를 가리지 않는다. 그러니 무서워하지 말자.

예기치 않았던 슬픔이 있다면 또 예기치 않았던 기쁨도 있겠지. 그러겠지, 하는데도 끈질기게 소슬해진다.

우리는 서로 견디기 위해 서로에게 상처를 줄 거야. 나도 모르는 채 그에게 입힐 상처. 왜 그렇게만 생각해? 우리는 서로 견디기 위해 서로를 위로할 거야. 나도 모르는 채 그에게 받을 위로. 꿈은 오로지 사라지기만 하는 건 아닐 거다. 육체는 오로지 낡아가기만 하는 건 아닐 거다. 사라지고 낡아가면서 남겨놓았을, 생에 새겨놓았을 비밀을 내가 아직 발견하지 못한 것뿐일 거다.

지금 내가 할 수 있는 일은 함부로 살지 않는 일. 그래, 함부로 살지 말자. 할 수 있는데 안 하지는 말자. 이것이 내가 삶에게 보일 수 있는 최고의 적극성이다.

겨우 서른셋. 기어이 잊어야만 하는 일을 벌써 갖지 말자. 왔다가 가버린 것, 저기에서 진이 빠져 마침내 숨을 죽인 것, 여기에서 다시 생기를 줘 살게 하자. 시간에 빼앗기기 전까지 아무것도 잊지 말자. 겉도는 주장으로가 아니라, 이 흘러가는 시간의 무상함 속에서 그를 기억하는 직관으로.

*

정읍에 도착했을 때 어머니는 산밭에 계셨다. 지나친 비 때문에 뿌리가 썩어버린 약초를 뽑아내고 다시 그 자리에 들깨 모종을 하고 계시던 어머니는 한나절 내 뽑아낸 썩은 뿌리들을 가리키며 저것 봐라, 비가 다 망쳤다. 한숨을 푹 쉬시면서도 쉬러 왔냐? 하셨다.

날이 개고 해가 쨍쨍한 어느 날이다. 어머니가 고추를 따러 가신다길래 따라나섰다. 너는 못 딴다, 하시는 걸 어머니도 따는데 나는 뭐 별사람인가, 하면서 밀짚모자에 장갑에 팔토시까지 챙겼다. 그런데 나는 별사람이었다. 쌀농사가 별로 재미없다고 논을 밭 삼아 고추를 심어놓은 고추논에서 한 시간을 견디지 못하고 있는 나를 봤다.

햇볕은 쨍쨍, 지열은 후끈, 거기다 붉게 익은 고추들의 달아오른 매운내. 어머니는 그저 그 비에도 안 썩고 붉게 익어

준 고추들이 이쁘기만 한지 손이 바쁘셨다. 가끔 돌아보시며 힘들쟈? 하시면 아니요, 응답하면서도 한없이 더딘 내 손은 고추밭에 나온 지 한 시간도 안 돼 그만 지쳤다. 허리 아프고 눈 아프고 고추를 따던 손으로 하도 이마를 만져대서 이마는 쓰리고. 두 이랑을 다 따고 다시 새 이랑을 잡아 거스르며 고추를 따오다가 뒤처진 나와 만난 어머니가 내 얼굴을 빤히 보시더니 그만 가자, 하신다. 왜요? 아직 많이 남았는디. 어머니는 웃었다. 집에서 헐 일이 있었는디 깜박 잊어먹고 왔어야. 가서 그거 해야 쓰겄다.

어머니가 고추를 따다 말고 집에 가서 해야 될 일이란 없으셨다. 당신 보기에 내가 너무 힘들어 보이니까, 그래드 혼자 들어가라고 하면 고집은 있어가지고 안 갈 거는 뻔하니까, 당신도 손을 놓고 같이 오신 거다. 어머니는 고추가 가득한 푸대를 머리에 이고, 나는 삼분의 일도 안 찬 걸 옆구리에 끼고, 집으로 돌아오는 길이 쓸쓸했다. 나도 모르게 나는 이미 어머니 앞에서 별사람이 되어버렸다.

*

십일월 가까이 되면서 해가 빨리 진다. 다섯시 지나 여섯시면 이미 어둡다. 기거하고 있는 건물이 거리를 향해 커다란 창을 갖고 있어 날이 저무는 모습을 자주 목격한다. 목욕탕에서 나온 여인이 젖은 머리로 건널목을 건너고, 급히 터널을 빠져나온 자동차가 질겁을 하며 끼익 멈추고, 허공에 매달린 영산강 민물장어집의 간판에 파란불이 켜진다.

누구에게도 엄살을 떨지 않고 용케 무사히 하루를 보냈다 싶은 날도 사방이 어두워지려는 순간엔 묘한 들썽거림이 있다. 무엇에 빠져 눈치 못 채고 지나가면 모를까, 어두워지는구나, 느끼면 시간이 낮과 밤의 경계인 어스름녘을 지나 완전한 밤에 들어설 때까지, 나 또한 그 들썽거림의 과정을 지나야 한다.

그 시간들은 참으로 이중적이다. 어느 날은 내 존재가 가장 불안스럽게 느껴지는 순간이고, 어느 날은 겹겹으로 끼어 있는 일상의 때 밑에서 무우순 같은 파란 것이 올라오는 순간이기도 하다. 후자일 경우엔 평화로우나 전자일 경우엔 내 방에 있는 모든 문이 열려졌다 닫혀지고 사물들이 내 손에 건드려진다. 냉장고 문을 열어봤다가, 텔레비전을 켜봤다가, 기타를 퉁겨봤다가, 서랍을 열어봤다가, 친구에게 전화를 해봤다가……

어렸을 때, 운다고 어머니께 혼쭐이 난 적이 있다. 학교에서 돌아와보니 집이 텅 비어 있었다. 그날만이 그런 건 아니다. 어머니는 어느 때나 대체로 논이나 밭에서 해가 저물고

난 다음에야 돌아오셨다. 봄이거나 가을이면 어두워져도 오지 않을 때가 많았다. 그런 줄 알면서도 대문을 들어서면 꼭 엄마, 하고 불러보았던 기억이 난다. 엄마.

이따금 인간이 한 인간을 엄마, 라고 부를 수 없게 되는 순간부터 슬픔은 시작된다고 느끼는 때가 있다. 다정한 부름, 엄마. 빈 집에 내 목소리만 되울려나왔던 기억이 난다. 방문은 반쯤 열려 있고, 점심을 먹고 미처 치우지 못해 상보를 덮어놓은 밥상에 숟가락이 거꾸로 삐져나와 있고, 닭은 마루에 똥을 싸놓았고, 닳아진 고무신들이 토방에 팽개쳐져 있었다. 무슨 까닭인지 그해 저물녘의 빈 집에 혼자 앉아 있는 어린 내 모습은 사진처럼 찍혀 가슴에 끼어 있다. 늘 그랬으니 새삼스러울 것도 없으련만, 어느 날 빈 집 마루에 책가방을 던져놓고, 감나무 밑에 세워진 자전거 위에 올라가 페달을 굴려보다가, 마루에 엉덩일 붙이고 앉아 있어보다가, 괜히 솥뚜껑을 열어보다가 어쩌다가 울기 시작했는데, 돌아온 어머니가 처음엔 등을 토닥이시다가 머리를 쓰다듬어주시다가 영 안 그치니까 나중엔 부지깽이를 드셨다. 도대체 왜 우느냐는 것이었는데 나로서는 설명할 길이 없었다. 지금도 안타까워하는 어머니의 목소리만 생생히 남아 있다. 에미가 죽었냐? 왜 우는 것여?

그때 어머니로 하여금 부지깽이까지 들게 할 만큼 나를 울게 했던 정체가 무엇인지, 서른을 넘긴 지금 어스름녘에 찾아오는 불안스러움의 정체가 무엇인지, 나는 정확히 모른다. 그것이나 이것이나 서로 닮아 있다는 것밖에. 무섭고 피로하고 추운 기분, 어떤 식으로도 치유될 수 없는 껴안고 살아가야 할 짐 같은 것이라는 것밖에.

가끔 사람들은 내가 쓴 소설을 두고 내게 무슨 얘기를 하고 싶어 그 소설을 썼느냐고 묻는다. 그만 닫혀버리는 내 말문. 문학관이 무어냐고 묻는다. 막막해져버리는 내 심상. 돌아서면 쓸쓸해진다. 언제부턴가 나 자신을 소설과 떨어뜨려서 생각할 수 없게 되었는데 소설을 왜 쓰느냐고 물으면 겨우 글쎄요, 라니. 상식적인 물음엔 반드시 명확한 답이 있는 법이라고 생각해왔다. 소설가에게 소설을 왜 쓰느냐 묻는 것은 상식적인 질문이겠기에 겨우 글쎄요, 라고 말하는 나 자신을 의심도 해보았다.

나는 소설가이고 소설을 썼고, 그 소설에 대해 무슨 얘기를 썼느냐? 묻는데 왜 어버버거리는가? 나 자신을 위로하기 위해 이렇게 뒤집어도 보았다. 소설가에게 문학관이 무어냐고 묻는 건 상식적인 질문이 아닐지도 모른다고.

한순간도 멈춰 있지 않고 움직이는 이 삶을, 그 유동적인 삶의 어느 순간을 붙잡아놓았을 소설을 두고 어떻게 한마디로 말해줄 수 있겠느냐, 말해본들 변할 게 아니냐고.

꿈은 있다.

내가 살아보려 했으나 마음 붙이지 못한 헤어짐들, 슬픔들, 아름다움들, 사라져버린 것들, 과학적인 접근으로는 닿지 못할 논리 밖의 세계들, 말해질 수 없는 것들, 그런 것들. 이미 삶이 찌그러져버렸거나, 아무도 알아주지 않는 익명의 존재들에게 생기를 불어넣어주고 싶은 욕망, 도처에 어른거리는 죽음의 그림자나, 시간 앞에 무력하기만 한 사랑, 붙가능한 것에 대한 매달림, 여기 없는 것에 대한 그리움…… 이 말해질 수 없는 것들을 내 글쓰기로 재현해내고 싶은 꿈. 이미 사라지고 없는 것들을 불러와 유연하게 본질에 닿게 하고 자연의 냄새에 잠기게 하고 싶은 꿈. 그렇게 해서 이 순간을 영원히 가둬놓고 싶은 실현 불가능한 꿈.

내 소설 속엔 어느 작품에나 모자라게라도 내 글쓰기의 이런 꿈이 묻어 있을 것이다. 하지만 꿈은 묻어 있을 뿐, 내게 있어 소설은 결코 완성될 수 없는 작업이다. 소설이 삶의 근본을 변화시켜놓을 수 있다고는 생각하지 않는다.

변화로서의 문학보다는 정서적 환기력으로서의 문학을 생각해왔다. 삶 자체를 어떻게 바꿔놓을 수는 없지만, 삶을 다른 각도로 바라볼 수 있는 심미적 체험 속으로 이끄는 것으로서의 문학. 언제나 생명 있는 것의 내면을 쫓아왔다. 생명 있는 것의 내면은 변덕스럽고 부정확해서 기쁨만 주지도 슬픔만 주지도 않았다. 꽃이나 식물이나 동물이나 사람이나 그들과 관계맺고 있는 한순간에 찬란한 향기를 풍기다가도 또 한순간 그들은 죽음이나 그리움이나 부재나 상실로 돌아갔다.

나는 아무런 비밀도 없다. 내가 생각하는 것을 사람들도 생각하고, 내가 보는 것들을 사람들도 보고 있다고 느낀다. 돌연한 향기를 발견했다가 놓치고 다시 발견했다가 놓치는 흠투성이로 살아가며 내 소설도 진행시켜나갈 것이다. 그러기에 나의 가장 구석진 곳을 써놓은 소설에 대해서조차 나는 어쩔 수 없이 이렇게 말할 수밖에 없다.

내 소설은 본능적인 이해가 필요한 것 같아요, 삶을 본능적으로 이해하듯 말이에요, 라고.

아름다운 그늘

밤에 잠들 때는 모든 활동을 그치고 마음의 갈등을 쉬어야 한다. 아침에 깨어날 때는 모든 일에 마음을 쓰며 되돌아보아야 한다.

언젠가 화엄경을 읽다가 이 단순한 말을 오래 들여다봤던 기억이 난다. 그때 진리는 복잡하지 않구나, 라는 생각을 했었다. 복잡하지 않구나, 단순이구나. 밤에 잠들 때 모든 갈등을 쉬게 할 수만 있다면, 아침에 깨어날 때 모든 일에 마음을 쓸 수만 있다면, 나는 나의 무엇이든 내놓을 수 있겠다. 그러지 못해 늘 뒤죽박죽…… 있어야 할 곳이 다른 자리에 몸을 두고 헤맨다.

이젠 덜할 슬픔도 더할 기쁨도 없다고 손길을 거두려는 그의 뒷자락을 보는 괴로움이 목까지 잠기려는 참에, 성철스님의 열반 소식을 들었다. 나는 절에 다니는 사람이 아니다. 더구나 체질적으로 몸을 가볍게 옮기질 못해 여기가 아닌 다른 곳에 가고 싶을 때도 기껏 부모님이 계시는 곳에나 가고 마는 사람이다. 떠난다는 것이 내겐 늘 어려웠다. 찻집도 가본 집만 가게 되고 식당도 가본 식당에만 가게 된다. 가서도 앉아본 자리에 늘 거기에나 앉으려 하는 내가 성철스님의 다비식에 가야겠다고 기차표를 끊은 것은 나로서도 의외였다. 아마도 그분이 일생을 담아 마지막으로 남긴 열반송 때문 아니었을는지.

일생 동안 남녀의 무리를 속여서
하늘을 넘치는 죄업은 수미산을 지나친다
산 채로 무간지옥에 떨어져서 그 한이 만 갈래나 되는지라
둥근 한 수레바퀴 붉음을 내뱉으며 푸른 산에 걸렸도다

만물 앞에서 그저 한낱 어린 처녀가 그분의 열반송을 처음 들었을 때 가슴이 무너지는 듯했다면, 그분에게 누를 끼치는 감정이겠다, 싶지만 솔직한 심정이었다. 되풀이 되풀이 들여

다볼수록 너무나 인간적이었다. 청산에 검소하게 몸을 맡기다 가신 분의 게송이 저렇듯 인간적이라니. 그래서였을 것이다. 별 망설임 없이 기차표를 끊은 것은.

내게 성철스님은 그렇게 가슴 아프게 왔다. 작은 한 공기의 밥과 잘게 썬 솔잎 한 종지, 당근 몇 조각, 소금기가 없는 무염식의 소식, 세상살이는 십원짜리, 누더기 한 벌. 세상 나들이 없이 산속에 물 속에 투명히 계시다 가신 분이 마지막으로 남긴 말씀이 일생 동안 남녀의 무리를 속여서……ㄹ니…… 그 죄업이 수미산을 지나친다니…… 수미산이라면 세계의 한가운데에 솟아 있어 꼭대기엔 제석천이, 중턱엔 사천왕이 살며 높이가 팔만 유순(由旬)이나 된다는 산.

역에 나가 대구까지 가는 밤기차표를 사두고 시간에 맞춰 나갔는데 나는 혼자가 아니었다. 역엔 선량한 얼굴들이 줄을 서 있었다. 그저 그 틈에 끼어 따라만 가면 되겠구나, 나는 인파를 보며 혼자라는 생각을 버렸는데 누군가 뒤에서 어깨를 툭, 친다. 돌아다보니 얼굴을 아는 송이었다. 송은 누군가를 기다리고 있는 중이었다. 누구를 기다리나 대보니 송이 기다리고 있는 사람도 내가 잘 아는 시인이었다. 줄서 있는 사람들이 모두들 선량해 보인다고 해도 내심은 혼자인 것이 번거로웠던 참이라 반가웠다. 내 기차표가 그들보다 십 분인가 빠른 거였는데 다행히도 쉽게 바꿀 수가 있었다.

해인사 가는 길은 그렇게 시작되었다. 너무나 유명해 늘 가본 듯했을 뿐 내겐 첫 길이었다. 송과 시인 사이에 끼어 앉아 차창 밖을 내다보았다. 먼산 밑에 불빛들. 뜨문뜨문 이어지는 대화. 깜북 송이 먼저 잠들고, 시인이 잠들고…… 기차에서 내리려고 우리가 깨어났을 땐 새벽 네시.

송과 시인과 나는 잠시 자동차들이 숨을 죽이고 서 있는 거리를 망연히 내다보며 서 있었다. 너무 이른 시간. 기자인 송이 택시를 타자고 했다. 버스가 다닐 시간이 되면 번잡해서 움직이지도 못할 거라고. 택시는 아주 빠른 속도로 가야산을 향해 달렸다.

나는 해인사가 그토록 깊은 산속에 있는 걸 처음 알았다. 먼저 알았다면 아마도 혼자 길을 나설 염을 못 냈을 것이다. 한 시간을 달려 해인사 진입로까지 왔으나 진입로는 조문객들의 차량으로 빽빽이 밀려 있었다. 이미 사람들의 도보행렬이 시작되고 있어서 우리도 내려 행렬에 섞였다.

새벽산을 오래 걸었다. 새벽산을 그렇게 걸어본 것도 처음이었다. 더구나 그토록 많은 사람들 속에 섞여서. 가야산은 사람들을 감추거나 내놓으면서 나무 소리 물소리를 냈다. 누군가 부르는 듯해 돌아다보면 산자락이었고, 다시 돌아보면 물소리였다.

찬바람에 턱이 시렸다. 손을 주머니에서 아예 꺼내지를 않았다. 가야산 중턱에서 보살들이 손바닥만한 무지개떡을 하나씩 봉지에 담아 나눠주었다. 방금 쪄내온 듯한 무지개떡은 따뜻했다. 손이 시려서 촉촉하고 따뜻한 떡을 주머니에 넣고 만지작거리며 걸었다.

두 시간을 걸어서 해인사에 도착했을 때 퇴설당에 있던 성철스님의 법구는 영결식장으로 운구되어 있었다.

해인사는 품이 큰 절이었다.

그토록 많은 사람들을 들여놓고도 아무 데서나 돌아보면 추녀 너머로 산봉우리가, 하늘이, 무우밭이 보였다. 그 속으로 사람들이 목소리를 낮추고 공손하게 석가모니불을 낭송했다. 수많은 사람들 속의 한 얼굴로 나도 섞이었다. 아는 얼굴들이 얼핏 스쳐가기도 했다. 얼굴들 속에 앉아 있으려니 내가 성철스님의 열반송을 처음 대했을 때 내 가슴을 후리고 가던 슬픔이 얼마나 내 식이었던가, 가 깨달아졌다. 가당찮았다. 석가모니불을 독경하는 셀 수 없이 많은 남녀노소들 중 간혹 눈물을 비치는 이들이 있었지만 그건 슬픔이 아니었다. 슬픔을 넘어선 아름다움이 넘실거렸다.

가랑비…… 가랑비는 계속 내렸다.

다비장이 있는 연화대를 향해 일 킬로가 넘는 남녀노소의 행렬이 이어졌다. 아무도 서두르지 않았다. 좁았다가 넓어지는 비탈길을 가랑비와 함께 따라갔다. 슬그머니 머리가 젖고

옷이 젖더니 다 젖었다. 일찍 도착한 행렬들이 연화대를 둘러 싸고 먼 산자락에까지 둘러앉았다. 연화대에 석유가 부어졌다. 장작에 불이 지펴졌다. 처음엔 짙은 회색 연기가 허공에 솟아올랐다. 여기저기서 오열이 터졌다. 그러나 슬픔은 아니었다.

곧,
아주 곧, 연화대의 불길이 허공 높이 붉게 타올랐다.
잠시 멈췄던 가랑비가 다시 내렸다.
빗속에서 불길은 계속되었다.
불길은 투명했다.
옆에 앉아 있거나 서 있는 사람들의 얼굴을 환히 비추었다.
들여다보이는 내 마음속의 폐허.
누구나 그랬으리.
그 빗속의 붉은 불길 앞에선 누구에게도 말하지 못한 자기 속의 폐허가 보였으리.
잊어버렸다.
따뜻하고 평화롭고 아름다워서 나는 그분이 불길 속에 누워 계시다는 걸 잊어버렸다.
빗속 질척한 땅에 청년이 엎드린 채 오랫동안 일어나지

않았다.

그의 엎드린 등 위로 빗발과 불빛이 동시에 어룽졌다.

그를 일으켜 내 무릎을 내주고 싶었다.

나 또한 소망 많은 인생.

불과 빗속에 저절로 원이 섞이었다.

덜할 슬픔도 더할 슬픔도 없다고 말하는 그를 지켜주소서, 그의 덧없음을.

빗발은 점점 더 굵어졌다.

불길도 점점 더 세졌다.

찬비와 따뜻한 불이 같은 시간 같은 공간을 공유했다.

모두 한자리에 와 있었다.

부처와 악마, 사랑과 잊힘, 갓난애와 늙은이.

밤이 깊어 다시 밤기차를 타기 위해 연화대를 내려오는데 몇 사람의 발짝이 급했다. 해인사 퇴설당 쪽에 햇덩이 같은 혼불이 붉게 타오르고 있다는 것이었다. 그분의 혼불? 급한 발짝 몇이 숲속으로 사라졌다.

조부는 한의원이었다. 조실부모한 내 아버지. 세상어 호열자가 돌았을 때 아버지는 어렸다. 어린 아버지 밑으로 어린 동생이 둘이 있었다. 조부는 문중 큰어른의 병을 돌보다가 병을 얻었다. 병을 얻은 지 닷새 만에 조부는 세상을 떴다. 관을 만들 틈도 없이 사람이 죽어나가는 시절이었다. 산에 묻히는 조부를 어린 아버지는 어떤 심중으로 바라봤을지. 산길을 내려오다 아버진 뒤돌아봤다. 그만 그 산길에 얼어붙는 어린 아버지. 조부가 묻힌 산자리에서 붉은 불길이 아버지를 향해 달려왔다. 뒤돌아본 다른 사람의 눈엔 그 불길이 보이지 않았다. 조부를 파묻은 어른이 얼어붙은 어린 아버지를 업었다. 너에게 무섬증을 주어서 정 떼려고 그러는 게야. 어린 아버지는 어른의 등에 얼굴을 묻었다. 어린 아버지를 업은 어른이 중얼거렸다. 잊어버려라. 얼매나 못났으믄 어린 너희들을 두고 저 길을 갔겠냐, 잊어버려야 산다.

숲속으로 사라지는 발짝 소릴 듣고 서 있는 내 팔을 시인이 잡아끌었다. 돌아가자. 뒤돌아본 연화대 앞엔 세상을 잊은 듯이 절을 하는 사람들이 꿈쩍없이 불과 땅과 빗발에 오체투지하고 있었다. 잊어버려야 산다.

일생 동안 남녀의 무리를 속여서
하늘을 넘치는 죄업은 수미산을 지나친다
산 채로 무간지옥에 떨어져서 그 한이 만 갈래나 되는
지라
둥근 한 수레바퀴 붉음을 내뱉으며 푸른 산에 걸렸도다

그분은 아실는지.

여전히 깊은 잠에 들지 못하고 잠 속에서조차 헛손질을 하고, 맑은 정신으로 생각해야 할 때 지쳐 생각을 그치려 하고, 가야 할 바른 길을 두고 다른 허당에 빠져 헤매지만, 세상에 남긴 당신의 마지막 열반송에 뺨을 대고 때때로 깊은 잠에 드는 어린 처녀가 여기에 있음을.

내가 만난 죽음

열다섯까지 보낸 마을엔 철길이 있다.

마을과 벌판 사이에 난 철길은 위로는 서울과 아래로는 호남의 끝인 광주와 여수와 목포와 연결되어 있다. 한때 아버지가 그 철길 너머에서 상점을 해서 나는 자주 그 철길을 걸어 다니곤 했다.

어머니는 내게 아버지의 밥이 담긴 바구니를 쥐여주시면서 늘 철길 얘기를 하셨다. 철길로 가지 말고 신작로로 가라, 는 것이었는데, 난 어머니 앞에서만 예, 해놓고선 꼭 철길로 갔다. 아버지에게로 가는 길은 철길로 가는 게 가까운데 왜 어머닌 당부하듯 신작로로 가거라, 하시는지 의문이었다.

그 철길에서,

나는 개를 잃었다. 저녁밥 먹은 후의 설거지가 내 몫이어서 나는 누렁이가 강아지 적부터 놈의 저녁밥을 챙겨주는 사람이었다. 밥맛 없어하면 장꽝에서 된장을 떠다가 조금 풀어주기도 했고, 생선가시가 목에 걸릴세라 잘게 잘게 다져 넣어주기도 했다. 누렁인 좀 게으른 편이어서 마당에 누가 드나들든지 말든지 마루 밑에 나른하게 엎드리고만 있는 편이었는데, 내가 학교에 갔다 오거나 빨래터에서 돌아오면 온몸을 털어내며 대문까지 마중나오곤 했다. 어머니에게 꾸지람을 들을 때면 쭈그리고 앉아 놈의 등을 한없이 손바닥으로 쓸어내리는 걸로 저항하기도 했었다.

초여름으로 기억된다.

학교에서 돌아와보니 집 안이 텅 비었다.

모내기를 하는 날이라 모두들 논에 갔나보다, 고 생각하며 책가방을 마루에 내려놓고 논으로 가는데 놈이 따라붙었다. 내가 뛰면 놈도 뛰었고, 내가 걸으면 놈도 걸었다. 놈은 새끼를 배고 있어서 몸이 무거웠다. 불룩한 배가 둑길에 닿아 끌릴 정도였으니.

우리 논은 철길과 붙어 있었다.

사람들이 논에 줄 맞춘 듯이 엎드려서 모를 심고 있었다. 못줄을 잡고 있는 사람이 무어라 소리치면 저편의 못줄꾼도 무어라 같이 응수하며 한 뼘 한 뼘 모들을 심고 있었다.

먼 데서 기적소리가 울렸지만 나는 얼른 철길을 건넜다. 기적소리가 난다고 해서 바로 기차가 달려오는 게 아니라는 걸 나는 알고 있었다. 그야말로 기적소리는 먼 기적소리였던 것이다. 아마 나는 빨리 논으로 가고 싶었을 것이다. 먼 데서 보니 어머니는 논둑에 서 계셨다. 샛밥을 챙기는 중인지 바쁘게 움직이고 계셨다. 나는 빨리 가서 논에서 샛밥도 먹고 싶었고 학교 갔다 왔느냐는 어머니의 다정한 목소리도 듣고 싶었던 것이다.

내가 논둑으로 내려오기도 전에 기차가 철거덕거리며 지나갔다.

잠시 그 무서운 바퀴 소리 속에 섞인 비명 소리를 들은 것도 같았다. 뭔가 섬뜩했다. 설마, 나는 얼른 뒤돌아보았다. 내가 철길을 건너 논으로 내려왔으니 놈도 그랬으리라, 생각했으나 돌아다본 내 뒤엔 놈이 없었다.

기차가 멎고 공기 속으로 누런 피비린내가 섞였다.

모를 심던 사람들이 허리를 펴고 하나둘씩 철길 쪽으로 몰려갔다. 그뿐이었다. 새끼를 배서 배가 땅바닥에 끌릴 정도였던 놈은 한 점 흔적도 없었다. 사지가 사방으로 튕겨져나가 들판 어디어디로 날아가 박혔는지, 하늘로 솟았는지 땅으로 꺼졌는지…… 놈의 형체는 사라지고 지독한 피비린내가 초여름의 공기 속에 섞이었다. 어머니는 아버지를 밀치고서 놈

의 핏자국을 바라보고 있는 내 어깨를 잡아 돌려세웠다. 집에
가라고 하셨다. 빨리 집에 가거라! 빨리!

그 철길에서,

먼 친척오빠가 죽었다.

그는 어린 나이에 도시에 나가 일찍부터 돈을 벌던 사람이
었다. 그의 집은 산골이었고, 그 산골로 가자면 우리집을 거
쳐야 했다.

추석이었다고 기억된다.

서울서 집으로 가던 길에 그가 우리집에 들렀다. 그는 체격
이 연약했으나 선량했다. 점심을 먹고 술도 한잔 해서 기분이
좋아진 그는 내 손에다 동전을 얹어주고선 이젠 집에 가겠다
고 우리집 대문을 나섰다.

그가 우리집 대문을 나선 지 얼마 지나서였다. 누군가 급
한 목소리로 그 오빠가 기차에 치여 죽었다는 전갈을 가지그
왔다.

우리집에서 그의 집으로 가는 길은 두 길이었다. 하나는 언
덕으로 산으로 이어지는 조금 먼 길이었고 하나는 바로 조금
더 가깝게 가는 그 철길이었다. 저쪽 길에서 그의 식구들이,
이쪽 길에서 우리 식구들이 달려갔다. 그를 친 기차가 멈췄다
가 떠나는 게 보였다.

그의 사체 앞에 그의 어머니가 멍하니 앉아 계셨다. 넋이

나간 모양으로 그냥 멍하니 앉아만 계셨다.

어머니가 나를 뒤로 감췄다.

집에 가라고, 빨리 가라고, 했다.

자꾸만 뒤돌아보는 내 등짝에 어머니의 큰 손바닥이 내리쳐졌다.

빨리, 가지 못하겠니.

어머니는 내게 그의 모습을 못 보게 하고 싶으셨겠으나 나는 이미 보고 말았다. 이미 내가 알아볼 수 없는 모습의⋯⋯ 오빠.

그 철길로부터 누가 죽었다는 소식은 내가 그 마을을 떠나오기 전까지 잊을 만하면 들려왔다. 마을의 소년이 소를 몰고 철길 너머 습지로 소몰이를 나갔는데 무엇 때문인지 레일을 베고 잠이 들었다가 목이 잘렸고, 옆마을, 어린애가 둘이나 되던 한 가족이 철로 주변에서 사지가 튕겨져나간 시체로 아침에야 발견되기도 했다.

*

도시로 나와 맨 처음 사 년가량을 공장지대에서 살았다.

열다섯 후반부터 스물 바로 전까지. 조그만 방에서 오빠들과 외사촌과 살았다. 나는 그때 어려서 아무것도 몰랐지만 노동운동이 공단 구석구석까지 스며들어 있던 때였다. 동일방직이며 와이에이치 사건들을 소문으로만 듣고 있던 때이기도 했다.

그곳에서 가난한 처녀를 만났다. 수많은 방이 있던 집, 그 집에서 그녀는 일층에서 살았다. 나는 그녀가 좋았다. 내가 그녀를 너무 좋아해서 함께 살던 외사촌이 시기할 정도였다. 그녀의 무엇이 좋았는지는 모르겠다. 구태여 말하자면 분위기였을 것이다. 나이가 나보다 네댓은 많았던 것으로 기억된다.

얌전했고 창백했고 작았다. 방에서 볼 땐 그녀가 그토록 작은 여자라는 걸 몰랐다가도 이따금 육교에서 내려오는 그녀, 혹은 시장으로 들어가고 있는 그녀를 볼 적이면 나는 새삼 그녀가 너무나 작은 여자라는 것에 놀라곤 했다. 어쩌면 그녀가 보기엔 내가 그랬을지도 모르겠다. 아니다. 우리들이 작은 게 아니라 우리들 주변에 있던 공장 굴뚝들이 너무 높았을 것이다.

그 동네도 사람 사는 곳이니 그 사 년 동안 수많은 사람들과 만났을 터인데 내겐 그녀만 있다. 내가 그녀를 따랐으므로 그녀도 내게 다정했다. 내가 이불 같은 큰 빨래를 하고 있으면 그녀가 맞은편에서 거들어주었으며, 어떤 밤엔 수많은 방이 있었던 그 집의 옥상에서 서로의 어깨에 어깨를 대고 오랫동안 앉아 있기도 했다. 어째서였는지는 모르겠으나 그녀는 점점 더 내게 다정했다. 말동무가 나밖에 없었던 탓이기도 했겠고, 내가 네댓이나 어려놓으니 따지고 들 일이 없어서였기도 했을 것이다. 같이 야간학교를 다녔으나 그녀는 이학년도 채 다 못 다니고 학교를 그만두고 이중취직을 했다. 새벽에 목욕탕에서 미싱이 박아버린 그녀의 손을 보았다. 그녀가 신다가 벗어둔 선반 위의 학생화 따위나 보았다. 오빠들과 한방을 쓰고 있었으므로 일요일 같은 때면 그녀의 방으로 가서 낮잠을 잤으며, 그녀가 만들어주는 떡볶이 같은 것을 먹기도 했다.

그녀는 그 방에서 죽어 나왔다. 자살이었다.

*

대학에 들어와 한 친구를 만났다.

수줍음을 잘 타서 그녀는 어디서나 돌연 얼굴이 붉어졌다. 그녀는 무릎 밑을 지나 발목까지 닿는 플레어 치마를 즐겨 입었다. 고개를 숙이고 습작시가 담긴 파일을 오른쪽에 끼고 다녔다. 늘 검정 단화를 신고서 어깨를 움츠린 듯한 걸음을 걸었다. 우리가 예술이란 무엇인가, 를 교재로 해서 수업을 받고 있는 강의실 바깥의 공기는 늘 매웠다. 어느 한날 최루가스가 터지지 않는 날이 없는 80년대였다.

내게 말을 걸어온 건 그녀였다.

어느 다방에선가 나는 그녀가 써보낸 쪽지를 레지 아가씨를 통해 전해받았다. 그 쪽지엔 얘기 좀 할 수 있겠느냐고 써 있었다. 그렇게 우린 말을 텄다. 하지만 말을 텄을 뿐, 그녀는 내 속으로 들어올 수 없었다. 그 무렵 내 몸 속엔 공장지대에서 만난 그녀가 내게 남긴 상처가 어디에고 퍼져 있었으니까.

그래도 그녀는 한없이 내 곁에서 바스락거렸다.

그녀는 내성적이었고 청교도적이기까지 했다. 금방 빨개져 버리는 얼굴 때문에 누구와도 쉽게 어울리질 못했다. 그래서 그렇게 그녀의 식으로 말문을 튼 나에게 그렇게 열정적이었는지도 모르겠다. 편지를 보내고 쓴 시를 읽어주고 방학이면 정읍까지 물어 물어 눈길을 뚫고 기진맥진한 꼴로 나를 찾아왔다. 그랬음에도 나는 그녀를 제대로 내 안으로 이끌어들이질 못했다. 그만하면 그녀가 특별해지련마는.

그녀를 마지막 본 건 내가 근무하고 있던 잡지사 근처에서였다. 내가 근무하는 곳으로 그녀가 찾아와서 전화를 걸었다. 그녀는 불안해 보였다. 신고 있던 스타킹은 줄이 나가 있었고, 발은 퉁퉁 부어 있었다. 배가 고프다고 해서 사무실 밑의 치킨집에 데려갔으나 그녀는 별로 먹질 못했다. 마감 때라 데스크는 내가 그녀를 만나러 나올 적부터 못마땅해했다. 우리는 별 할말도 없었다. 그녀가 어서 갔으면 했다. 그러나 무엇인가가 그녀에게 그만 가라고 말할 수 없게 하고 있었다.

그녀가 조금 걷자고 청해서 우리는 근처에 있던 선릉으로 걸어갔다. 그곳의 나무 밑에서 그녀는 방금 먹었던 것을 모두 토해냈다. 그녀의 구역질로 우리들의 산책은 엉망이 되어버렸다. 선릉을 나와 사무실로 그녀를 올라오게 해서 이를 닦게 했다. 그녀는 이를 오래오래 닦았다. 무슨 이를 그렇게 오래 닦느냐고 내가 물었다. 이 다 닦으면 너하고 헤어져야 하잖아, 그녀가 대답했다.

지하철 타는 데까지 그녀를 바래다주었다.

그녀는 손을 흔들면서 지하도로 내려갔다.

그게 마지막인 줄 나는 모르고 있었다.

그렇게 돌아간 그녀가 보내온 편지엔 단풍잎이 붙여져 있었다. 나는 그녀를 잠시 잊어버렸다. 그녀가 보내오는 편지 다섯 통에 한 통쯤 답장을 보냈을까, 말까.

그녀를 거기에 두고 나는 다른 친구들을 만나 이한열의 분향소를 찾아갔고, 신새벽에 그의 장례식장을 향해 택시를 탔다. 땡볕 속의 대열에 끼어 시청까지 걸어걸었다. 그때, 행복했다. 살아 있는 것 같았다. 그것도 잠시, 대통령 선거가 여당의 승리로 끝나고 모두들 해도 해도 안 되는 일이 있다고 체념하며 사람들이 노상에서 술을 마실 때쯤에야 그녀에게서 편지가 오지 않는다는 생각을 했다.

다시 시간이 지나갔다. 다달이 마감에 쫓기며 이따금 그녀를 생각했다. 왜 이렇게 소식이 없을까, 하고. 한 달에 한 번씩 나오는 잡지를 여섯 번인가 더 내고서야 그녀에게 전화를 걸었으나 통화가 되지 않았다.

전화를 걸면 누군가 받기는 했다. 내가 그녀를 바꿔달라고만 하면 상대는 전화를 툭, 끊어버렸다. 다시 걸어도 마찬가지였다. 내 입에서 그녀의 이름이 발음되는 순간 전화는 끊겼다.

그렇게 다시 시간이 지났다. 한 달쯤 더 지나서야 그녀가 죽었다는 말을 들었다. 죽었다고 했다, 죽었다고.

*

어머니 곁을 떠나와서 내가 만난, 그녀들의 죽음이 내게 남긴 상처는 나를 한없이 멍하게 했다. 버스 안에서 울음을 터뜨리는 것, 한밤중에 잠이 깨어 어쩌면 생은 거짓말인지도 모르겠어, 중얼거리는 것, 그런 것만 내게 남아 있었다.

공장지대에서 만난 그녀의 죽음은 내게 관계맺기의 두려움을 심어놓았다. 그녀의 죽음은 다른 사람과의 관계를 가로막는 내 마음의 폐허였다. 그토록 다정히 다가오는 대학에서의 그녀를 늘 저만큼 세워두었던 나의 무의식 속엔 섣불리 관계를 맺었다가 다시 상처받고 싶지 않은 마음이 완강히 섭생하고 있었던 것 같다. 더구나 나는 수줍고 얼굴이 빨개지고 말을 더듬는 그녀에게서 공장지대에서 만난 그녀를 얼핏얼핏 느끼고 있었지 않았나, 싶다.

지나고 나면 생각키우는 일들. 어쩐지 그때 그랬어, 라는 말로밖에 표현할 수 없는 기묘한 분위기, 죽음의 기미.

물론 내가 적극적으로 그녀 곁에서 바스락거렸다고 해도 그녀는 그녀가 간 길로 갔을 것이다. 내 역할이 그녀의 삶을 완전히 바꿔놓을 수 있을 만큼 그렇게 큰 것이었다고는 생각하지 않으니까. 그럼에도 그때 그랬더라면, 그녀를 혼자 두지 않았다면 혹시? 하는 자책은 살아남아 있는 자의 몫이다.

두 여자의 죽음은 내게 완전히 다른 무늬를 남겨놓았다. 한 여자는 내가 뭘 잘못했다고 하필이면 내게…… 싶은 어조의 원망과 관계맺기의 두려움을, 한 여자는 내가 잘못했어, 그때 너와의 관계에 최선을 다했어야 했는데, 라는 자책을.

그러면서 동시에 이런 생각을 하게 했다. 왜 뒤늦게 알게 하는가, 다 지나가고 난 다음, 다시 회복시킬 수 없을 만큼 원형들을 망가뜨려놓고 난 뒤, 서로 손을 잡고 걸을 수 없게 된 뒤, 왜 그때야 알게 하는가, 이제 정을 주고 싶어도 정을 받을 수 있는 그녀들이 없다는 사실은, 집에 들어가고 싶어도 대문이 잠겨 골목에 서 있어야 하는 거와 같았다. 나는 뿌리째 흔들렸다, 나쁜 인생.

그렇게 다시 시간이 지나갔다.

서른 살을 눈앞에 두고 나는 인생에 완강하게 저항하려는 나를 발견했다. 역사적으로든 개인적으로든 저항의 가장 큰 무기는 죽음이다. 그렇게 완강한 마음 안의 저항은 처음 만났다. 나는 저항할 줄을 잘 모르는 사람이다. 처음부터 거리에 서서 저항할 줄을 알았다면 설령 그녀를 잃었다 허도 상실감이 덜했을 것이다. 나는 그 당시에만 거리에 있었다. 그녀가 원주에서 거식증에 죽어가며 나를, 우리를 찾았던 그 당시에만.

  ……

  ……

나는 그녀들을 쓰기 시작했다. 함께 살아 있지 못한 슬픔과, 서로 손을 잡을 수 있었을 때 손을 잡아주지 못한 자책과. 사유의 부족이 그녀들을 새로이 솟아오르게 하지는 못했지만 어느 날 나는 한 문장을 찾아내었다……

  …… 지금은, 또, 또다른 시간.

나, 여기 놓여 있다. 여기 멀리, 끝없는 길 위에, 나, 곧 지나갈 한순간으로.

이 문장을 골라내 쓰면서 나는 이제 더이상 젊지 않음을 깨달았다. 청춘은 그녀들의 죽음과 함께 가버렸다. 하지만 지나가는 것은 그냥 지나가지 않는다. 여전히 흐르는 시간이 지우고 가는 것들에 대해 추위를 느끼지만, 모든 지나가는 것은 생김새와 됨됨이를 새로 갖는다. 돌아다보면 내가 지나온 길 위에 그녀들은 큰 점으로 서서 부드럽고 수줍은 목소리로 속삭인다. 오늘 이 순간 지금 일어나고 사라지는 것들에 미와 선을 다하라고. 지구가 공룡을 전설처럼 기억하고 있듯 인간은 죽음을 기억해야 한다고. 죽음을 기억하는 한 인간의 삶은 유지될 것이라고. 쉽게 관계를 맺지 말 것이나 너무 두려워도 말라고. 순간순간 할 수 있는 대로 선을 다하면 되는 것이라고.

어머니가 아버지가 드실 밥을 바구니에 담아주시며 매번 왜 철길로 가지 말고 신작로로 가거라, 했는지를 이제는 알 것도 같다. 새끼 밴 개가 산산조각이 나서 흩어졌을 때 왜 내게 집으로 가라고 소리쳤는지, 기차에 치인 인간의 주검 앞에서 왜 그렇게 황망히 나를 뒤로 감추며 마을로 내몰았는지를.

어머니께서는 뭐라고 설명을 할 수는 없지만 본능적으로 알고 계셨겠지. 어떻게도 자식을 돌볼 도리가 없는 세계가 있으니 그것이 느닷없는 죽음의 세계라는 것을. 가능하면 성장할 때까지라도 그것을 모르도록 하고 싶으셨을 게다. 내 어머니뿐 아니라 세상에 자식을 내놓고 기르는 모든 어머니들의 본능이리라.

죽음은 거역할 수도 자신이 선택할 수도 없이 불시에 숲에 끼어들었다가 휘이 저어놓고는 잠시 숨는다. 어디서 기다리고 있는지를 모르니까 곳곳이 그가 묵고 있는 장소이다. 처처에 도사린 죽음은 자신의 존재를 알림으로써 삶도 가르친다. 언젠가는 죽는다고 생각하면 가볍게 날아가는 까치도 다시 보아진다. 제자리를 잃은 마음의 분란을 정리해주는 건 죽음이다. 언젠가…… 언젠가는 죽는다는 것.

이 글을 쓰는 이 밤에도, 빗속을 앰뷸런스가 사이렌을 울리며 질주하고 있다. 누가 저토록 급히?

비가, 비가 내린다.

강물 위로도 떨어지고 있을 저 빗방울들, 고단한 낡은 지붕들, 가보지 못한 고속도로들, 밤새 홀로 반짝일 저 수은등, 거나먼 곳의 성터…… 언젠가는 앰뷸런스의 사이렌 소리가 이들 위로도 지나갈 테지. 그래도 죽은 자의 내성을 느끼는 이런 밤이면 점점 더 발음하기 더듬거려지는 말이 또렷한 발음을 갖는다. 사랑한다 사랑한다 사랑한다.

별은 빛나건만

이모네 집은 버스가 하루에 한 번 다녔던 우리집에서도 더 들어가야 하는 골짝에 있었다. 이모네엔 나보다 열 살 위인 연님이 언니가 있다. 이모는 내가 가면 한없이 선량하게 웃으시며 보리쌀 위에 쌀을 얹어서 밥을 안치셨다. 무슨 일인가 늘 바쁜 이모는 거기까지만 했다. 불을 때고 밥뜸을 들이고 상을 보아 밥을 푸는 건 연님이 언니였다. 밥상에 앉아서 보면 내 밥만 쌀밥이었고 일곱이나 되었던 이종오빠들은 물론 이모 이모부 연님이 언니 것은 새까만 보리밥이었다. 이상한 일이다. 내 몫의 그 쌀밥이 눈 위에 찍혀 있던 발자국과 함께 생각나는 것은.

연님이 언니는 여중을 졸업한 후 줄곧 집에서 이모를 돕고 지냈다. 이모네는 기와지붕의 안채와 초가지붕의 아래채로 이루어져 있었는데 언니의 거처는 아래채였다. 잔꽃무늬 벽지와 노란 장판의 연님이 언니 방은 늘 잘 정돈되어 있어서 아늑했고, 작은 미닫이창을 열면 울타리도 없이 저만큼 오르막길이 내다보여서 좋았다.

어느 해 겨울이었다. 연님이 언니가 열여덟이나 열아홉이었을 때일 것이다. 연님이 언니 방 그 미닫이창을 열면 풍경이 돼주었던 오르막길을 지나면 몇 채의 집이 있었는데 그중의 한 집에 사는 한 남자가 연님이 언니를 사랑했던가보다. 처음에 연님이 언니는 참 별일이라는 듯이 고갤 돌리거나 그저 조금 재미있어했을 뿐이었다. 나는 이모네에 가면 연님이 언니와 있는 시간이 많았으므로 가끔 연님이 언니 주변을 서성이는 그 남자의 기척을 느끼곤 했다.

그 밤은 초저녁부터 눈이 지독히도 내렸다. 안채에서 역시 나만 쌀밥을 먹고 이종오빠들과 놀다가 한밤중에 연님이 언니 등에 업혀 아래채로 건너올 땐 소복이 쌓인 눈빛에 밤이 하얗다. 이부자리를 깔고 잠이 들려는 때, 누군가가 그 미닫이창을 두드렸고, 문을 열어본 연님이 언니는 곧 문을 닫아버렸다. 그 누군가가 한 번 더 문을 두드리는 것 같았으나 연님이 언니는 일어나지 않았다.

새벽이었다. 이모가 아침밥 짓는 걸 도우려고 나가려던 연님이 언니가 뭔가 생각난 듯이 미닫이창을 드르륵 열었다. 그리고는 오래도록 서 있었다. 뭘 보고 있나 싶어서 나도 연님이 언니 곁에 가보았다. 연님이 언니가 내다보고 있었던 건 미닫이창 밑의 그 남자였다. 밤새 창 아래서 서성였던 모양으로 꽝꽝 얼어 있던 그 남자는 나까지 깨금발을 하며 내다보자 멋쩍게 웃으며 돌아섰다. 다른 데는 눈이 소복소복 쌓여 있는데 그 남자가 서 있던 창문 아래만 서성임으로 눈이 뭉쳐서 윤이 날 정도였다. 연님이 언니는 그 남자가 쌓인 눈 위에 발자국을 남기며 오르막길을 넘어간 뒤에도 멍하니 서 있었다. 쌓인 눈 위에 비칠비칠 찍힌 그 남자의 발자국을 보면서.

겨울이 한 번 더 가고 연님이 언니는 그 남자의 아낙이 되었다. 연님이 언니의 결혼식은 내가 본 마지막 구식 결혼식이다. 밤에 이를 갈며 자는 버릇이 생긴 내게 어머니는 초례청의 원앙을 박아놓은 나무그릇 속에서 쌀을 한 줌 집어주셨었다. 그걸 꼭꼭 씹어먹으면 이를 갈지 않는다면서. 나는 이를 갈지 않기 위해서가 아니라, 청록으로 치장하고 족두리를 쓴 초례청의 연님이 언니가 어쩐지 슬퍼 보여서 어머니가 집어준 쌀을 꼭꼭 씹어 삼키며 조금 울었다.

지난 가을에 이제 서른아홉이 된 연님이 언니를 친척 결혼식장에서 보았다. 거의 십오 년 만이었다. 당연히 내 밥그릇에 쌀밥을 퍼담아주던, 안채에서 나를 업고 아래채로 건너오던, 눈 속의 길 잃은 짐승 같던 그 남자를 멍하니 바라보던, 그때의 연님이 언니가 아니었다. 그 골짝을 떠나 안양어서 오래 살았다는 연님이 언니는 살갖이 튼 얼굴로 너, 왔구나, 피로하게 잠깐 웃어줬을 뿐, 곧 면발이 섞인 갈비탕이 나올 식당으로 몸을 숨겼다.

……푸치니는, 푸치니는 토스카의 연인 카바라도시에게 애절한 노래를 부르게 한다…… 아아, 별은 빛나건만 그 빛남은 그대로 돌아오지 않네. 잊힘이 나를 위로하지만 또 나를 아프게 하네.

잊혀진 샛길

가을이 되어 햇살이 노릇노릇해지면 그 철길에는 국화가 피어났었지요. 구름처럼 피어나던 그 노란 빛을 떠올리면 졸음이 밀려옵니다. 너 지금 잠이 오니? 나는 누구에게나 빨리 그 졸음을 들킵니다. 내 정신은 금세 박물관이 됩니다. 나는 그 졸음을 이기지 못합니다. 어느 길에 있었거나 얼른 돌아와 잠을 잡니다. 그런 잠을 자는 동안에는 설령 당신이 전화를 한다 해도 나는 받지 못합니다. 손을 뻗지만 내 손은 수화기에 닿지 못하고 방바닥에 툭 떨어집니다. 그 혼미한 오수 속에서 웅얼거리지요. 이제 내 전화번호도 모르는 당신. 너무 일찍 만나 너무 일찍 헤어진 당신.

우리는 그를 망대 아저씨라 불렀지요. 그는 반듯한 정복에 금테가 쳐진 모자를 쓰고 언제나 차단기 옆에 서 있었지요. 멀리서 기차 소리가 들리면 그는 가슴에 매달려 있는 호루라기를 불며 신작로와 신작로 사이에 망대를 내렸습니다. 기억하시나요? 그때만은 그가 왕이었지요. 기차가 지나갈 때까지는 아무도 그를 거역하지 못했습니다.

기차가 쏜살같이 그 아득한 철길을 지나가버리면 그는 망대를 다시 올리고는 맥이 빠졌지만, 당신은 그가 부러운 모양이었습니다. 아니 그가 쓴 모자가 부러운 모양이었습니다. 차양 밑에 걸려 있는 살 나간 밀짚모자를 눌러쓰고는, 나는 이다음에 망대가 될 테야, 했었지요. 여덟 살이나 아홉 살이었던 우리가 이 다음이라는 것이 이토록 무망스런 것인 줄 어디 알았나요. 그때 우리들에게 이 다음이란 모두 희망이었어요. 힘이 센 수소가 우리를 받으려고 했을 때도 이 다음에 하며 주먹을 쥐었어요. 그때 우리는 이런 말도 했었지요. 이 다음에 우리는 각시와 신랑 되어…… 실없이 우리의 이 다음은 노릇노릇하게 사라졌습니다.

늘 철길에 서 있는 망대 아저씨의 배경은 시월이 가장 아름다웠습니다. 망대 아저씨도 시월에는 철길 가에 피어난 국화 사이를 늘 어슬렁거렸습니다. 행여 우리들이 국화를 꺾어갈까, 뒷짐을 지고 저 먼 길까지 오고갔습니다.

저 먼 길까지 나갔다가 기적소리를 듣고 급히 망대쪽으로 달려간 적도 있었지요. 그래요. 당신도 기억하시겠지요. 모자가 벗겨졌으나 주워들 틈도 없이 달려가는 아저씨의 모자를 내가 주워 당신께 드렸지요.

하하, 모자는 당신의 얼굴을 통째로 삼켜버렸어요. 그래도 당신은 좋은 모양이었어요. 이 다음에 나는 망대가 될 테야, 당신은 모자 속에서 또 다짐을 했었지요. 모자를 찾느라 국화 사이사이를 헤매다니는 망대 아저씨를 모른 척하며 우리는 그 모자를 사흘 동안이나 비밀스럽게 간직했습니다.

하루는 두근거렸고, 다음날은 즐거웠으며, 마지막 날은 자랑스러웠습니다. 하지만 우리에겐 사흘뿐이었지요. 당신을 좋아해서 나를 미워한 부순이의 고자질만 아니었어도 닷새는 넘게 그 모자를 가질 수 있었을 텐데요.

망대 아저씨는 하굣길에 지켜서 있다가 험상궂게 당신을 노려봤어요. 금방 호루라기를 불듯이 그는 사나웠지요. 그에게 손바닥으로 엉덩이를 세게, 세게 맞으면서도 당신은 내가 그 모자를 주워줬다고 말하지 않았어요.

그 가을날, 누군가가 크레파스로 담장에 낙서를 했습니다. 당신과 나를 연애쟁이라 하였습니다. 당신과 내가 입맞추는 걸 봤다고 써놓았지요. 물걸레로 닦아도 그 글씨는 지워지지 않았어요. 나를 보고 당신의 색시라고도 써놓았었죠. 나는 그만 울음을 터뜨려버렸어요.

지금 생각해보면 엉덩이를 맞으면서도 나를 감싸준 당신. 당신 같은 사람의 아낙이 되는 일은 참으로 행복할 텐데, 나는 울어버렸어요. 학교를 사흘이나 가지 않았지요.

아, 그런데 당신은 어쨌나요. 지워도 지워지지 않는 글씨가 새겨진 그 담장 밑에 철길에서 뽑아온 국화를 쭉 심어놨었지요. 키가 큰 걸로만 골라 심어서 우리들이 입맞추는 걸 봤다는 글씨는 꽃순에 가려졌어요.

지금도 궁금해요. 철길을 지키고 있는 망대 아저씨의 감시를 어떻게 피했나요? 낮에 점찍어뒀다가 밤에 가서 캐왔나요? 글씨 밑에 꽃을 심워뒀어도 소문은 퍼졌지요.

학교에 풍금이 딱 한 대뿐이었다는 걸 기억하는지요. 그래서 선생님들은 음악시간을 서로 맞춰야 하거나, 풍금 없이 노래를 가르쳐야 했지요. 반 아이들 여럿이 풍금을 가지러 간 곳이 공교롭게도 당신 교실이었어요. 내가 들어서자 여기저기서 소곤거리며 웃음을 터뜨렸어요. 나는 당황해서 풍금을 놓고는 그만 넘어져버렸지요. 남색치마가 훌렁 펄럭였어요. 무릎이 찢어져 피가 철철 났지요. 그때 생긴 흉터가 지금도 있답니다.

우리가 조금 자라 열 살이거나 열한 살이 되었습니다. 어느 날 당신은 내가 일곱 살에 학교 들어간 걸 알았습니다. 당신은 여덟 살에 입학을 했으니 나보다 한 살이 많은 것이지요.

그걸 안 당신이 갑자기 말합니다.

"나는 네 오빠야, 나를 오빠라고 불러."

나는 위로 오빠가 셋이나 되어서 오빠라고 부르는 것이 전혀 서먹하지 않습니다. 그래서 고분고분하게 당신을 오빠라고 부릅니다. 당신은 매우 흐뭇해했습니다. 정말 오빠가 되어서 내 머리를 쓰다듬어주고 업어도 줍니다. 그리고 이런 다짐도 합니다.

"나는 오래오래 네 오빠야, 네 숙제도 다 해줄 테야."

하지만 이 다짐은 엉터리가 되었지요. 당신은 오래오래 내 오빠도 되지 못했고, 숙제는 오히려 내가 봐줘야 했습니다.

당신 어머니에겐 내가 평강공주였지요. 가운뎃집 통통이가 당신의 짝인 것이 마음에 들었어요. 나는 당신 집 마당에서 놀면 마음이 편안했습니다.

당신 어머니는 텃밭에서 애호박을 따와서 채 썰어 곤롯불에 호박전을 부쳐주셨고, 숙제하다가 해 저물면 우리들 머리맡에 남포등을 켜주셨습니다. 정다운 저녁밥상을 차려 내 수저 위에 계란찜도 얹어주셨습니다.

나는 알지 못했습니다. 당신네 밥상 앞에는 왜 당신과 당신 어머니뿐인지를. 오빠들과 동생들, 그리고 늘 사촌이 한둘은 끼어 있어, 늘 복작복작한 우리집 밥상 앞에 비하면 참으로 한가했어요. 그 단출함이 쓸쓸함이었다는 걸 지금이야

알지요. 하지만 그때는 밥상을 물리고 텅 빈 마당을 내다보며 당신 어머니가 피워물던 봉초담배 맛을 내가 어찌 알았겠습니까.

문득 잠들어버린 나를 업고 당신 어머니는 내 집으로 갑니다. 고샅을 돌고 돌아 대문으로 들어섭니다. 당신 어머니는 나를 마루에 눕혀놓습니다. 그런데 당신 어머니는 고맙다는 말 한마디 못 듣고 온 길을 다시 돌아갑니다.

당신 어머니가 한 고샅을 돌기도 전에, 나는 내 어머니께 등을 얻어맞았어요.

"야, 야! 일어나봐라!"

나는 선잠을 깨 뭔가 뒤틀려 있는 어머니를 흐릿하게 바라봅니다.

"부순이도 있고 윤숙이도 있는데 너는 왜 그애하고만 논다니?"

나는 졸려 다시 눈을 감으려고 했지요. 어머니는 다시 내 등을 때립니다.

"야, 야! 너 다시 그애하고 어울리지 말그라, 집에 가지도 갈고. 엉!"

잠결이었는데도 당신하고 놀지 말라는 어머니 말에 정신이 반짝 들었죠.

"왜?"

나는 의아하게 어머니를 바라보았어요. 어머니는,

"하여튼!"

하고는 방문을 소리나게 닫습니다.

그때야 나는 생각했어요. 그러고 보니 당신은 우리집에 오지 않았어요. 어머니는 당신에게 잘 대해주지 않습니다. 무슨 일일까? 어른들의 분위기가 이상합니다.

이제 어린 나는, 어린 당신을 만나는 데 어머니 눈치를 봅니다. 그래서인지 당신이 더 좋아졌어요. 어머니 눈치 때문에 갑자기 조숙해진 나는 사방을 휘 둘러보았죠. 그러고 보니 당신은 외톨이였어요. 당신은 민남이, 대식이하고 잘 지내지 않았어요. 나 아니면 언제나 혼자였죠. 당신은 당신 집 담장 밑에 앉아 내가 오기를 기다립니다. 자전거 페달을 지루하도록 밟으며 오래오래 기다립니다.

망대 아저씨가 아팠는지, 기적소리가 나면 그의 아내가 대신 차단기를 내리려고 뛰어나오던 날들을 기억하시나요? 뒷산의 떡갈나무 갈참나무 잎새들이 우수수 우수수 늦가을 바람에 날려 신작로까지 날아오던 때였어요. 국화 꽃잎들도 금세 노랗게 펄펄 날아가버릴 것 같았어요. 망대 아저씨는 며칠을 모습을 나타내지 않았지요. 국화 감시자가 없는 그 틈을 우리는 놓치지 않았어요.

어머니는 나에게 솥에 물을 붓고 군불을 지피라, 하고는 솝

아온 배추를 바구니에 담아 머리에 이고 도랑으로 씻으러 갔어요. 나는 갈퀴나무를 아궁이에 밀어넣으며 눈물을 흘려야 했어요. 나무가 잘 마르지 않아 연기가 솟았거든요. 나는 눈물을 멎게 하려고 부지깽이로 솥단지를 두드리며 노래를 불렀어요. 왜, 그때 한참 우리 동무들 사이에 퍼졌던 노래 있잖아요.

엄마 엄마
나 죽으면
뒷동산에 묻지 마
앞동산에도 묻지 말고
양지 쪽에 묻어줘
비가 오면 덮어주고
눈이 오면 쓸어줘
내 친구가 찾아오면
서울 갔다 일러줘

그때 우리는 이 노래를 비눗방울 날리듯이 부르고 다녔죠. 어머니는 채소바구니를 살강에 내려놓자마자 부지깽이를 뺏어들었어요.

"지 에미가 죽어도 이리 청승은 안 떨 것이여."

나는 부지깽이의 숯검정이 묻어날 정도로 종아리를 맞았어요. 서러워 징징 울며 신작로로 나왔지요. 당신은 담장 밑에 가서 가만히 앉아 있다가 나를 데리고 망대집에서 가장 먼 꽃밭 속으로 뛰어가며 속삭였어요.

"망대 아저씨 아팠어, 꽃이 다 우리 것이야."

우리는 바람처럼 달리면서 국화를 꼭 쥐었다가 편 손바닥을 서로의 코에 갖다댔어요. 아아, 정말 좋은 그 순한 냄새. 성년이 되어 이렇게 무망으로 살아도, 가끔씩 그 냄새를 맡을 수만 있다면 이 청춘이 윤이 날 거예요.

우리는 철로변 둑길에 누웠지요. 발을 공중에 올려 장난질을 팡팡 쳤습니다.

엄마 엄마
나 죽으면
뒷동산에 묻지 마

……노래도 실컷 불렀죠. 그러다가 당신이 무슨 생각이 났는지 일어났어요. 당신은 앞자락에 꽃을 실컷 따왔어요. 걸쳐 입은 웃옷을 펴놓고 꽃을 둘둘 말아 베개를 만들어 내 머리 밑에 넣어줬습니다. 생생한 꽃냄새가 너무 좋았습니다. 나도 일어나 내 스웨터 앞자락에 꽃을 실컷 따왔습니다. 그런데 나

는 벗어낼 웃옷이 없었습니다. 그저 손바닥으로 한 둔큼씩 집어 바람에 휘휘, 날립니다.

육학년이 될 무렵에 우리는 갑자기 서먹해졌습니다. 당신은 얼굴이 중학생보다 더 커졌습니다. 중학생이 되자 우리는 모르는 척했습니다. 통학길에 자전거를 타고 당고갯재를 올라가면 저 아래 언덕을 내려가는 당신의 뒷모습을 보는 게 고작이었습니다.

나는 우리들의 마을에서 시로 떠나기 위해 양품점에서 치마를 사입었습니다. 아마도 내가 미웠던 게지요. 읍내 고등학생이 된 당신에게는 여자친구가 많았습니다. 나는 봄햇살이 드는 마루에서 찔레꽃을 읽다가 휙 던져놓고 기차를 탔습니다. 불행히도 기차는 상행선이어서 기차 안에선 망대 아저씨를 볼 수는 없었습니다.

이제는 내가 늘 담장 밑에 앉아 있던 당신처럼, 외톨이가 되어 몇 통이고 몇 통이고 편지를 썼지요. 오빠라고 써브기도 하고 그냥 이름을 써보기도 했습니다. 그중의 한 통에 우표를 붙였습니다. 그리고 당신이 자전거 페달을 밟으며 나를 기다리던 것처럼 오래 기다렸어요. 어느 날, 당신의 답장이 우편함에서 떨어졌어요.

아침부터 부슬부슬 내리는 빗소리에 이불도 개질 않고, 먼지에 부옇게 흐려진 조그만 창문을 열고 의자에 눕다시피 앉아서, 그냥 빗소리를 듣고만 있었어. 감나무에 하얗게 달린 감꽃들의 향기가 은은한 습기에 젖어 내 조그만 창문으로 들어오네. 엊저녁에 밤새도록 앞집 형네 집에서 공부하다가 새벽에 집에 돌아왔어. 웬일인지 쉬 잠이 올 것 같지가 않아 책상 앞에 앉아 이렇게 창 밖을 내다보고 있는데 희부연 어둠 속에서 빗소리가 들리잖니. 네가 시로 간다는 것은 들어서 알고 있었어. 놀라겠지만 떠나는 날짜도 알고 있었지. 그날 아침 학교에 가려고 마을 어귀를 나오는데 왜 그렇게 발걸음이 망설여지던지, 자꾸만 네 집 쪽을 돌아다봤어. 내 눈이 흐려져서 아주 안 보이게 될 때까지 말야……

당신은 어쩌면 그렇게 편지를 잘 썼는지요. 하지만 우리는 옛날 작은 왕국의 우리들이 아니었지요. 더이상 망대 아저씨가, 우리들의 관심이 될 수 없었어요. 우리들은 소년이 되었고 이제 그리움이 무엇인지도 알고 있었습니다.

'품에 안겨 어린애마냥 마구 울어버리고 싶어.'

당신의 편지는 내게 왔지만 내가 쓴 편지는 당신께 가지 않았습니다.

당신과 내가 편지를 주고받는다는 것을 안 어머니가 우체부 아저씨에게 부탁해 당신이 받을 편지를 어머니가 받았지요. 나는 오랜 후에 그 사실을 알았습니다. 어쩌다 마을에 가도 어머니는 나를 감시하였습니다.

어느덧 당신의 편지도 끊겼지요.

우리는 서로 다른 세계에서 많은 사람들을 만나며 청년이 되었습니다. 당신은 그림을 그린다 하였습니다. 가끔씩 당신을 생각하다 잊었습니다. 당신은 이제 흙을 만지고 있었지요. 흙. 그것은 당신과 어울렸습니다. 당신도 그 냄새가 그 촉각이 다시는 당신을 놓아주지 않을 것 같다고 했습니다. 그렇게 십여 년이 흘렀어요.

우리들 앞으로 안개가 내렸습니다. 안개를 퍼내듯 당신께 편지를 쓰기도 했습니다. 그러나 빨간 우편함을 그저 정답게만 지나치며 다시 안개 속으로 몸을 밀어넣었습니다. 당신이 한번 자유라는 말을 발음했습니다. 자유라고? 나는 무릎을 조금 오므리고서 서글프게 그 말을 들었습니다.

당신도 나를 가끔씩 생각하다 잊었나요? 다시 만났을 때 당신은 내게 백야의 땅에서 날아온 한 시인의 말을 전해주었습니다. 그가 말했다고 했습니다. 다른 사람에게 자신의 언어를 억지로 집어넣지 말고 자신의 영혼이라는 말을 표현하기 위해 애쓰라. 영혼이라는 말을 발음하는 당신을 바라보던 내 눈은 슬몃 젖었고 내 손은 당신의 말을 오려 내 가슴에 묻었습니다.

혼자서 되뇌었지요. 영혼을 표현하기 위해…… 나의 시간 맞은편 저울추에 영혼이라는 말이 앉고부터 나는 나를 어쩌지를 못하겠었습니다.

수많은 여름날들 중의 어느 여름날 오후에 나는 문득 기차를 타고 당신이 계신 곳으로 갔지요. 천막으로 폭양을 가리고 먼지 속에 들어앉아 당신은 돌을 깨고 있었어요. 내가 본 당신의 모습 중에 가장 적막하고 아름다운 거였습니다. 내가 문득 갔으므로 당신은 나를 한참 못 봤습니다…… 오랜 후에 무심히 위를 보던 당신의 눈이 내게 멎었을 때, 너무 무거워서 미뤄왔던 무슨 약속인가를 하고 싶었어요. 중학생들의 맹세처럼 그렇게 굳은 약속을. 하지만 곧 당신은 돌을 깨는 일을 멈추었고 나에게 도시를 떠나올 것을 말하였습니다. 이젠 내가 집보다는 자유를 말했습니다. 그땐 당신이 내 앞에서 무릎을 오므렸지요.

누군가의 결혼식장에서 우리는 양복을 입고 만났습니다. 당신은 막 웃습니다. 이런 데만 다니지 말고 너도 결혼해야지……라고, 당신이 내게 말해서 나도 막 웃습니다.

어느 가을날 마을에 돌아가보니 망대집이 사라졌습니다. 고가도로가 차단기 역할을 대신해줍니다. 망대 아저씨가 지키지 않는 철로변 국화밭에서 어머니는 꽃잎을 꾹꾹 눌러 한 광주리 따옵니다. 담장 위에 노란 꽃을 하염없이 널어놓습니다. 어머니는 아버지 베갯속에서 쌀겨를 털어내고 말린 꽃잎으로 속을 채워드립니다. 나는 그만 쓸쓸해져 노래를 부릅니다.

> 해는 져서 어두운데
> 찾아오는 사람 없어
> 밝은 달만 쳐다보니
> 외롭기 한이 없네
> 내 동무 어디 두고
> 이 홀로 앉아서
> 이 일 저 일을 생각하니
> 눈물만 흐르네

　도시를 떠나지 못한 나는 도시에서 국화를 만나면 자꾸만 샛길로 접어드는 기분이 되지요. 길을 걷다가 빌딩 가에 놓여 있는 국화분을 만나면 나도 모르게 손을 뻗어 국화를 꼭 쥐었다가 놓습니다. 손바닥을 코에 대어보면 손금 사이사이로 국화향이 배어 있다가 새어나옵니다. 이따금 국화를 몇 잎 따서 팔소매에 놓고 소매를 접어놓기도 합니다. 오랜 후에 자동응답기에서 당신의 목소릴 듣습니다. 나야, 나 결혼했어.

　늦봄, 혹은 초여름. 긴 골목의 장미꽃이 만발한 담벼락에 귀신처럼 몸을 붙이고 나는 피곤하게 중얼거렸습니다. 이젠 나도 내 집으로 가고 싶어. 오랜 후에 자동응답기에서 당신의 목소릴 다시 듣습니다. 나야, 나 딸 낳았어.

더이상 당신의 목소린 들려오지 않습니다. 어디선가, 딸을 데리고 살고 있겠지요. 잠결에 뒤척이다 이마에 손을 얹게 되면 접힌 소매 속에서 향기가 납니다.

꽃은 여전히 순한데 우리는 이제 익명이 되었습니다.

인어공주 생각

국민학교 사학년 때까지 우리집은 초가였다.

어려서부터 책읽기를 좋아했다고 말하면서도 그 초가에는 책이 없었다는 생각이 든다. 그런데도 그 초가의 다락이나 감나무 밑 헛간 속에 엎드려서 책을 읽었던 기억이 난다. 어쩌면 그건 책이 아니었는지도 모르겠다. 새농민이나 글씨도 큼직큼직했던 왕비열전 따위들이 아니었을는지. 배나무밭을 지날 때면 배를 쌌던 신문지 중에서 연재소설이 나오는 부분을 깨금발을 디뎌가며 찾아 읽었다는 생각.

그전에 무엇을 읽었든지 간에 내 기억의 맨 밑바닥어 남아 있는 책은 안데르센의 인어공주다. 인어공주를 읽고 나서 그때까지 읽었던 온갖 잡다한 이야기들을 나는 다 잊어버렸다.

활자로 본 이야기뿐 아니라 어쩌다 영화로 본 이야기들이며 그림으로 된 이야기들 모두를. 그만큼 인어공주는 나를 휘몰아갔던 강렬한 책이었다.

셋째오빠. 내게 책을 빼앗기고 분이 나서 나를 찾아헤매던 오빠도 떠오른다. 집으로 책만 가져오면 내 손이 먼저 타니까 셋째오빤 내게 엄포를 놓다가 그것도 안 되니까 나 모르는 곳에 빌려온 책들을 열심히 감추었다. 안데르센 동화집은 장롱이 있던 방 천장에 칼집을 내고 숨겨놓은 것을 오빠가 나간 사이 빨랫줄을 받쳐놓은 장대를 들고 들어가 쑤석거려서 꺼내 헛간으로 도망쳤었다. 지금도 들리는 듯하다.

야, 어딨어 내 책 내놔! 오빠가 성이 나서 내 이름을 부르며 나를 찾는 소리. 설마 내가 온갖 물건들이 득시글거리는 헛간에 엎어져서 책을 읽고 있는 줄은 몰랐을 것이다. 헛간 옆은 돼지막이었고 돼지막 위엔 밑알이 놓인 닭우리가 있었다. 알을 낳으려고 밑알을 품고 있던 닭이 내 책장 넘기는 소리에 꼬꼬꼬, 알을 낳다가 말고 신경질 내는 소리. 그러거나 말거나 짚더미에 엎어져서 나는 그만 인어공주에게 넋을 잃어 저녁밥 지을 것도 잊어버렸다.

바다 저편의 아무것도 모르는 인간 남자를 향한 바닷속 인어의 슬픔. 그 도저한, 그 불가능한 사랑은 어린 내 가슴을 곧바로 휘저어놓았다. 물 앞의 솜처럼 나는 인어공주에게로 빨려들어갔다. 사랑에 대한 아름다운 애원과 미지의 세계로 향한 무한한 동경.

왕자에게 가기 위해 인어는 자기 자신의 신분을 버린다. 왕자와 같은 인간의 발을 얻기 위해 인어는 혀를 잘리고 지느러미를 버린다. 한 걸음을 뗄 적마다 바늘로 찔리는 고통을 감수하는 인어. 발을 얻기 위해 혀를 잘렸으므로 왕자에게 당신을 구해준 사람은 나라고, 당신을 사랑한다고 말할 수도 없다. 인어에게 남은 건 사랑하는 사람이 다른 여인과 결혼하는 걸 지켜보는 것뿐이다.

그때쯤 나는 헛간의 짚더미에 눈물을 쏟고 말았다. 인간인 왕자가 야속하고 물고기인 인어가 가엾어서, 하지만 내게 영원히 각인된 건 마지막 장면이다.

바닷속의 언니 인어들이 인어공주에게 칼을 내주며 그 칼에 왕자의 피를 묻히면 다시 인어로 돌아올 수 있고, 그러지 못하면 너는 물방울로 사라지게 된다고 한다. 다시 자기 자신에게로 돌아갈 수 있는 마지막 기회였는데도 왕자를 사랑하는 인어는 평화롭게 잠이 든 왕자의 가슴에 끝내 칼을 꽂지 못하고 어느 날 아침에 그녀는 이 광활한 우주의 한점 둗방울로 사라졌다, 공기의 딸로.

나는 그 헛간에서 대번에 조숙해졌다. 내 마음에 생에 대한 어렴풋한 슬픔이 어리는 순간이기도 했다. 이따금 인어공주

를 다시 한번 읽고 싶은 충동에 사로잡힐 때가 있다. 하나 나
는 지금까지 인어공주를 다시 펼치진 못했다. 잔인한 세월에
닳아버린 나의 감수성이 이제 그때와 같지 않을 것이 너무 분
명하므로.

금선사 가는 길

산은 봄도 이르다.

입춘이 지나도 우수가 지나도 봄이 온 줄 실감을 못 하겠더니, 어제 늦은 오후에 산길 쪽으로 나서보니 완연한 봄이다. 내 마음은 봄을 미루고 있었다. 잔설이 남아 있는 땅 속을 뚫고 새싹이 돋거나 마른 나무에서 솔잎이 피어나는 순환의 생성과는 관계없이 나는 봄이 올 때마다 더이상은 어쩌지도 못할 무력감과 질병 같은 막연함이 깊게 도져 생몸살을 앓는다. 그러나 봄에게 내 마음 따위가 무슨 소용이겠는지.

시간이란 내가 무얼 하고 있든 간에 다가와서 지나가게 되어 있는데, 내가 무슨 수로 신발 밑의 폭삭폭삭한 땅의 기운을 느끼면서도 아직 봄이 아니라 말하겠는지.

까치가 생기 있게 이 나무에서 저 나무로 퍼드득 날아간다. 계곡 쪽으로 물이 졸졸 흘러내린다.

무엇이 새로 생겨난다는 것은 감동적이다. 그 신비로움에 견줄 만한 다른 것을 나는 모른다. 소생되는 것들에겐 놀라움, 기쁨, 반가움을 턱없이 바치지만 소멸되는 것들 앞에선 무방비다. 다시 봄이 왔고 함께 봄 몸살도 찾아왔다. 아침저녁으로 의자에서 일어서기만 해도 아득한 수렁으로 쏠려가는 듯한 어질머리가 일었다. 지금은 그립기만 한 몇 사람들과 소원해진 계절도 봄이었다는 생각이 든다.

산으로 가는 길목에 청록 지붕의 양로원 등나무 아래서 할머니 몇 분이 햇볕을 쬐고 있다. 그들 뒤, 빨랫줄에 빨래가 하얗게 마르고 있다. 산길의 약수터에서 물을 한 모금 떠마시다가 나는 깜짝 놀랐다. 벌써 잠을 깼어? 다람쥐가 내 기척에 놀라 나뭇가지를 타고 쪼르르 몸을 피한다. 혼자 봄을 미뤄봐도 소용없다. 내 게으름은 내 문제인 것이다. 그 때문에 봄이 늦게 오진 않는다. 다람쥐를 좇다가 하늘을 올려다보니 겨울이 걷힌 하늘이 보드랍게 푸르다.

산길에 곧 꽃이 피었다.

내가 자란 고향엔 기찻길이 마을과 인접해 있다. 봄나물이 귀한 손님처럼 얼굴을 내밀 때면 내 또래 계집애들은 굵은 못으로 칼을 만들어 나물 캐는 데 썼다. 방법은 간단했다. 못을

레일 위에 올려놓고 둑 뒤로 숨어서 기차가 나타나길 기다리면 되니까. 기차가 쏜살같이 지나가고 난 뒤에 가보면, 뾰족하고 길고 동그랗던 못은 납작해져 있다. 납작한 부분이 더 많은 못 머리 부분이 손잡이가 되었다. 못칼을 바구니에 담고 우리는 이 들 저 들로 옮겨다니며 나물을 캤다. 얼굴이 까맣게 그을리는 줄도 모르고 들에 누워 낮잠을 자기도 했다. 아지랑이를 따라 붉은 황혼녘까지 쏘다니다가 말라비틀어진 나물 바구니를 끼고 마을로 돌아올 때 우리들의 그림자는 왜 그렇게 길어 보였던지.

어느 해저물녘에 운동화를 꿰신고 산자락에 접어들었다.

한 사나이가 물통 하나를 들고 나만큼이나 느린 걸음으로 걸어가고 있었다. 스무 발짝쯤 떨어져서 그를 따라만 갔다. 사나이는 돌탑이 나오면 몸을 숙여서 돌을 하나 얹어놓그, 돌미륵이 나오면 물통을 내려놓고 합장을 했다. 삐어져나와 길을 막고 있는 나무줄기가 있으면 바로해주고, 귤껍질 같은 게 떨어져 있으면 주워서 주머니에 넣었다.

그는 절집으로 들어섰다. 금선사. 나로선 처음 와보는 산길이고 처음 와보는 절집이다. 좁은 길이 대웅전을 향해 나 있다. 그 사이의 초라한 화장실 앞에서 사나이는 주머니에서 뭔가를 꺼내 화장실 지붕 위에 던졌다. 새 모이였는가. 두어 마리의 새가 지붕에 날아와 앉으며 쪼롱쪼롱거린다. 얼마 동안이나 모이를 줘왔으면 새와 친구지간이 될 수 있는 것인지. 절집에 도착하기까지의 그의 행동은 어제오늘의 일이 아닌 것 같았다. 목이 마르면 물을 따라 마시듯 그의 행동은 자연스러웠다. 대웅전에 들어서자 합장을 하고 그는 절 뒤꼍으로 몸을 돌렸다. 스님 한 분이 흰 개 한 마리와 바위 밑의 빈 땅을 일구고 있었다. 그는 스님과 잘 아는 사이인지 물통을 흔들며 말을 붙였다.

뭐 하십니까?

봄이 왔으니 상추씨를 뿌려볼까 하구요.

직접 뿌리시네요?

그래야 먹고 살지요.

사나이는 물통을 내려놓고 스님이 있는 바위 밑 빈 땅으로 건너갔다. 그는 곧 팔을 걷어붙이고는 스님과 함께 돌을 골라내고 괭이질을 시작했다. 그 사나이가 길 가던 걸 멈추고 밭을 일구는 통에 그저 그의 뒤를 따르던 나는 갑자기 할 일이 없어졌다. 해 저무는 산사의 한 귀퉁이에 상추를 심으려고 땅을 일구는 그들을 건너편에서 멀거니 바라보다가 다리가 아파 쭈그리고 앉았다.

시골의 우리집 몇 집 건너의 학순이네 할머니가 세상을 뜬 때가 이런 봄이었다. 그때를 나는 정확히 기억한다. 육학년을 앞둔 봄방학이었는데 그해 겨울은 몇 번에 걸쳐 폭설이 내렸다. 바람도 유독 매섭게 불었던 겨울이었다고 생각된다. 녹을 줄 모르는 빙판과 무엇이든 꽝꽝 얼려버리는 북풍에 지쳐 있었으므로 따스한 햇살의 그 어머니 같은 느낌은 경이로웠다.

누군가 양은 종지에 비누거품을 담아 대롱 끝으로 붙었다. 비누거품은 무지개빛으로 방울져서 공중을 떠다니다가 눈부시게 사라지곤 했다. 계집애들은 양지 쪽 담벼락에 일렬로 기대거나 쪼그리고 앉아 그 환시 같은 무지개빛을 보고 있었고, 사내아이들은 저만큼 떨어져서 지난 교과서를 뜯어 딱지를 만들거나 구슬치기를 했던 것 같다.

그 봄날의 평화로움은 갑자기 터져나온 통곡 소리로 일시에 파괴되었다. 내 곁에 서서 닳아빠진 털신 위로 구멍난 양말을 신은 발을 부끄럽게 내놓고 있던 학순이가 비명처럼 할머니! 소리치며 달려갔다. 사흘 후에 우리는 상여꾼들의 구성진 노랫가락을 들었다. 어른들의 눈을 피해 학순이네 선산까지 따라갔다. 상여가 지나가는 길이었지만 봄기운을 타고 있는 대지는 발에 밟히는 느낌이 겨울 땅과는 확실히 달랐다. 부드러운 땅을 밟으면서 나는 섬뜩하고 두려운 의혹에 코끝이 맹해졌다. 그 폭설을, 그 진저리나던 북풍을…… 황막하고 긴 겨울을 다 견디어냈으면서 왜 상여에 실렸는지? 봄을 견디지 못한 분들이 학순이네 할머니뿐은 아니었다. 긴 병을 앓고 있던 마을 어른들이 상여에 실려나가던 때는 경칩이 다 지난 해빙기였다.

풀, 꽃, 새들이 모두 새로 시작하는데 그들은 상여를 타고 갔다. 상여꽃이 동구 밖 나뭇가지에 걸렸고 그 흰 꽃은 무슨 상징처럼 펄럭이다가, 소생한 나뭇잎에 가려졌다가, 물든 잎이 조락한 후 다시 모습을 나타내 펄럭이기도 했다.

봄산, 절집에 어둠이 내린다.

일어서서 절집을 돌아서 나오려 할 때다. 누군가 절집 주위에 불을 켰다. 길 사이, 나무들 사이, 미륵과 돌탑 사이로 오렌지빛 불빛이 은은히 퍼졌다. 그때야 그 사나이와 스님 사이로 오렌지빛 불빛이 은은히 퍼졌다. 나는 자꾸만 뒤돌아다봤다. 언젠가 와본 곳 같다. 언젠가 꼭 이렇게 불이 켜지는 장면을 본 것만 같다. 자꾸만 돌아다보며 산을 내려왔다. 그때껏 이 산길 저 산길을 헤매던 나는 이제 그 길로 간다. 금선사는 이렇게 내게로 왔다.

*

산에는 길이 많다.

산비둘기가 날고 다람쥐가 튀는 길목일수록 길은 소롯하고 사람들의 발자국이 적다. 이 자락 저 자락이 서로 닿고 헤어지는 산길은 다감하다. 어제 못 보던 것들, 어제는 없던 나뭇잎들이 새 얼굴들처럼 오늘은 여기저기 있다. 봄 내내 꽃이 피었다가 지고 또 피었다가 졌다. 산자락에 봄이 머물다가 가는 걸 이토록 가까이에서 바라보기는 어린 시절 이후 처음이었다.

산에, 여름이 왔다.

다시 그 사나이를 만나지는 못했다. 그는 내게 금선사 가는 길을 알려주러 잠시 현신한 관세음보살인가. 나는 봄 내내 홀로 금선사를 오르내렸다. 봄이 왔다 간 금선사 가는 길에 옥잠화의 초록이 짙다. 초록 사이로 산대추나무꽃이 얌전하다.

홀로 대웅전을 지나 뒤꼍으로 간다. 저만큼 스님이 일궈놓은 상추밭을 지난다. 지난 봄 내내 낭창낭창 피었다가 진 벚나무 곁을 지난다. 큰 바위 밑 약수 앞에 주저앉는다. 그 약수 밑으론 계곡에서 흘러나온 물이 웅덩이를 이루고 있다.

그 웅덩이 속에 어린 잉어들이 열몇 마리쯤 산다.

그들은 평화롭고 민첩하고 알록달록하다. 스님이 그랬겠지. 웅덩이 한가운데에 커다란 고무널벅지를 여기저기 오려서 가라앉혀놓았다. 잉어들은 나뭇잎이 떨어지면 놀라서 그 속으로 숨는다. 내 산책은 여기까지다. 물을 마시고 물웅덩이 속의 잉어들을 들여다본다. 잉어들의 착한 동작들을 보고 있으면 이루지 못할 욕망으로 자글자글거리는 마음속이 수굿해진다. 산책에서 돌아오는 길은 하늘이 하늘로 보이고 나뭇결도 나뭇결로 보이게끔 마음이 회복된다.

여름, 밤새 비가 내린다.

아침에 우산을 들고 금선사로 나서면서 세찬 물소리에 겁을 먹었다. 차르르 차르르, 대단한 급류다. 금선사에 도착할 때까지 길이 미끄러워 여러 번 넘어진다. 바위, 바위들. 물은 바위들을 휘돌아 폭포 소리를 내며 흘러내린다. 세상의 무엇이든 다 쓸어가버릴 듯이 사납게 차르르 쏟아진다.

물소리에 절집도 잠겼다.

여름꽃들이 넋을 잃고 떠내려가고, 나뭇가지가 휘어졌다. 절 뒤꼍으로 돌 때는 약숫물이 나오는 큰 바위 밑으로 가는 소롯한 길에까지 물이 넘쳐 길이 사라졌다. 이런, 저절로 잉어들이 살던 물웅덩이 쪽이 바라다봐졌다. 계곡에서부터 물은 거칠게 휘몰아치고 있다. 평화롭던 웅덩이는 사라지고 거기 웬 물보라가 이는 폭포가 생겨나 있었다. 웅덩이는 너무 세차게 쏟아지는 물살을 견디지 못하고 요동을 치며 물을 퍼내고 있었다. 잉어들은 어떻게 되었을까. 저 물살을 따라 떠내려가면 어디인가. 멀거니, 그 거친 물살만 보다가 내려왔다.

다음날, 금선사에 올라 후다닥 물웅덩이 쪽으로 뛰어갔다.

비가 그친 하늘이 쾌청했다. 눈과 귀가 바쁘다.

차르르 차르르, 계곡에서 맑은 물 쉴새없이 쏟아지고, 까치 두 마리가 아카시아나무 위에 앉아 장난을 치고, 풀섶에서 개구리가 폴짝 뛰어가는가 하면, 길갓집에서 텃밭 삼아 심어놓

은 길섶의 오이꽃 속에 빗방울이 고여 있다. 조금 깊이 들어
가자 꾸루룩 꾸루룩 산비둘기가 울어댄다. 물소리와 비둘기
울음소리 사이로 소프라노 목소리가 섞여 있다. 어느 바위 뒤
나 어느 폭포 밑에서 노래를 부르는 저이는 성악가이리라.

나리꽃이 보이고 패랭이꽃도 보였다. 절집 뒤꼍 약수터 절
벽에 대롱대롱 매달린 산맹감 몇 개 따먹는데 입 속으로 눈
속으로 아침하늘이 쏟아졌다. 담쟁이 잎새가 한없이 잣나무
를 타고 올라가고 있다. 이젠 내 얼굴을 알아보는 절집 흰둥
이와 눈인사를 나누었다.

아, 물웅덩이는 평화롭다.

폭포로 변했던 어제는 꿈결이었던 듯 웅덩이 속의 어린 잉
어들이 유유히 물 속을 하느작거리고 있다.

산을 내려와 조간신문을 펼치자마자, 멍해졌다. 전날까지
내린 장대비에 산사태가 난 사진이 실려 있다. 도로가 침수돼
자동차들이 물에 잠겨 있고, 등산객 둘이 급류에 휩쓸리는 참
혹한 장면이 눈에 띈다. 전철이 불통되고 채취선을 타고 가던
이는 벼락에 숨지고 시골집 쪽의 논밭은 비에 침수되어 볏도
들이 보이지도 않는다.

자연의 두 얼굴.

우리 논은 괜찮은가 시골집에 전화해보려고 수화기를 드는
데 창 밖의 하늘은 뭐? 하며 드맑다.

*

여름은 길고 더웠다.

더위를 참지 못하고 산뱀들이 산꼭대기로 기어올라갔다.

그 여름이 지났는가.

소롯한 길로 접어들수록 세상에! 감탄사가 절로 나왔다. 나뭇잎들 마르는 냄새가 코에 스친다. 투명해진 바위틈의 물빛.

어느 일요일.

그 물가로 내려갔던 것은 사람들의 어깨에 자꾸만 내가 부딪혀서였다. 어쩔 수 없는 일이었다. 그들은 올라오고 있는데 나는 내려가고 있었으므로. 흘러가는 물에 손바닥을 담가봤다. 물이 손등 위로 무늬를 그리며 흘러내려갔다. 싸함. 물 속으로 나무가 비치고 하늘이 비치고 내 얼굴이 비쳤다. 옛날의 얼굴들이 지금의 얼굴들이 바로 네 얼굴이 물 속에 비치고 비치었다. 그 위로 나뭇잎이 한 장 떨어졌다. 무릎이 저려오도록 앉아 있었다.

그 마을에선 울타리의 탱자가 노랗게 익어 그 냄새가 밭을 건너 마당에 퍼진다 싶으면 추석이 가까워졌다는 신호였다. 그즈음 어머니가 먼저 하시는 일은 여름내 모기장이 쳐져 있던 방방의 문짝을 떼내 새로 바르는 일, 이불홑청을 풀먹여 시침뜨는 일이었다. 어머니는 바빠도 사람 손이 타는 문고리

108

옆에는 문종이 한 장을 덧바르면서 사이에 감나무 잎새 끼워 넣으시는 걸 안 잊으셨고, 광목을 반듯하게 펴 잡아당겨야 할 때는 집 안에 여자가 없어 어머니의 맞수가 될 수 없는 어린 내가 그 한 끝을 잡아주곤 했는데 나는 어머니가 입 안에 가득 물을 머금었다가 푸— 하고 내뿜는 게 재미있어서 그것 구경하다가 매번 홑청 한 끝을 놓쳐버리곤 했다.

마을을 들락거리는 보따리 장수에게서 우리 여섯 형제들 추석빔을 마련해 장롱에 넣어두시는 것 또한 어머니는 안 잊으셨다. 추석빔이 장롱에 간직되는 순간부터 나는 하도 장을 열어보며 새옷을 꺼내 대보고 입어보고 해서 추석날 아침에 보면 이미 손때가 끼어 있곤 했다.

추석 전날은 문풍지며 장롱 속이며 새로 단장된 집의 대문이 활짝 열리고, 장닭이 잡히고, 화덕에 걸린 솥에선 돼지머리가 삶아지고, 아랫목에선 식혜가 삭혀지고, 시루떡이 쪄지고, 모시잎 송편이 밥소쿠리 가득 쌓여졌다. 차례 음식을 마친 밤에 어머니는 마지막으로 큰 솥에 장작불로 물을 데워 커다란 고무 목욕통에 큰오빠부터 한 사람씩 우리 여섯 형제를 씻기곤 하셨는데 엄살부리다가 등에 빨간 손자국 하나씩 얻은 채로 목욕을 마치고서 새로 시친 이불 속으로 들어가건 깃이 너무 빳빳해 목이 아프긴 했어도 뭔가 아련하니 좋았다. 그리 좋은 그 밤이 어머니에겐 잠 한숨 못 주무시는 밤이었을 게다. 우리들 머리맡에 아침에 갈아입을 내의와 새옷을 챙겨 놓아주시고, 명절 전밤은 환해야 한다고 등에 불을 켜서 처마에 달아놓으시고, 광 선반에서 차례상 음식을 담을 목기를 꺼내 행주로 닦으시는 거 보다가 설핏 잠이 들었다 깨어나보면, 어머니는 벌써 부엌에서 고깃국을 끓이고 계셨다. 처마에 달아놓은 등불이 꺼지지도 않았는데.

물가에서 일어서려니 무릎이 저렸다. 저린 무릎을 달래가며 산을 다 내려와 산 입구에서 캔맥주를 하나 샀다. 마개를 따자마자 반을 마시고 반을 그 자리에 그대로 두고 무슨 급한 일이 있는 양 빠른 걸음을 걸었다. 빈 속을 쭈르륵 타고 내려간 맥주의 취기가 아련했다.

다음날 물병 두 개를 배낭에 넣고 다시 산에 올랐다.

산새들은 가볍게 깃을 치며 저기로 날아갔다. 아직도 여름인 줄 알고 반팔을 입은 내 팔에 오소소 소름이 돋는데 돌배나무 떡갈나무 잎들 사이로 햇살이 쏟아져들어온다.

지난 여름 내내 가을 같은 건 절대 올 것 같지 않았다.

그 폭서를 뚫고 가을이 왔다. 돌배기 아이가 아빠를 쫓아 엉기적거리며 산을 오른다.

쪽빛 하늘이 서늘하게 이마에 내려앉는다.

그 더위 속에서도 어린 나무들은 성장해 가지를 하나 더 키워내놓았다. 여름 동안 금선사를 오르내리며 참, 자 따라붙는 말을 참 많이도 중얼거렸다. 참 좋다. 참 이쁘구나. 참 맑다.
중얼거림 사이로 여름꽃이 후두둑 지고 짙푸른 녹음 속으로
여름새가 포로롱 날아가고 이제는 찬바람이 산길을 미우고
있다.

나는 물병 두 개에 물을 채워 배낭에 지고 산을 내려온다.

자꾸만 배낭 밖으로 물이 흘러나온다. 물병이 비뚜름하게
놓여졌나 싶어 손을 뒤로 해서 짐작으로 반듯하게 해놓고 걸
어도 또 물이 흘러나온다. 여러 번 그리 해도 소용없다. 자꾸
간 물이 흐른다. 물병이 깨졌나, 싶으면서도 대충 참고 내려
오려는데 흘러나온 물이 옷을 젖게 해 여간 성가신 게 아니
다. 등이 축축이 젖고 나서야 할 수 없이 배낭을 풀어 바위 위
에 얹어놓고 살펴보았다. 물병이 삐뚜름하게 놓여진 것도 깨
진 것도 아니다. 물병 꼭대기까지 물을 가득 채워서 걸을 때
마다 출렁거려 넘친 탓이다. 두 개의 물병을 차례로 뚜껑을
열어 얼마쯤의 물을 바닥에 쏟고 다시 배낭을 짊어지고 걸었
다. 그때야 괜찮다.

*

산에 바람이 매섭고 인적이 드물어졌다.
겨울이다.

겨울은 생각이 많은 계절…… 겨울이 들면서 몹시 피로해진 내 마음이 그 절집을 하루에 두세 번 가게 한다. 겨울은 산에 더 일찍 엎드리는 법. 십일월부터 산길로 접어들면 손끝이 맵고, 코끝이 싸아하고, 바람이 불면 눈이 시려운 길을, 도토리묵을 만들어 파는 꼬부랑 해주 할머니 가게 앞 아무도 거두지 않는 붉은 감들이 아슬히 매달려 있는 길을, 저절로 낙엽이 된 잡목숲속 덩굴이 무성한 길을, 지나지나간다.

흰 개 두 마리가 금선사 가는 길 겨울 길목에 앉아 있다.

여름에 막 강아지 티를 벗어냈던 작은 개도 큰 개가 되었다. 먼 데서 보면 둘은 누가 오래된 개인지 모르게 똑같다. 나는 그들의 등을 쓰다듬어주거나 눈으로 불러대면서 그 둘이 모녀간이거나 모자지간임을 의심치 않았다. 그들과 친해지며 산딸기와 우기와 단풍진 가을을 건너왔다.

가끔 사람들로부터 소설을 쓰게 된 동기가 무엇이냐는 질문을 받는다. 그러면 나의 대답은 그냥 어려서부터 글을 읽는 게 좋았고, 읽으면서 막연히 글을 쓰면서 살고 싶다는 생각을 했다고 말한다. 하지만 글 읽는 걸 좋아했다고 해서, 또 그런 꿈을 가졌다고 해서 누구나 다 그렇게 되지는 않을 것이다. 성장기의 어느 대목에서 그 막연한 생각을 구체적인 희망으로 바꿔놓는 계기를 만나게 돼서 그리 되는 건 아닐까 하는 생각을 해본다.

나는 시골에서 중학교를 졸업하고 서울로 고등학교를 가기 위하여 시골집에서 일 년을 묵었다. 그러다가 서울로 오게 되니 예고된 이향이었음에도 마음이 침울해졌고, 환경에 적응이 잘 안 되어 학교 생활조차 제대로 할 수가 없었다. 학교를 며칠 빠졌었다.

나는 내가 공기 같았고, 어디에 있으나 나 자신이 어색했다. 선생님이 가정방문을 오셨다. 자취를 하고 있었으므로 선생님이 와서 만난 사람은 부모가 아니라 나였다. 선생님은 아무 말씀도 안 하시고 학교에 나오라고 하셨다. 다음날 학교에 갔더니 선생님은 내게 반성문을 써오라 하셨다. 무엇이든 노트에 끄적이는 걸 좋아했던 나는 반성문을 노트 반 권쯤 써서 갖다드렸다. 무슨 사연을 어떻게 적었는지는 오래된 일이라 기억이 나지 않지만 선생님께서는 좀 놀라셨던지, 반성문을 쓴 노트를 건네주시면서 하시는 말씀이 너, 소설 써보는 거 어떻겠니? 하셨다. 소설?

그때까지만 해도 소설이란 굉장한 사람들만이 쓰는 것인 줄로만 알고 있던 내게 선생님의 그 한 말씀은 구체성을 띠고 파고들었다.

내가 훗날 대학을 졸업하고 등단을 해서 선생님께 인사드리러 갔더니 선생님은 하하, 웃으시며 정말 소설가가 되었구나, 하셨다. 나는 네가 마음을 못 붙이고 헤매길래 해본 소리였는데 너는 정말 소설가가 되었구나. 간혹 내 자신에게 그때 그 은사를 만나지 않았어도 나는 글쓰는 이가 되었을까? 물어볼 때가 있다. 살아보지 않은 시간에 대해서 무슨 말을 하겠는가만 글쓰는 이가 되었다 해도 아주 먼 길을 돌아 돌아 왔을 건 틀림없다. 그분은 말씀 한마디로 그 먼 길을 줄여주신 것이다.

어느 날이다.

절집에 웬 닭이 한 마리 멀뚱거리고 있다. 절집 뒤 바위턱에 앉아 웬 닭일까? 궁금해하는데 그곳에 처음 들른 등산객이 스님에게 웬 닭이냐고 나 대신 물어준다. 한껏 쏠리는 내 귀.

나도 저 닭이 어디서 왔는지 모르겠소.

스님의 대답에 나는 그만 픽, 웃고 말았다.

어디서 왔는지 모르다뇨?

등산객이 의아하게 다시 반문한다. 다시 쏠리는 내 귀.

그냥 어디서 와가지고 저러구 있지 뭐요.

예?

등산객도 웃는다.

내 웃음을 거두게 한 건 스님 뒤켠에 서 있던 보살의 뒷말이었다.

짐승들이 여기가 좋은 줄 알아보는 모양이어요. 저 개도 새끼 때 지 주인이 산책 삼아 데리고 나왔다가는 안 가겠다구

안 가겠다구 버팅겨서 여기 놔두고 갔지유. 저놈은 여기 살구 주인이 가끔 보러 오지요.

나는 멍해졌다. 설마……? 둘이 너무나 똑같이 생겼기에 단 한 번도 모녀거나 모자지간임을 의심치 않았었는데. 서로 전혀 혈연관계가 없는 개들이라구?

개와 닭은 물끄러미 본다. 겨울바람이 휘익 빈 나뭇가지들을 스친다. 흰 개들은 서로 가까이 코를 대고 앉아 있다. 닭도 스님 곁에 퍼지르고 앉아 있다. 자기네들에게 알맞은 장소라는 듯 아무 근심이 없다. 다시 겨울바람이 휘익 계곡을 휘돌아 스쳐간다. 개와 닭을 두고 산을 내려온다.

저들은 어디를 헤매다가 어떻게 여기로 왔을까. 코끝이 시리다. 지난 계절 내내 헤매던 마음들. 이 겨울 어느 하루만이라도 가장 살고 싶은 장소에 놓여져봤으면, 거기서 줌시 쉴 수 있었으면.

어머니

어머니가 아버지께 시집을 때 나이는 열일곱 살. 어머니는 가끔 민요처럼 열일곱에 너그 아버지에게 와서……를 서두로 옛날 일을 말씀하시는데 그때마다 나는 멍해지곤 했다. 열일곱 살? 어머니에게도 열일곱이란 나이가 있었다니…… 실감이 안 났던 것이다. 어머니란 마치 어린 시절도 처녀 시절도 없이 처음부터 어머니였던 것만 같으니.

젊은 시절의 어머니를 생각하면 가만히 앉아 있는 모습이 없다. 언제나 팔을 이만큼 걷어붙이고 마당으로 뒤꼍으로 밭으로 논으로 바삐 걸어다니고 계신다. 떠오르는 옷차림은 일하기 편한 몸뻬바지, 기껏 뻔을 부려보셔야 월남치마.

텃밭에 빈틈없이 감자를 심고 콩을 심고 이만큼엔 아욱 이

만큼엔 상추 쑥갓 부추, 밭 둘레엔 오이와 호박 옥수수 씨앗을 뿌려 가꿔야지, 제사 많은 종가 살림 진행시켜야지, 마루 한번 안 닦아주는 아들들에게 늘 좋은 역만 하는 아버지 대신 회초릴 들어야지, 후아, 숨차다.

추석이나 설날 전날 밤에 우리를 목욕시키던 어머니의 손.

차례상에 올릴 음식을 장만하시느라 고단해진 몸을 눕힐 틈도 없이 명절 전날 어머니께서 마지막으로 하시는 일은, 걱정 솥에 물을 데워서 고무목욕통에 퍼놓고 우리를 차례로 목욕시키는 일이었다. 여섯이나 되는 아이들을 차례차례로 곡욕을 시키시는데 대충이 없으셨다. 의식을 치르듯 귀밑, 겨드랑이밑, 복숭아뼈밑까지 문지르고 팔뒤꿈치 발뒤꿈치에 낀 때를 밀어내시던 투박한 손. 비누질해 머리 감기고 흐뭇하셔서 엉덩이를 한 대씩 때려서 방으로 들여보내시던 손. 물이나 어디 지금처럼 콸콸 나왔나, 우물에서 길어와야 됐었다. 어깨가 넓어지실 만도 하다. 잠은 언제 주무셨을까. 아침게 나른한 잠 속에서 깨어나보면 우리들 각각의 머리맡에 새 내복과 깨끗한 겉옷이 나란나란히 포개져 있고 벌써 어머니는 부엌에 나가 계시곤 했다.

나는 어머니하고 똑 닮았다. 어머니와 같이 있으면 사람들이 모녀가 국화빵 찍어놓은 것같이 똑같다고들 했다. 그런 말을 들을 적이면 버럭 화를 내시던 어머니. 그런 소리 말라고,

나를 닮아 무엇에 쓰냐고, 이애 코가 내 코보다 훨씬 이쁘다고. 옆에 서 있는 내가 민망할 정도로 어머니는 내가 당신을 닮았다는 말을 내치셨다. 어렸던 나는 딸인 내가 당신을 닮았다는데 왜 성을 내시는지 모를 일이어서 의아하게 어머니 옆얼굴을 바라보곤 했다. 내가 당신을 닮은 것이 싫은 게 아니라, 내가 당신처럼 살게 되는 것, 어머니는 그것이 싫으셔서 지레 당신을 닮았다고 하면 화를 내셨지, 싶다. 어머니는 이미 그때 이 땅에서 여자로 태어나 이루어지는 삶이, 그것도 산골에서 태어나 살다가 그보다 그닥 나을 것 없는 그 산골 앞 농가로 시집와 사는 여자의 삶이 얼마나 가파른 것이었는지를 알고 계셨던 것 같다. 그래서 혹시 당신 딸인 내가 그 삶을 잇게 될까봐 그저 얼굴이 닮았다는 말조차 싫으셨던 게다.

어머니는 내가 어머니와는 다른 삶을 살아주기를 원하셨다.

홍어 껍질을 벗기던 어머니 손에 끼어 있던 반지. 홍어 껍질은 워낙 섬세하다. 물은 차갑기가 얼음장인데 장갑을 끼고선 그 섬세한 껍질을 벗길 수 없다. 손은 차디찬 물에 벌게진다. 농사일로 두툼해진 손가락 감촉으로 그 예민한 홍어 껍질을 벗기는 일은 더디다. 어머닌 얼굴이 빨개지도록 애를 쓰시며 홍어 껍질을 벗기시다가 물을 떠주고 있던 나보고 머리 부분을 잡아보라 한다. 어머니 힘과 내 힘이 서로 비슷이나 한가. 잡아당기다가 그만 뒤로 넘어지신다. 일어서실 때 내 얼

굴을 빤히 쳐다보시며 그러셨다. 내 너는 제사 많은 집에 절
대 시집 안 보낼란다. 너는 이런 촌에서는 살지도 말어라. 그
러려면 공부 열심히 해야 한다. 그때 그 고장에선 중학교에
입학 못 하는 학생들이 태반이었다. 가난했었다는 기억이 없
는데도 위로 오빠들만 셋을 둔 나는 상급학교에 진학할 때다
다 고비였다. 어머니께서는 당신 손에 끼고 계시던 반지를 빼
서 팔아 만든 돈으로 나를 중학교에 보냈다.

애초에 논일 밭일에 나를 끌어들이시질 않던 어머니.

그즈음 내 또래들은 다들 학교 갔다 오면 밭을 매거나 논일
을 거드는 게 예사였지만 어머니는 한 번도 나를 논이나 밭으
로 불러내시질 않았다. 살림은 크고 위로 오빠만 셋이라 집
안에서 해야 될 일이 많은 탓도 있었겠지만, 그저 새참 뒷심
부름 하는 일 이외는 논밭엔 나가질 못하게 하셨다. 이유는
한 가지. 내 얼굴이 볕에 그을린다는 것. 내가 어쩌다 논에 막
걸리라도 갖다줄 일이 생기면 어머니는 내게 밀짚모자를 씌
우고 팔토시를 끼워서 볕에 살갗이 드러나지 않도록 단속을
하셨다. 어머니의 그 특별한 배려 때문에 나는 시골에 살면서
도 그 흔한 나물 캐러도 어머니 몰래 다녔고, 산에 오르거나
갈퀴나무를 해오는 일은 꿈도 못 꾸었고 늘 얼굴이 허여멀건
해가지고 다녔다.

어머니는 동네에서도 손이 크다고 호가 나신 분이다.

종가 살림을 맡아 사십 년을 살아오시는 동안 어머니 삶에 저절로 스며든 그 손 큼은 무엇을 해도 많이 해서 옆집 뒷집 돌려 나누도록 하신다. 옥수수를 삶으셔도 한 솥을 삶아 소쿠리에 가득 담아 내놓으시고, 여름밤 같은 땐 마당에 화덕을 내놓고 찐빵을 쪄주셨는데 그 반죽이 크나큰 널벅지로 가득이었다. 하긴 두 살 터울 세 살 터울의 우리 형제들 먹성이 또 웬만했어야지. 빵을 만들어 한 솥씩 쪄내봐야 다시 새 솥이 쪄지기도 전에 다 먹고는 새 빵이 나오기를 종종 기다리고 있는 판국이었으니. 한 솥을 쪄내면 달려들어 먹고, 또 쪄내면 또 달려들어 먹고 하다가 양이 차서가 아니라 밤이 깊어 졸려서 마지못해 잠이 들면 어머니는 혼자서 별을 보며 밤새 빵을 쪄내 큰 소쿠리에 담아 장독에 내놓아 이슬을 맞혀두셨다가 다음날 내주시곤 하셨다. 자상하셔서 회초리 한 번 못 드시는 아버지를 대신해 자주 회초릴 드셨던 어머니. 막내만 제외하곤 한 사람이 잘못하면 다섯 모두 종아리 걷고 쭉 서게 하셨다.

울보, 어머니.

형제들 중 맨 처음 큰오빠를 서울로 보내놓고는 며칠을 괜한 장롱의 옷들을 꺼냈다가 넣었다가 하시며 우시더니, 둘째 오빠가 사관학교에 갔을 적에는 배웅길에 수박을 한 덩이 사들고 오시다가 허전한 마음에 신작로에 떨어뜨렸던 모양이었다. 다 깨진 걸 기어이 안고 집에 오셔서는 마루에 엎드려 우시는데 나도 어머니 등에 포개져서 한나절을 울었었다. 내가 정읍에서 여중을 졸업하고 서울에 있는 큰오빠와 살림을 나려고 집을 뜰 때 또한 며칠 전부터 내 그림자만 보고도 우시는 통에 어머니가 마루에 앉아 있으면 나는 뒤꼍으로 돌아서 또랑에 가야 했었다. 그 많은 눈물이 어디에서 나오는지. 그해 모내기 끝내던 날 밤차로 나를 도시로 데려다주실 때 어머니가 입고 계시던 오렌지빛 한복 옷고름이 닳아지도록 눈물을 닦아내시는 통에 그만 창피해진 나는 차창 밖만 뚫어져라 바라봤었다. 서울에 나를 놓고 가시면서는 차마 떨어지지 않는 발걸음 돌려세우시느라 뒤 한 번 안 돌아보시고 가시더니 어린것을 너무 일찍 대처에 내보냈다시며 고추 따다가도 우시고, 빨래하시다가도 우시는 통에 한번 다녀가라는 아버지의 편지를 받아야 했을 정도로 잘 우신다.

어머니는 아주 사소한 얘기도 재미나게 하시는 능력을 가지셨는데 어떤 이야기를 하시든 그래서 행복하셨다거나, 그래서 슬프셨다거나 그런 결론이 없으시다. 늘 그랬더란다, 가 끝이다. 그런 어머니께서 최근에 들어서는 화법이 바뀌셨다. 그때가 좋았다, 고 말씀하신다. 어머니가 말씀하시는 그때란, 어린 우리 형제 방방에 가득하고 감자를 한 솥씩 삶아 내놓아도 게눈 감추듯 금세 없어지고 했던 때이다. 그때가 좋았어

야, 지금은 영 사는 재미가 없구나, 정지에 나가봐야 뭘 맨들
어볼 마음도 안 나야. 맨들어봐야 먹을 사람이나 있어야제.
마당을 내다봐야 뵈는 사람 하나나 있냐? 너희들 바글바글할
때가 좋았어야.

아버지 회갑잔치 날이었다. 이제 머리가 희게 세신 외삼촌
이 대문을 들어서시자 마루에 서 계시던 어머니, 반갑게 뛰어
나가며 오빠— 하고 외삼촌을 부르셨다. 나는 그만 깜짝 놀랐
다. 어머니 입에서 흘러나온 오빠라는 말이 주는 생경스러움.
오빠가 셋이나 되는 덕에 세상에다 대고 내가 가장 많이 쓴
말 중의 하나가 오빠인데, 그 흔한 오빠라는 호칭을 어머니가
외삼촌한테 쓴 순간 나는 화들짝 놀랐다.

그때서야 처음으로, 어머니가 외할머니의 귀여운 딸이었고
외삼촌의 재롱둥이 막내동생이었구나, 처음으로 우리들의 어
머니로서만이 아니라 어머니의 유년, 어머니의 소녀 시절들
이 엿보였었다. 흰머리의 어머니가 역시 흰머리의 외삼촌의
팔에 매달려 막내동생 티를 함빡 내실 때야, 아, 어머니께도
열일곱 살이 있었겠구나, 스무 살이며 서른 살도. 어머니에
대해 어떻게 다 말할 수 있으랴…… 말해질 수 없는 부분에
어머니는 더 많이 잠겨 계신다.

생각해보면 나는 어머니를 어머니 이외의 다른 모습으로
단 한 번도 생각해보질 않았다. 어머니에게도 다른 삶이 있고

어머니 또한 외할머니의 어린 딸이었으며, 외삼촌의 막내동생이었다는 것조차도.

우리들이 도시에서 각자 제 힘으로 살게 되니 어머닌 갑자기 생기를 잃으신 듯 자주 맥을 놓으신다. 아플 시간이 없으셨던지, 앓아눕는 법도 없으시더니, 늘 소화가 안 된다 하시고, 머리가 아프다 하시고, 가슴이 두근거린다, 하시며 어지럼증에 시달리신다. 가끔 새벽에 전화하셔서 여그 잊어버렸냐? 한번 안 올래? 하신다. 그러시면서도 정작 우리 형제들이 모여 있는 이 도시로 오시는 건 아주 겁내하신다. 열일곱에 넝뫼라는 산골에서 그보다 조금 덜 산골인 지금 사시는 마을로 오셔서 사신 지 사십 년. 단 한 번도 거길 떠나보신 적 없이 그곳에서만 사신 어머니 몸은 자정능력이 없는 공기와 물에 민감하시다. 이 도시에 사흘만 계시면 병이 나신다. 공기가…… 물이 맞지 않으신 것이다.

가끔 주무시는 어머니 얼굴을 물끄러미 보게 될 때가 있는데 그때면 왠지 마음이 쓸쓸해진다. 어머니가 언제나 우리를 지켜주고 보호해주리라는 믿음, 그 어리석음. 어머니에게도 수줍은 열일곱 살이 있었고, 서른이 있었다는 걸, 그러기에 쉰이 되시고 예순이 되어가신다는 걸 나는 이제야 실감한다. 이제 더이상 우리를 지켜주시는 분이 아니라 이젠 역할이 바뀌어야 함도 실감한다. 부모은중경의 한 게송이 좁은 길을 뚫고 올라온다.

생각하니 그 옛날의 아름답던 그 얼굴과 아리따운 그 몸매는 유연도 하셨어라. 은혜가 깊을수록 옥의 모습 사라졌고…… 오로지 사랑하고 거두시다…… 얼굴 모양 바뀌셨네.

그러나 자식은 끝끝내 자식일 뿐. 어머니 늙으시니 든든한 무엇을 잃은 듯한 상실감이 마음속으로 휘이— 지나간다. 누구에게나 단 하나뿐인 어머니. 아, 나는 바람막이를 잃었구나. 누가 어머니처럼 하겠는가. 누구에게나 그것만은 단 하나 있는 것. 어머니가 아니면 누구도 그럴 수 없는 것. 자식은 이렇듯 끝끝내 자식일 뿐.

여행이 끝나면 남들한테도 말하리

요즘 내가 만나는 사람들은 나를 보면 여행을 권한다.

내 얼굴 어디에 여행을 가고 싶다, 고 써 있기나 한 듯 한 결같이 그런다. 어느 날은 아주 가깝게 지내는 이마저 내게 여행을 권하기에 그에게 반문해보았다. 내 얼굴 어디에 어디 가고 싶다고 써져 있나요? 왜 나보고 다들 여행을 가라고 그러지요? 그의 대답은 이랬다. 지쳐 보여서 그럴 거야. 내 보기에도 너가 요즘 얼마나 예민해져 있는 줄 아니?

집에 돌아와 거울을 들여다본다. 눈 밑에 피로가 쌓여 있다. 피부도 건조해져 까슬하다. 하지만 이것들 때문에 여행을 권하진 않았으리라. 눈 밑이나 뺨에 드러난 피로 때문이라면 여행을 권하는 게 아니라 쉬라 했을 것이다. 거울을 보는 동안 조금 멀리 있는 이들의 말은 그렇다 하더라도 육친처럼 가까이 있는 그의, 내 보기에도 너가 요즘 얼마나 예민해져 있는 줄 아니? 라는 말이 내내 마음에 걸린다. 표현이 좋아 예민이다.

작년부터일 것이다. 얼굴이 달라졌다. 느닷없이 나이를 먹은 사람처럼 초췌해졌다. 용수철처럼, 손이 닿기만 하면 튀려는 공처럼 얼굴 여기저기에 잠식하고 있는 신경질. 서른 이후의 얼굴은 자기 자신의 책임이라 했는데…… 겨우 일 년 만에 무엇 때문인지도 이제는 잊어버린 욕망들로 이렇게 얼굴을 상하게 해놓다니.

*

양지에서 에이치를 만났다. 우리는 구석, 그 자리에 앉아 얘기를 나누다가 통보쌈집(에이치가 원고료를 탔나보다)에서 저녁식사를 하고, 교보문고에서 책을 보고, 다시 차를 마시고 싶어졌는데 차마 양지로 또 가지는 못하고 그 밑 겨울나그네로 들어갔다. 우연히 그곳에서 엘 선생과 함께 있는 후배 엠을 만났다. 엘 선생께서 사주시는 진토닉을 한 잔 마셨을 뿐인데 내 세포는 휘파람처럼 풀어졌다. 엘 선생과 헤어지고 다시 양지로 와 커피를 마시다가 엠이 먼저 갔다. 에이치와 나는 선뜻 헤어지지 못하고 어둡게 오래 앉아 있었다. 아무 짓도 하지 않고 서로의 불안에 전혀 참여하지 않고 침묵 속에 마냥 앉아 있었다.

얼마 후…… 얼마 후, 우리 부산에 갈까? 눈빛마저 휑해진 에이치의 제의로 우리는 낙엽처럼 부스스 일어섰다. 귀가해도 늦을 시각에 부산에 다녀오겠다는 내 전화를 받은 동생은 어이가 없어서인지 걱정이 돼서인지 분명치 않은 말투로 잘해봐, 냉랭하게 말했다.

그렇게 느닷없이 우린 부산으로 출발했다. 서울역에서 열한시 오십오분 발 기차를 타고…… 아직 날이 새지 않은 새벽에 에이치와 나는 부산역 지하철 화장실에 있었다. 그곳에서 세수를 하고 머리를 빗고 나와 해운대를 통과하는 버스를 탔다.

……수목 사이로 벤치 사이로 보이는 바다, 계단 하나씩을 오를 때마다 조금씩 우주처럼 뜨는 바다……

하얀 운동복을 입은 조깅객을 따라, 바다를 끼고 있는 공원의 숲속으로 들어가 바다가 내다보이는 비탈에 앉았다. 나무들 사이사이로 물은…… 물은 비취빛이었다. 흰 부표들. 바다새들. 물의 부드러움에 휩싸여 홀가분했다. 자유스러웠다. 서로 몸을 기대고 앉아 있는 에이치와 내 앞으로 머리에 함지를 인 여인이 지나갔다. 비틀비틀 바다로 바다로 내려간 여인은 물과 가장 가까운 곳에서 함지를 내렸다. 마술상자처럼 함지 속에선 상이 나오고 징이 나오고 사과가 나오고 명태가 나오고 떡이 나오고 물통이 나왔다. 여인은 보자기를 바닥에 깔고 상 위에 제물을 펴고 바다를 향해 징을 치기 시작했다. 새벽바다에 서서히 울려퍼지기 시작한 징소리는 점점 격렬해졌다. 같은 속도로 비틀어지는 여인의 상체. 징소리가 파도 소리 같아질 때쯤에야 비탈길에 앉아 있던 나는 바다를 향해 징을 치고 절을 하는 사람이 그 여인만이 아니라는 걸 알았다. 해뜨기 전의 새벽바다 여기저기에 무릎을 꿇은 사람들이 기원을 올리고 있었다. 바닷사람들의 바다를 향한 간절한 원들을 싣고 징소리는 퍼져나갔다. 지평선까지…… 그 너머 머나먼 세계로까지.

그 남자를 만난 건 에이치와 내가 태종대로 가기로 정하고 오뎅국물로 몸을 녹이고 있었을 때였다.

빨간 프라이드에서 내린 남자는 포장마차 주인에게 태종대로 가는 길을 물었다. 에이치와 나는 동시에 남자의 뒤를 졸졸 따라갔다. 남자는 키가 작았고 눈에 핏발이 서 있었고 말이 없고 하얗게 마르고 부르튼 입술을 하고 있었다.

태종대까지 태워다달라는 우리의 청을 남자는 그저 고개를 끄덕이는 걸로 받아들여주었다. 차 안, 어색한 침묵 속에서 에이치가 관광객이세요? 묻자 남자는 낮게…… 도피중입니다, 라고 대답했다. 도피중? 나는 그때야 차 안을 둘러보았다. 차 안엔 그 흔한 휴지 하나도 없었다. 빨간 프라이드는 새차였다. 자동차공장에서 방금 만들어져 나온 듯이 의자는 비닐에 싸여져 있었고 여기저기에서 아직 사람 손이 타지 않은 새 차 냄새가 풍겨나왔다. 앞 차창으로 방금 솟아오른 아침햇살이 쏟아져들어왔다. 눈이 부신 남자가 손을 뻗어 차양을 내리는데 그 속에서 만원짜리 지폐가 쏟아졌다. 남자는 덤덤히 의자에 쏟아진 만원짜리들을 차양 속에 밀어넣었다.

태종대에서 우리와 함께 내린 남자는 관광품 파는 가게에서 태종대 마크가 찍힌 수건을 사들고 화장실로 사라졌다. 한참 후 나타난 남자는 세수를 말끔히 한 얼굴이었다. 차를 한잔씩 나눠 마실 때 처음으로 남자는 입을 열어 언제 제주도에 가거든 협재에 들러보라 하였다. 북제주에 있는 미개발지역인데 진짜 제주도를 느낄 수 있다고.

협재가 그의 고향일까? 나는 에이치도 모르게 남자의 붉게 충혈된 눈을 훔쳐봤다. 따뜻한 차를 마셨어도 그는 추위가 가시지 않는지 하얗게 말라 있던 입술이 바닷물처럼 시퍼랬다. 종이컵에 담긴 차를 다 마신 뒤 그는 정중하게 작별인사를 하고선 세워놓은 빨간 프라이드를 타고 먼 길 속으로 사라졌다.

해운대가 여자라면 태종대는 남자였다. 부드럽고 아름답그 평화로워 보였던 해운대와는 달리 태종대는 거칠고 광막하고 물살이 셌으며 물빛도 짙은 청보라였다. 배가 지나갔다. 망부석이 떠 있다. 사람들이 홀로, 혹은 다정히 바위를 건너다녔다. 에이치는 오직 에이치인 듯, 나는 오직 나인 듯 서성였다. 추워서 우린 서로 등을 대고 바위에 오래 앉아 있었다. 에이치의 머리카락이 부드럽게 해풍에 날려 내 얼굴을 간지럽혔다. 에이치와 등을 대고 무릎에 얼굴을 파묻자 방금 헤어진 도피자의 얼굴이 떠올랐다. 지금도 그는 무사히 도피중일까? 언젠가는 협재에 가보리라.

돌아오는 길 에이치의 휑한 눈이 차창 거울에 비친다.

나는 갑자기 에이치가 저 건너에 앉아 있는 것 같아 급히 손을 뻗어 그녀를 확인한다. 에이치가 바로 곁자리에 있는 것에 안심이 되어 그녀의 손을 꼭 쥐었다. 영문을 모르는 에이치가 거품같이 웃는다.

*

독일 뮌스터에서 고고학을 공부하고 있는 그녀가 있다.

그녀가 떠난 지도 벌써 이 년이 되어간다. 늦은 나이에 독일 행을 결심한 그녀는 서울을 떠나기 전, 여기저기를 돌아다녔다. 그녀의 고향 쪽으로, 남도로. 그리고 얼마간 그녀는 나와 함께 살았다. 어느 날 밤 그녀는 내게 우리나라 바다에 가고 싶다고 거기에 갈 때 내가 동행해줄 것을 청했다. 떠나는 사람이 뭔가를 청할 때는 거절할 수 없는 게 누구나의 마음이고, 나라고 예외일 수 없었다. 출국을 며칠 남겨놓고 그녀와 나는 고속버스터미널에서 강릉 행 표를 끊었다. 버스는 여름볕을 달리고 달려 우리를 강릉에 내려놓았다.

거기에서의 이틀을 나는 별로 기억하고 있지 못하다. 낙산에서 속초까지의 해안길을 아주 오래오래 걸었다는 것, 뒤쪽지에 여름볕이 쏟아졌었다는 것, 숙소를 정하지 못해 근처의 여관을 순례했었다는 것, 밀짚모자를 하나씩 사서 나눠 썼다는 것, 키가 작은 그녀를 잃어버려(그녀 쪽에선 나를 잃어버렸을 테지만) 바다를 향해 그녀 이름을 불렀었다는 것, 그 여행은 이 정도로 기억될 뿐이다.

아, 한 가지. 돌아오는 날 무엇 때문인지 우리는 상당히 지쳐 서울 행 차표에 적힌 시간을 두 시간이나 앞당겨 속초 시내로 나왔고, 그 시간을 어떻게 보내야 할지를 몰라 택시를 탔었다. 그리고는 속초에서 차를 마실 수 있는 가장 높은 빌딩에 데려다달라고 했던 기억이 있다. 우리가 내린 곳은 속츠관광호텔이라는 곳이었고, 그곳 칠층인지 팔층인지에서 우리는 시켜놓은 차는 손도 안 대고 멀리 보이는 바다를 내다보며 그렇게 두 시간을 앉아 있었다. 내게는 그것이 그 여행의 다였다.

그런데 그녀에겐 그게 다가 아니었나보았다. 그녀는 편지에 그 여행의 그 바다가 그립다고 써왔다. 사무치게 그리우며, 그 그리움이 힘이 된다고. 한 개에 일 마르크, 우리 돈으로 오백원쯤 하는 복숭아 하나를 사는 데 사흘을 망설일 때마다, 그녀는 출국 날짜를 앞두고 다녔던 여기 산과 바다를 생각한다고. 속초에서 가장 높은 곳에서 두 시간 동안 바다를 내려다봤던 그 시간들을 생각하면 복숭아 하나를 먹는 데 사흘을 망설여야 하는 고됨이 누그러진다고.

*

그렇지 자네하고 나하고 말야, 샐!
이런 차를 갖고서 온 세계를 이해하고
돌아다닐 수 있을 거야. 길은 결국에 가서
온 세계하고 통할 수 있으니 말야……
가지 못할 곳이 어디 있어……
— 케루악, 노상에서

그때,

밤 열한시쯤 나는 서울역 대합실에서 케이를 기다렸다. 케이에 비해 시간적으로 한량이었던 내 손바닥엔 마산으로 향하는 기차표 두 장이 쥐어져 있었다. 사십구 퍼센트의 영혼을 권태에 파먹히고 있던 케이와 나는 전날 밤 심야통화 끝에 휙 바람이나 쐬자, 했던 것이다. 떠나려면 그녀는 수화기를 놓은 그 순간부터 허리를 세우고 한 밤과 한 낮을 바쳐 꼬박 마무리지어야 할 일이 있었으므로 자연적으로 갈 곳 결정은 나 혼자 하게 되었다. 서울역에 먼저 나와 경부선과 호남선을 왔다 갔다하며 지명을 쳐다보았으나 선뜻 내키는 곳이 없었다.

어쨌든 한 번도 안 가본 곳으로 가자, 고 폭을 좁혀서 두리번거리다가, 마산을 거치면 바다로 나갈 수도 있을 것 같다는 생각 하나로 마산을 택하고…… 케이를 기다렸다. 피곤해서 움푹 잠긴 눈으로 나타난 케이는 마산? 그래 생각나는 게 마산뿐이 없었어? 물었다. 바다로 통하는 길…… 어쩌고 구시렁거리는 나를 멀거니 바라보던 케이도 별수가 없었는지…… 아무튼 가보자, 했다.

비트 족은 노상에서 사랑하고 생을 생각하고 죽음마저도 노상에서 치른다던가. 문명의 집시가 되기로 한 그들의 구호는 여행자처럼 생(生)을 살자, 였다는데, 나는 기차가 서너 시간 달려갔을 때부터 피곤해지기 시작했다. 토막잠을 자다 가 눈을 뜨면, 차창으로 우두컨한 내 모습이 비쳤고…… 케이의 모습이 비쳤고…… 그 뒤로 먼 불빛이 별똥별처럼 후딱 나타났다 사라지곤 했다. 우린 무슨 애긴가 꺼냈다가 다시 잠이 들고…… 다시 무슨 말을 나누려고 애쓰다가 잠이 들고…… 나중엔 같은 자리에서 서로 다른 시간에 혼자서 잠깐씩 눈을 떴다가 감곤 했다.

새벽 네시쯤 마산역 광장에 서 있게 된 우리는, 떠나온 자답지 않게 어쩌지? 하는 썰렁한 표정으로 난감하게 서 있다가, 떠나오는 동안 덧보태진 자유스러움이 아닌 피곤을 참지 못하고 어디든 들어가서 잠깐 눈을 붙이기로 하였는데, 두 시간쯤 아니면 세 시간쯤 잠만 잘 거라는 생각으로 역 앞 여인숙에 들어갔었다. 방에 들어가자마자 도로 뛰어나오고 싶었다. 쥐가 오랫동안 안심하며 새끼를 길러낸 곳 같은 방바닥. 꼬깃꼬깃 때가 묻어 있는 이불깃. 그 방 벽지의 꽃무늬는 형태도 없이 닳아져 있었으며 비닐장판은 섬뜩거렸다.

국민학교 육학년 때 군산으로 수학여행을 갔었던 기억이 났다. 정읍에서 그렇게 먼 거리를 떠나본 적이 그때 처음이어서였는지, 아니면 지나오면서 보았던 이리역(그때 폭발사고가 있었다)의 황폐함에 겁에 질려서였는지, 내 어린 객수는 타향에서의 첫 밤을 엄마, 하며 우는 것으로 시작했는데, 엄마라는 말이 호소력이 있었는지 괜히 옆에 아이가 함께 훌쩍이더니…… 그 옆에 아이도 덩달아 울고…… 나와 함께 방을 쓰던 어린 여행자들이 다 함께 엉엉 울고 말았다. 우리의 저녁은 눈물과 탄식으로 얼룩지고 말았다. 떼쓰듯이 발을 쭉 뻗고 우는 아이…… 방 벽에 얼굴을 파묻고 우는 아이……

젓가락을 두들기며 우는 아이…… 서로 응원을 받으며 우리
의 울음은 연속적으로 터졌으니 곡소리 듣고 달려온 선생님
이 왜 그러니? 뭣 땜에 그래? 물어도, 우리는 끄떡없이 펑펑
운 뒤에도 집에 보내줘요…… 하고 또 울고 울었다.

그 방을 보니 갑자기 그렇게 울고 싶어졌는데…… 함께 개
구리처럼 울어줄 어린 여행자들도 없고…… 더구나 케이는
산골마을의 출장을 자주 다녀본 처지라 그보다 더 난처한 방
을 많이 본 듯싶고…… 엄마, 오직 한 사람인 것처럼 눈물로
부를 구호도 이젠 없고…… 맥이 탁 풀렸으나 도저히 불을
켜고 그 이불에 등을 댈 수는 없을 것 같아, 나는 불을 먼저
후딱 끄고는 겉옷까지 그대로 입고서 관처럼 조용히 디불 위
에 누웠다가…… 눈을 뜨자마자 윗목의 가방을 집어들고 팅
겨지듯 그 집을 나왔다.

우리가 어떤 잠을 잤건 거리의 아침은 햇살로 눈부셨다. 우
리는 그때야 좀 활기로워져 문이 활짝 열린, 물청소까지 마친
듯한 병원 흰 건물 안으로 들어갔다. 깨끗한 수건까지 걸린
병원 화장실에서 이를 닦고 세수를 하고 머리를 빗었다. 위층
산부인과에선 언젠가 우리같이 밤차를 타고 길을 떠날 계집
애가 태어나고 있을지도 모를 시각에.

세수를 마친 케이와 나는 마산 거리를 오래오래 걸었다. 새
끼서울 같은 마산 거리에서 우리들의 권태도 오십일 퍼센트

를 향해 나귀걸음을 걷고 있었다. 걷다가 우리 저 영화나 볼까? 하는 케이의 제의에 극장 간판을 처다보니, 접시꽃 당신이었다. 낯선 곳의 아침 영화관. 영화를 보다가 문득 돌아다보았는데 관객은 케이와 나까지 일곱도 안 되었다. 일곱쯤 되는 적은 숫자가 비로소 여기는 서울이 아니라는 생각에 들게 했다.

찍지 말아요, 왜 이래요! 까칠한 이보희의 외침. 아내인 이보희는 깊은 병이 들었고 가족이 함께 지상에서의 마지막 나들이를 나간다. 숲속 아름드리 큰 둥치 나무 밑으로. 가을이어서 낙엽이 푹푹 쌓여 있다. 아내는 아이들하고 그 낙엽 속을 나뒹군다. 남편이 눈물을 머금고 그들의 모습을 사진 찍는다. 셔터가 눌러지자 즐겁던 아내가 낙엽무덤 속에서 발딱 일어나, 이미 저승길을 반쯤 가고 있는 자신의 폐허스러운 얼굴을 한 손바닥으로는 가리고 한 손은 휘휘 내저으며 경악한다…… 왜 이래요, 찍지 말아요!

계속 바다로 통하는 길…… 어쩌구 해대는 나를 위해, 영화관에서 나온 케이는 충무로 가자, 했다. 충무로 가는 시외버스 속에서 내다본 길, 어느 길에나 국회의원 후보들의 사진이 나붙었다. 저 사람 좀 봐. 케이가 가리키는 손끝을 따라가보니 양복을 입은 의원후보들 사이에 푸른 작업복을 입은 청년스런 한 얼굴이 끼어 있었다. 그의 직함은 모회사 노조위원장. 그의 비정치적인 벽보는 정치적으로 찢겨 있었다.

어느 선착장에 나를 데리고 간 케이는 어선 몇 척이 가라앉아 있는 기름이 둥둥 뜬 물을 향해, 저기 있다 바다, 하면서 풀썩 웃었다. 내가 실망하자 케이는 배를 타고 나가면 니가 찾는 바다가 나올 거라며 배 편을 알아보러 가더니만 적당한 시간이 없다고 되돌아왔다. 오전에 나갔다가 지금은 돌아오는 중인가봐…… 우린 다시 어슬렁거리며 걸었다. 녹슨 철근과 노동에 찌든 부두 사람들…… 노상들…… 목포에서 대학 생활을 했던 케이는 사 년 동안 늘 보아온 풍경이라며 정다움을 느끼는지 걸음이 더욱 어슬렁거려졌다.

저길 봐, 케이가 한 가게를 가리켰는데…… 그 가게겐 당장 어부가 되어 떠날 사람이 필요한 갖가지 소지품들이 쭉 쌓여 있었다. 우리도 떠나봐? 케이가 비트 족의 한숨 같은 숨을 쉬는데 나는 아니! 하며 고갤 내저었다. 정색을 하지 않아도 떠날 수가 없는데. 다시 부두를 따라 둑길을 따라 걸어걸었다. 이따금 그곳 청년들의 농을 받기도 하며. 시내로 걸어나오는 동안 언뜻언뜻 만나지는 남해바다 귀퉁이들은 것냄새 대신 풀냄새와 퇴비 냄새를 풍겼다.

길에는 권태가 없고 침체가 없다던데…… 내 걸음은 한없이 더디고 고요해졌다. 그저 밭만한 남해바다는, 그것도 가끔씩 만나지는 바다는 오십일 퍼센트로 가고 있는 내 권태를 조금도 건드리지 못했다. 나는 전형적인 내륙의 여자. 처음 본 바다는 울음 소동을 폈던 국민학교 육학년 때의 군산 앞바다. 보고 곧 잊었다. 우리 동네로 들어오는 다리 밑 냇물로 착각하고 푸푸 세수를 했다가…… 얼굴이 쓰려서 혼이 난 기억이 있을 뿐. 그런데 두번째 만난 바다는 어쨌던가. 대학 답사여행 길에서 만난 낙산. 세상에 물 좀 봐. 나는 그 푸름 앞에, 먼 지평선 앞에, 눈이 휘둥그레졌다. 찾아내도 줄어들지 않던 조개껍데기와, 동굴 같은 해면과 끼루룩대며 날아가는 바다새 앞에서 깜짝 놀라 텅 비어지던 마음. 세상에 무슨 물이 이토록? 그때 바다에 사로잡혀버렸다, 고 말하는 내게 케이는 그러면 마산 표는 왜 끊어? 동해 쪽으로 첨부터 가지…… 면박을 주면서도, 남해바다도 나름의 맛이 있어 얼마나 생활적이니…… 사는 사람이 보이잖아…… 저기 봐…… 고기 잡으러 떠날 모양이다…… 그녀, 특유의 언변으로 내 바다 타령을 잠재웠다.

걷다가 걷다가 잠시 바다 앞의 둑 위에 다리를 뻗고 앉았다.

방향감각이 없는 나는 어느 길이 물 윗길인지 가늠할 수가 없었다. 물 위의 햇살은 내가 자란 집 마당 채송화꽃 위로나 파란 대문에 내렸을 때처럼 허심했다. 한없이 졸렸다. 먼 데를 쳐다보고 있는 케이의 어깨에 옆얼굴을 기대고 잠깐 졸았던 것도 같다. 누군가 자전거를 타고 둑 위로 지나갔고, 왜가리 같은 긴 새가 천천히 물풀 속으로 하강했다. 졸다가 깨어나 언뜻 뒤를 돌아다보았다. 엉성한 빈터 뒤로 보리밭인지 미나리밭인지 모를 푸르름이 펼쳐져 있었다. 내 시선이 푸른 밭을 스치는 순간이다. 분명히 처음 온 곳인데 케이와 이러고 앉아 있는 것도 처음인데 휘익 번지는 친숙함. 처음이 아닌데 언젠가 꼭 이렇게 누군가와 이런 풍경 속에 앉아 있었는데…… 닫혀진 조갑지 뚜껑이 가만히 열리듯 까마득히 잊어버린 삽화 한 장이 가슴속 좁은 길을 타고 꿈결처럼 스르륵 흘러나왔다.

옆집에 살던 부순이 그애…… 그애. 언제나 웃음을 물고 다녔고, 언니 명숙이와 싸우다가 언니를 패고 맨발로 도망쳤고…… 동네 한 바퀴를 돌고도 안 잡혔고…… 더 도망치고도…… 기어이 안 잡히던 애. 어느 초여름날 그애와 내가 위 또랑가에 맨몸들로 앉아 있다. 앞은 또랑이고 뒤는 초록의 미나리밭이다. 여섯 살이었을까, 일곱 살이었을까. 그애와 나는 좀 전에 웬일인지 물 속으로 풍덩 빠져버려 둑 위에 옷을 하나씩 벗어 말리고 있는 중이다. 젖은 옷을 보면 엄마한테 혼나니까 어떻게든 말려서 입고 가려던 중이다. 또랑을 향해 앉아 있다가 풀밭에 눕는다. 초여름 공기가 맨몸 위로 서늘해서 우린 바짝 다가간다. 뒤편에 펼쳐져 있던 푸른 미나리밭이 눈 속으로 차오른다. 하늘도 파랗다.

누가 먼저 간지럼을 태웠을까, 미나리밭과 하늘과 햇빛을 보고 누워 있던 둘 중의 한 어린 영혼의 장난기가 발동했을 것이다. 풀밭 위에서 우린 서로를 간지럽히고 도망치고 뒤쫓아가 간지럽히느라 떼굴떼굴 굴렀다. 숨이 넘어갈 듯 웃느라고 눈물이 날 지경이었다. 미나리밭 속으로 퍼져들던 그애의 웃음소리. 장난질을 멈추자, 다시 조용해졌다. 우리 사이에 뭔가 이상한 게 스며들었다. 괜한 침묵. 눈이 마주치자 그애가 풀썩 웃었다. 웃다가 그애가 작은 손바닥을 내 목덜미에 가만히 얹었다. 나는 그만 화들짝 일어났다. 겁이 실린 그애의 잉크빛 눈동자. 나는 아직 덜 마른 옷을 주르륵 꿰입고선 그애를 둑길에 남겨놓고 마구 달려와버렸다.

사라지는 권태…… 한없이 가볍게 에테르처럼 가벼워지는 마음속으로 그때 그애의 눈동자가 되살아났다. 미나리밭이 잠겨 있던 눈동자. 하늘과 또랑이 잠겨 있던.

도시로 돌아와서 이리저리 전화를 걸었다.

시골집을 시작으로 부천으로 삼양동으로 장안동으로 통하고 통해 미아리 근처에 살고 있는 그애의 전화번호를 알아냈다. 미나리밭 앞의 그애는…… 수화기 저편에서 카 인터폰을 설치해주는 한 기술자 남자의 아내가 되어 있었다. 네 살배기와 돌배기 아들이 있다, 고 했다. 남편 얘기를 하면서 그 여자는 호옷, 웃었다. 그냥 성실한 사람이야. 일이 일이니만큼 남

편은 세탁기가 없으면 당해낼 수 없을 정도로 옷을 더럽혀 온
다고 했다. 그래서 요즘은 아들 기저귀와 남편 때묻은 옷을
빨아대는 게 하루 일과의 전부라, 했다.

애, 부순아 너 말야 혹시 옛날에 우리 또랑에 빠졌다가 미
나리밭 앞에서 옷 말렸던 거 생각나니? ……나는 아주 어렵
게 물어봤는데…… 부순인 그런 일이 있었니? 생각 안 나는
데…… 했다. 부순인 이어서 너네 동네 방값 싸? 하고 물었
다. 전세금을 너무 많이 올려서 이살 가야겠는데 마땅한 데가
있어야지. 부순인 집주인들을 욕했다. 아무리 집 임자 마음이
래도 그렇지 어떻게 일 년 사이에 전세금을 그렇게나 많이 올
린대니? 이해가 되니? ……아니, 이해가 안 돼. 수화기 속에
서 그애의 아들이 칭얼거린다. 아들을 달래면서 부순인 또 군
는다. 너네 동네 방값은 어떠니? ……나는 몰라, 나는 아직
오빠 밑에 있는걸. 알아봐서 전화해줄게…… 수화기를 내려
놓고 푹, 웃었다. 내가 어쩌구저쩌구 바다 타령만 하고 있을
동안 부순인 진짜 남해바다가 되어 있다.

*

생텍쥐페리는 야간비행사였다.

그래서 그의 작품에는 어디에나 모험과 미지와 발견의 기

뿜이 생생히 기록되어 있다. 나는 가끔 조종석에 앉아 있는 생텍쥐페리의 사진을 들여다본다. 아니 생텍쥐페리를 들여다 본다기보다는 그의 마음이 품고 있는 그의 고향을 본다고 하면 어떨지.

그의 나이 삼십오 세 때던가.

파리-사이공 간의 비행기록 갱신을 세우고자 비행 도중 리비아 사막에 불시착해 닷새 동안 사경을 헤매던 끝에 사막의 사람에게 구출되는 얘기를 알고 있다. 구조되고 나서 그는 말했다. 사막 한가운데 홀로 떨어졌을 때, 모래와 별들 사이에 홀로 떨어졌을 때, 그를 지켜준 건 고향이었다고.

사막의 한가운데서 밤을 맞이했을 때 하늘이 저기인지 땅이 여기인지조차 잊어버리는 무감각상태에 이르렀을 때, 거기에 사막 승냥이의 울음소리가 가까이 들리는 공포 속에서 이젠 죽을 목숨에 지나지 않는구나 느꼈을 때, 그는 자신의 마음속에 꿈이 가득 차오르는 것을 느꼈다고 했다. 꿈은 샘물과 같이 소리없이 와서 그의 절망을 적셔주었다고.

처음엔 그 싸늘한 밤에 포근히 마음을 채워주는 것이 무엇인지를 깨닫지 못했으나, 목소리도 형상도 없이 그냥 사람이 있는 것 같은 인기척만 느꼈으나, 차츰 몸 가까이에 우정이 느껴져서, 그 포근함 속에 마음을 맡기는 것으로 그 절망의 밤들을 견뎌냈다고. 그는 그때의 순간들을 이렇게 쓰고 있다.

……어디엔가 검은 전나무와 보리수가 들어찬 정원이 있고 내가 좋아하는 집이 한 채 있었다. 그 집이 여기에서 멀든 가깝든 또한 그 집이 지금의 나의 육체를 따뜻하게 풀어주거나 지켜줄 힘이 있든 없든 그런 것은 조금도 중요하지 않았다. 그것의 존재만으로도 내가 지내는 밤을 견디게 해주었다. 그 집 덕분에 나는 이미 모래밭 위에 떨어진 육체가 아닌, 나 자신을 알고 있었다. 나는 그 집의 냄새가 가득히 밴, 그 현관의 서늘한 기운이 그득히 숨어 있는, 그 쟁쟁 울리는 웅덩이에서 노래하던 개구리까지도 사막의 나에게 찾아와서 곁에 있어주었다. 나는 이미 모래와 별들 사이에 홀로 버려진 게 아니었다. 나의 집의 장롱 문이 빠끔히 열리고 눈처럼 흰 홑이불이 차곡차곡 개켜져 있는 것이 보이고, 늙은 가정부가 바느질하는 모습이 보이고 이미 세상을 떠나버린 할머니가 들려주던 옛이야기가 들리고……

그는 정신이 놓아지려고 할 때마다 어린 시절을 보낸 집의 구석구석을 생각하며 어머니가 얼마나 간절하게 자신의 생환을 기다리고 있을지를, 동료들이 라디오 앞에서 어떤 모습을 취하고 있을지를, 생각하며 또 생각하는 것으로 불시착의 밤들을 버티어냈다고 했다. 그들의 그런 끌어당김이 없었던들

생환될 수 없었을 거라고.

내가 태어난 그 집에 아직 부모님이 살고 계신다.

나는 그 집을 열다섯에 떠나왔다. 그해 모내기를 마친 날, 밤기차를 타고. 내가 떠나온 집은 생텍쥐페리네처럼 전나무와 보리수 대신 감나무와 헛간과 광이 있는 집. 그저 우리나라 어디서나 볼 수 있는 평범하고 전통적인 농가들이 있을 뿐인 그곳. 내 가슴속엔 아직도 그곳이 이 세상 어디보다 아름다운 곳으로 남아 있다.

열다섯이란 나이 때문이었을 것이다. 사춘기. 이 세상에 없는 것도 만들어내어 그리워하는 나이. 그런 참에 분명히 떠나온 곳이 있으니 구체적인 공간을 확보한 내 그리움은 한없이 증폭되었던 것 같다. 이 도시에 살면서 이루지 못할 욕망으로 마음이 한시도 가라앉을 틈이 없이 바글바글거릴 때. 더 두고 보았다가는 어디가 터져도 터져 기어이 마음이 상하고 말 것 같을 때, 그곳을 생각하면 소다를 부어 반죽해놓은 밀가루 반죽처럼 멋모르고 무성해지던 욕망들이 어느 만큼은 다소곳해지곤 했다.

생텍쥐페리를 읽고 난 후론 이따금 태어난 집 쪽을 향해 누워보곤 했다. 나는 방향감각이 무딘 사람이라 저쪽이겠지 하고 누워도 진짜로 따져보면 그쪽이 아닐 확률이 더 많지만, 그저 그쪽이라고 생각하고 눈을 감아보곤 했다. 그곳에서 보낸 봄이나 여름 밤들, 마당 귀퉁이에 피던 채송화나 우물 속의 잔돌들. 머리에 수건을 쓰고 들과 산으로 곡식을 일구러 다니던 사람들. 덩굴풀들을 얼기설기 묶고 꽂고 해서 군모를 만들어 쓰곤 신작로에서, 또랑에서, 산길에서 전쟁놀이를 하던 사내아이들. 그들은 세숫대야에 빨래와 방망이를 담아들고 또랑에 가는 계집아이들을 향해 막대기총을 쏘았다. 때때로 누나들은 거짓말로 죽어주었다. 꽃밭 옆에선 오리가 꽥, 거리고, 돼지막에선 엄청나게 큰 돼지가 새끼를 가져 배가 바닥에 닿을 듯했고, 돼지에게 질세라 헛간에서 어미 개는 새끼를 열두 마리씩 낳았다. 샘엔 물을 긷는 아낙들이 수다를 떨고 있었다. 논과 밭도 그랬다. 겨울만 제외하고는 늘 보리며, 밀, 배추나 무우, 벼들이 자라고 있었다. 어디에나 뱀이 기어다녔고, 물총새가 시끄러웠고, 유채꽃이 샛노랬다.

처음엔 그 집에 가는 일이 여행으로 생각되지 않았다.

오히려 바깥으로 나와 살다가 이제 집에 돌아가는 귀갓길 같았다. 열다섯에서 서른셋. 이제 이 도시에서의 삶이 태어난 그 집에서 살던 햇수보다 많아지기 시작한다. 언제부턴가 내가 태어난 그 집으로 가는 길이 여행처럼 여겨지기 시작한다. 집이란 일상이 이루어지는 곳이기 때문일지도 모른다. 여행이 다분히 반복적으로 이어지는 일상으로부터 벗어나기, 라고 본다면 어느덧 나의 집은 이제 이 도시가 된 것이다. 나의 일상은 이 도시에서 이루어지고 있고, 폐허가 되어가는 태어난 집에 나의 일상이란 없다. 거기엔 추억이 고여 있을 뿐.

이제 방 안에서 가만히 시골집 쪽으로 머리를 두고 누워 있어보는 것으로 부풀어오른 욕망들을 다스리기가 힘들어졌다. 구부러지고 휘고 닳은 욕망들이 힘이 더 세졌다.

힘센 욕망에 시달리고 밀리다가 셔츠와 바지를 챙겨 가방에 넣고 기차를 타고 가본다. 얼마간 변하기는 했지만 또랑이나 수리조합길들이나 철로변이나 뒷산들이 예전이나 지금이나 비슷하게 거기 누워 있다. 담장들은 조금씩 더 허물어져가면서 기와지붕들은 점점 더 바래져가면서. 백발이 성성해 먼데서 보면 유령 같기도 한 노인들 속에 섞여 며칠 머물다보면 갑자기 암전이 된 것처럼 나는 조용해진다.

간절히도 손에 쥐고 싶어 두통을 부르던 마음속의 욕망들도 제 불들을 끈다.

아직도 나는 그 집 근처에서만은 그저 가만히 소요할 수 있다. 들딸기 같은 것, 혹은 나팔꽃 같은 것을 보며 십 리를 걸어다녔던 국민학교에 느릿느릿 걸어가보기도 한다. 늘 무엇인가에 바빠 버스를 십 분 이상 기다리지 못하는 이 도시에서의 나를 생각해볼 때 참으로 어이없는 걸음걸이로.

두어 시간 걸어 걸어 그 운동장에 가본들 내가 할 일이란 없다. 그저 거기 그네 위에 잠시 앉아 오학년 때였거나 혹은 삼학년 때의 교실 쪽을 시선으로 따라가보는 것이 전부다. 사학년 때 마음속으로 흠모했던 여선생님을 잠시 생각해보다 되돌아오는 것, 그것뿐이다.

때때로 선잠에서 깨어난 것처럼 그곳의 적막이 낯설 때도 있다. 이렇지 않았는데, 생각한다. 이렇게 적막하지 않았는데. 닭은 이제 집에서 알을 낳지 않는다. 돼지들도 이제 집에서 새끼를 낳지 않는다. 자두나무는 베어졌고 오리도 없으며 샘가에 물을 긷는 여자들도 없다. 더이상 보리며 밀도 없고, 배추나 무우 들은 겨울에 눈을 맞으며 밭에 버려져 있다. 사라져간다. 나는 기억하고 있을 뿐이다. 내 태생지는 더이상 현재형으로 생산의 냄새를 풍기지 않는다.

아득히 도시가 그리워진다. 휘황한 불빛들이며 커피 냄새며 엘칸토 매장이며 크라운 베이커리며. 결국 서둘러 도시로 돌아온다. 기차 안에서 깨닫는다. 내 태생지의 누추함은 나의 누추함이라는 것을. 차부에서 벌레 슬은 팥을 팔고 있는 늙은 이가 나의 원형이라는 것을.

누추한 내 태생지에서의 며칠간의 소요는 도시로 돌아온 나를 검소하게 만든다. 가진 것이 많다는 생각이 들며, 살아 움직이는 생명들이 그들 몫으로 다 연민스럽다고 느낀다. 다시 얼마의 시간이 지나면 약효 떨어진 사람마냥 마찬가지가 되어버리지만, 내 태생지는 소멸해감으로써 내 혀 밑에 층층

으로 쌓인 욕망들을 잠재우며 인간스런 삶의 본연을 들여다
보게 해준다. 잠시, 잠시 동안일지라도.

*

　어제 아침이다. 조금은 무참한 마음으로 아침 겸 점심을 만
들어 먹으려고 쌀을 담그고 냉장고를 열려다가 집을 나섰다.
집을 나서면 안 되는 것이었다. 이미 약속 날짜가 이틀이나
지난 원고를 그날은 넘겨야 했으므로. 그런데도 나는 집을 나
서고 있었다.
　사람들이 내게 권한 여행은 이런 식이 아님을 안다. 그들
속엔 내가 유럽으로 나가 문화적으로 충격을 받아보는 게 좋
겠다는 이들도 있었고, 네팔이나 티벳이나 인도로 나가 우리
와 다른 사람살이를 돌아보라, 는 이들도 있었으며, 어떤 이
는 독일의 콘스탄츠라는 지명을 대주며 그곳에 방을 얻어 서
너 달 아무 일도 하지 말고 그저 무료하게 지내다 오라는 이
들도 있었다.
　그런데 나는 기껏 쌀을 씻는 걸 멈추고, 냉장고에서 야채거
리를 꺼내는 걸 멈추고, 청평 근교의 아스팔트 위에 서 있었
다. 목적지가 없었으므로 산빛과 물빛이 적당하다 싶은 곳에
내려 그냥 걸었다. 사실 나는 아직, 국경 너머는커녕 제주도

에도 한 번 못 가본 사람이라, 사람들이 내 앞에서 이국을 얘기하면, 그저 겁먹은 듯 듣고만 있을 뿐이다.

아스팔트에서 조금 비켜나 둑길을 걷는데 검은 염소가 풀밭에 엎드려 있다가 풀쩍 놀라 일어선다. 그 옆에 새끼염소가 바짝 붙어 서 있다. 어미와 자식. 그렇게나 어린 염소를 그렇게나 가까이에서 보긴 처음이었다. 아, 저토록 어린 염소가 세상에 있었구나. 어린 염소를 보며 이와 똑같은 생각을 한 적이 있음을 기억해낸다. 은사가 요양중이시던 영월의 무릉. 그곳의 강변 둑길에서도 이토록 어린 염소가 똥을 싸고 있었지. 염소 옆에 발을 뻗고 앉아보는데 놀란 염소가 똥을 싼다. 그 강변에서도 어린 염소는 똥을 쌌었다. 그때도 생각했겄다. 염소가 똥을 싸는 걸 이렇게 가까이에서 보긴 처음이네. 엉덩이에 착 달라붙어 있던 꼬리가 뚜껑인 것처럼 들리더니 어린 염소의 마른 똥이 차르륵 풀밭에 쏟아졌다. 항아리에 넘치는 콩처럼. 그때처럼 웃음이 쿡, 터졌다. 어린 염소가 놀랄 정도로 정신없이 웃었다. 무슨 똥을 저렇게 장난치듯 싼담. 등을 좀 만져주려는데 어린 염소는 깜짝 놀라서는 마른 똥을 떼굴떼굴 떨어뜨리며 도망친다. 처음으로 운전을 할 줄 알면 좋겠다고 생각했다. 그러면 저 염소를 차에 싣고서 삼척에라도 함께 가는 건데…… 걱정 마, 돌아오는 길에 다시 어미 곁에 내려줄 테니.

아스팔트로 올라와 산빛을 향해 걸었다.

햇볕을 별로 받아보지 못한 내 팔은 갑자기 햇볕 아래 오래 드러내지자 발갛게 도드라기가 일어나 있다. 오토바이를 타고 도로를 질주하는 청년들이 휘파람을 분다. 그 도드라기가 빨갛게 부풀어올랐다. 걷고 걷다 피곤해져 강을 향해 창이 나 있는 찻집에 들어가 앉았다.

육친처럼 지내는 그마저도 내게 여행을 권하도록 나는 나로부터 너무 가까이 있었다, 는 생각이 든다.

허물이 없다는 이유 하나만으로 내가 내 가까운 이들에게 일 년간 가장 자주 썼던 말들은 왜 그런지 모르겠어, 너무 서운하더라, 저나 잘 하라지, 였다.

내가 너무 내 가까이 있기에 생긴 허물. 사람들은 그 신경질을 용케도 알아채고 내가 나에게 객관적인 거리를 유지할 것을 권했던 것이다.

멀어진다는 것.

그녀와 내가 똑같이 봤던 속초에서의 그 바다를 그리워할 수 있는 건 그녀가 여기를 떠나 멀어졌기 때문일 것이다. 내가 그 바다를 잊어버린 건 가까이 있었기 때문이었을 것이다. 더이상 생산의 의미가 아니라 해도 내가 태어난 집에 다녀오면 내가 순해질 수 있는 건 이제 그 집에서의 시간으로부터 멀어졌기 때문이 아닐는지. 남해바다 앞에서 새파란 추억 한

커트를 찾아낼 수 있었던 순간도 멀어졌기 때문에 다시 다가
온 것이 아니었을는지.

멀어졌다가, 멀어졌다가 돌아와서야 그 가까웠던 것의 진
실을 남들한테도 말해줄 수 있으리라.

그녀, 삶의 방식

대학을 막 졸업하고 어느 출판사에서 근무한 적이 있다. 그 출판사 총무과에 미스 리라고 불리는, 그때 나보다 세 살 어린 여자가 있었다. 미스 리는 나를 언니라고 불렀다. 그런데 나는 묘하게도 나이 어린 그 미스 리가 늘 언니 같았었다.

언니 같았었다고 해서 그녀가 나보다 키가 컸다든지, 그녀가 나를 챙겨주었다든지, 그녀가 누구나 알아보게 푸근한 인상이었다든지 해서가 아니다. 외려 그녀의 첫인상은 귀엽고 발랄한 것이었다. 그녀가 퇴근을 할 때 핸드백을 메고 구두를 신고 낮 동안은 뒤로 단정하게 묶어두었던 머리를 풀어 나풀거리게 하고서 계단을 내려갈 때 보면 영락없이 그저 예쁘기만 한 새침떼기 같았다. 그럼에도 그녀에게선 아주 어른스런 생기가 넘쳐나 있었다.

나는 그 출판사에서 꼬박 일 년을 근무했는데 그 일 년 동안 가장 친한 사람이 미스 리었다. 우연히 미스 리가 나와 같은 지방의 같은 중학교를 나온 것을 알게 되어서 그런지도 모른다. 그때까지 단 한 번도 만나본 적은 없었으나 미스 리는 내 후배가 되는 셈이었으니까 곧 스스럼없이 말도 놓게 되었다. 거기다가 출근하는 길이 비슷해서 우리는 아침에 자주 지하철 안에서 만났고, 퇴근도 같이 하는 때가 자주 있었다. 미스 리의 이런저런 주변 얘기도 듣게 되는 과정을 거치면서 나는 미스 리라는 호칭을 거두고 이름을 불렀다.

거기서 일 년 동안 나는 그녀로부터 주변을 싱그럽게 만드는 힘 같은 걸 배웠다. 창 밖으로 폭양이 쏟아지던 어느 여름날이었다. 선풍기 돌아가는 소리까지 짜증스럽게 느껴지는 그런 날이었다. 교정지를 들여다보느라 잔뜩 고개를 숙이고 있는 내게 그녀가 언니, 하며 깜짝 놀래켰다. 내가 고개를 드니까 그녀가 손으로 창을 가리켰다. 그녀가 가리키는 곳을 보니까 웬일인가 거기 창에 커다란 돛단배 한 척과 갈매기 서너 마리가 날아다니고 있는 게 아닌가. 내가 영문을 몰라 그녀를 올려다보았더니 그녀 하는 말,

"내가 잡지책에서 오려서 붙였어. 어때? 시원하지?"

시원했다. 시원하고 시원했다.

어느 가을날이었다.

출판사 가는 길은 집에서 지하철을 타고 내려서도 십오 분
쯤 걸어야 했었는데, 나는 자주 늦어서 지하철역 앞에서 출판
사까지 택시를 이용하곤 했다. 그날도 마찬가지로 늦어서 택
시를 타려는데 그녀가 서 있다. 나는 당연히 그녀와 함께 택
시를 탔고 내가 택시비를 치렀다. 나는 혼자 타나 그녀랑 같
이 타나 마찬가지였으므로 아무렇지도 않았다. 그날 같이 퇴
근을 하는데 그녀가 지하철역 안의 서점으로 나를 이끈다. 제
목은 잊었지만 그녀는 시집을 한 권 샀는데 그걸 나를 준다.
내가 왜? 하니까,

"택시를 타야 되는데 내가 부지런해서 어떻게 어떻게 안
타게 될 때마다 시집을 한 권씩 샀는데 오늘은 언니가 택시비
를 냈으니까 언니 사주는 거야, 언니한테 뭔가 선물하고 싶기
도 했는데 잘 됐지 뭐."

한다. 나는 그날 시집을 받아들며 그녀를 새삼스럽게 쳐다
보았다. 그녀처럼 내가 아침에 게으름을 안 부려 택시를 안
탄 돈으로 시집을 샀으면 아마 책상에 쌓였을 거야, 생각하
며. 아니다, 택시를 안 탔다고 해도 그 돈으로 시집 살 생각은
전혀 떠올리지 못했을 나였다.

그녀는 매사가 작으면 작은 대로 짜임이 있고 발견이 있었
다. 귀엽고 발랄하면서 그녀의 얼굴에 무늬져 있던 삶에 대한

생기는 괜한 것이 아니라 그런 마음가짐 안에서 흘러나와 이루어진 것이었다.

무엇이든 그렇게 밝고 건전하게 지켜나가려는 그녀의 진짜 얘기는 결혼할 사람을 선택하는 데까지 이어졌다.

일 년 후에 나는 여러 가지 사정으로 그 출판사를 퇴사했지만 그녀와의 연락은 계속 이어졌다. 자주는 아니었지만 내가 그 출판사 앞을 지나게 되면 그녀를 불러내 차를 마시기도 했고, 그녀가 일요일 같은 때 나를 방문하기도 했다. 그러면서 서로의 나이에 세월을 이태쯤 더 보냈는데, 어느 날인가 그녀가 결혼을 하기로 했다고 말했다. 나는 좀 놀랐다. 그녀 주변에 한 남성이 어른거리고 있다는 건 알고 있기는 했다. 내가 어른거리고 있다, 고 표현한 건 그녀가 그 남성에 대해 갖고 있는 마음이 늘 애매해서였다. 그녀는 늘, 글쎄요, 좋은 사람 같기는 한데, 나하고는 뭐가 좀 안 맞는 거 같아요, 그래왔던 것이다. 뭐가 안 맞는 거 같은가, 물으면 그는 모든 일에 별로 의욕이 없고, 지금까지 너무 어렵게 살아와서인지 벌써 뭔가에 지쳐서는 계획을 세우고 공부를 하고 하는 그런 일에 손을 놔버린 듯하다는 것이었다. 자신은 그 사람의 어려운 환경보다는 그 남성이 너무 일찍 알아버린 그 허무스런 분위기가 어쩐지 마음에 걸린다는 것이었다. 그래왔는데 그와 결혼을 한다니, 놀랄밖에. 그녀로부터 들은 결혼 결심의 내용은 이러했다.

그 남성으로부터 청혼을 받고 곰곰 생각 끝에 거절을 하면서 이젠 그만 만나기로 했다는 것이었다. 그런 뒤 근 한 달쯤 소식이 끊겼다고 했다. 처음엔 그렇다고 단박 그렇게 연락을 끊나, 싶어서 서운도 했으나 곧 어차피 결혼을 안 할 거라면 그럴 수밖에 없지 싶어 마음을 정리했는데, 한 달 지나 소식이 왔단다. 그땐 이미 마음먹은 바 단단해서 몇 번 약속을 거절했는데 어느 날 점심시간에 사무실로 직접 찾아왔다고 했다. 주변 사람들의 눈도 있고 해서 그를 따라나섰는데 찻집에서 그 남성이 그러더란다.

지금까지는 무슨 일을 해도 번번이 벽에 부딪치고 무너지고 해서 뭐든 별로 하고 싶은 게 없었다고. 그런데 너를 만나고 난 뒤부터는 열심히 살고 싶어졌다고. 뭐든 다 열심히 하고 싶다고. 나는 이게 무슨 콩트인가 싶어서, 그래서 결혼하기로 했단 말야? 했더니 그녀 하는 말,

"언니, 나 때문에 이 세상을 살고 싶다는 사람인데 어떻게 해요. 뭐가 좀 미진하긴 하지만 나 때문에 그런 마음을 가질 사람을 나도 다시 만나게 될 것 같지는 않은걸요."

그렇게 그녀는 그 남성과 결혼을 했다. 그녀의 선택 판단기준은 옳았다. 이제는 그녀의 남편이고, 그녀가 낳은 아이의 아빠이기도 한 그 사람은 그녀의 삶에 대한 생기에 물들어 그

녀를 표나게 사랑한다. 가끔 그녀 집에 가서 저녁을 같이 먹을 때면 문득 내가 그녀를 처음 만났을 때 느꼈던 묘한 언니 같은 감정이 무엇이었는지 이제 알겠곤 한다.

귀엽고 발랄하고 새침떼기 같으면서도 그녀는 삶 속에 행복을 가져다줄 게 무엇인지를 진작에 알고 있었던 것이다.

그들과의 한때

내 어린 시절 속의 큰오빠는 모범생이고 공부벌레였다.

언제나 책상에 앉아 쩌렁쩌렁한 소리로 영어책을 읽고 있다. 그는 중학교 때부터 고등학교 때까지 일, 이등을 놓쳐본 적이 없는 사람이었다. 큰오빠가 공부하면 집 안이 다 조용했다. 큰오빠 공부한다, 조용히 해라. 큰오빠가 공부를 시작하면 어머니는 장 항아리도 조용히 열고 닫았다. 아주 어렸을 적부터 너는 우리집 장남이고 니 뿐을 동생들이 받고 자라고…… 그런 소리만 듣고 자란 큰오빠는 동생들 앞에서 허튼 짓을 한 적이 없었다. 거기다 그는 공부까지 잘했으므로 우리는 큰오빠 밑에서 꼼짝을 못 했다. 그는 예의 바르고 단정하고 틀린 말을 한 적이 없었다. 그 자신이 그리 단정하니 상대도 그래주기를 바랐다. 그렇지 못하면 그는 불같이 화를 내었다. 그러자니 그는 스스로 얼마나 고단했을는지. 우리 형제들은 큰오빠의 말이라면, 큰형의 말이라면, 우선 듣고 봤다. 그에게는 그런 위엄이 있었다. 그의 그런 위엄은 우리집 안에서 간이 아니었다. 샘이 없던 옆집은 우리집 우물에서 물을 길어다가 먹었다. 그 집에 둘째, 라 불리는 아이가 있었는데 그앤 물동이를 이고 물을 길어오는 제 엄마를 따라 우리집 대문을 들어섰다가도 오빠의 영어책 읽는 소리만 듣고도 울음을 터뜨리곤 했었다.

오빠들 중에 맨 먼저 큰오빠가 고등학교를 마치고 공무원 시험을 치르고 서울로 발령을 받아 정읍을 떠났다. 다음해에 그는 야간대학에 들어갔다. 그는 검사가 되고 싶어했다. 그러나 그는 낮에는 동사무소에서 근무해야 했고 밤에야 학교에서 조금 공부를 할 수 있을 뿐이었는데다가 곧 서울로 공부를 하러 오는 동생들이 줄줄이 그를 쳐다보고 있기도 했다. 거기다 그는 속정이 깊었다. 그는 겨우 스무 살 때 내 보호자가 된 사람이었다. 나는 그가 아니었으면 중학교에도 못 갈 뻔했다. 그땐 마을에서 중학교에 못 가는 학생들이 반의 반을 넘었고 나도 그중의 한 사람이었다.

도시에서 큰오빠가 내려왔다. 엄마와 큰오빠가 도란거리는 소리에 잠이 깼을 때 엄마를 설득시키는 큰오빠의 목소리가

내 귀에 들렸다. 어떡해서든 중학교만 여기서 졸업시키면 그
뒤엔 지가 데리고 가겠다는 것이었다. 나는 열두 살이었고,
그래봐야 저도 스무 살이었다. 긴 밤 내내 엄마를 설득시키는
오빠의 목소리. 여자애니까 더더욱 학교엘 보내야 돼요, 어머
니. 안 그러면 영숙이처럼 돼요. 영숙이 언니는 국민학교도
채 졸업을 못 하고 우리집에서 내 여동생을 봐주다가 도시로
남의 집 살러 간 언니였다.

오빠는 다음날 다시 도시로 돌아갔다. 샘에 앉아 있던 나는
신작로로 통하는 큰 대문으로가 아니라 또랑으로 통하는 작
은 대문으로 나가는 그를 졸래졸래 따라갔다. 들어가라. 또랑
쪽으로 걸어가는 그의 뒷모습을 멀거니 쳐다보고 서 있었다.
가다가 오빠는 돌아왔다. 주머니에서 지갑을 꺼내 만지작거
리다가 오빠는 다시 돌아갔다. 나도 다시 샘가로 돌아왔다.
한참이 지났는데 오빠가 내 이름을 부르는 소리가 들렸다. 감
나무 밑을 지나 작은 대문을 향해 가려니 낮은 담 위로 오빠
의 얼굴이 나와 있다. 내가 다가가자 오빠는 천원짜리 한 장
을 내 손에 쥐여주었다. 이쁘랑 익철이랑 학용품 사서 나눠
쓰거라.

오빠는 돈이 되게 없었던가보았다. 어쩌면 그때 오빠의 지
갑엔 내게 주고 갔던 천원짜리 한 장만 있었을지도 모른다.
돈을 주고 가고 싶은데 돈은 없고 그래서 주려다가 망설이고

다시 주려다가 망설이고 그렇게 가다가는 아무래도 안 되겠어서 다시 돌아와 주고 갔을 것이다. 그 사람은 스무 살 때부터 그런 사람이었다.

오빠가 다시 도시로 돌아가고 엄마는 유일하게 엄마의 손에 끼어 있던 얇은 금반지를 팔아 내 입학금을 마련했다. 지금도 그때의 오빠, 가다가 돌아와서 내 이름을 부르던 오빠, 담장 위로 솟아 있던 그의 얼굴, 기어이 천원짜리를 꺼내 내 손에 쥐여주고 가던 그의 모습이 내 앞에 아른거린다.

*

둘째오빠는 어머니께 늘 꾸중을 들으면서도 시계나 라디오를 다 뜯어놓는 사람이었다. 다시 조립하기는 하나 둘째오빠가 한번 뜯어놓은 시계는 더이상 시간이 맞지 않고, 라디오에서는 소리가 나질 않았다. 그래도 한사코 둘째오빠는 무엇이든 손에 잡히면 그것들을 뜯어보고 맞추고 흔들어보곤 했다. 그의 앉은뱅이책상 서랍 속에는 망치며 펜치며 십자 드라이버며 크고 작은 못들이 수북이 들어 있었다. 그는 자전거 바큇살을 뜯고 나무판자를 이어 썰매를 만들기도 했고, 토끼집을 만들어내기도 했다.

어느 해던가 그는 어디선가 기타를 구해와서는 밤이나 낮이나 기타를 쳤다. 공부는 안 하고 기타만 친다고 날이면 날마다 어머니께 야단을 들었다. 그러면서도 그는 기타 치기를 멈추지 않았다. 어느 날 어머니는 불때버리겠다고 기타를 탕탕 부숴서는 아궁이에 쑤셔넣어버렸다. 부서진 기타를 아궁이에서 끌어내와서 둘째오빠는 그걸 어떻게 고쳐보려고 끙끙애를 쓰다가 안 되니까 눈물을 머금고는 집을 나갔다가 사흘후엔가 들어오더니 그 이후론 뭘 만들려고도 뜯어고치려고도 안 했다.

그의 꿈은 선장이었고 그는 내게 다정했다. 그는 다른 두 오빠와는 달리 방 청소를 할 줄 알았고, 마루를 닦을 줄 알았다. 어머니 말씀에, 까탈스런 내 여동생을 업어 기른 건 영숙이 언니와 둘째오빠와 윤이 이모라고 했다. 둘째오빠는 어느 날 내게 에이프런을 선물했다. 설거지할 때도 밥할 때도 그걸 앞에 두르고 하라는 거였다. 아마도 내가 열심히 에이프런을 둘렀던 모양이다. 다음엔 머리에 쓰는 삼각수건을 선물했다. 이번엔 그걸 쓰고 방도 닦고 마루도 닦고 하라는 것이었다. 친구네 집에 갔는데 친구 누나가 삼각수건을 쓰고 일하는데 보기가 좋았다면서. 그는 그런 사람이었다. 학교 들어가기 전에 내게 기역 니은을 가르쳐준 사람, 일 이 삼 사를 노트에 써보게 하고 검사하던 사람이었다.

나는 왼손잡이였다. 오빠는 내 왼손을 묶어놓고서 오른손으로 글씨를 쓰지 않으면 병신이 된다고 했다. 겨우 오른손으로 글씨를 쓰는 게 습관이 들었는데 이번엔 8자를 쓰질 못했다. 둘째오빠는 연필을 잡고 있는 내 손 위에 제 손을 감싸고서 수없이 8자를 그려 보였다. 그래도 나는 8자를 쓰지 못했다. 오빠가 보지 않으면 얼른 동그라미 두 개를 그려서 붙여놓았다. 둘째오빠는 내가 8자를 쓴 게 아니라 그렸다는 걸 귀신같이(그때는 정말 어떻게 알아내는지 그가 귀신 같다고 생각했다) 알아보고선 내 머리통을 쥐어박았다.

그는 고등학교를 졸업하고 부산의 해양대학교에 시험을 쳤다. 낙방이었다. 그는 말이 없어지고 우울해졌다. 그러다간 느닷없이 자전거를 타고 전국일주를 하겠다고 삼천리호 자전거 뒤에 지도며 망원경이며 고추장 등을 싣고 집을 떠났는데 사흘 후에 경찰서에서 우리집을 수색나왔다. 오빠가 순천인지 어딘지의 산길에서 망원경을 꺼내놓고 지도를 보고 있다가 수상한 사람으로 몰려 그곳 경찰서에 잡혀들어간 모양이었다(그때 수상한 사람이란 간첩을 뜻했다).

봄 내내 그는 혼자 우울히 앉아 있었다. 어느 날 밤에 자고 있는 나를 흔들어 깨우더니 라면을 사오라고 했다. 나는 싫다고 했다. 졸려 죽겠어. 다음날이다. 샘에서 세수하고 있던 오빠가 이 닦는 소금이 떨어졌다고 소금을 좀 떠오라고 했다. 오빠가 떠와— 순간이다. 갑자기 고함 소리가 들렸다. 샘 쪽을 쳐다보니 오빠가 나를 향해 세숫대야를 내던졌다. 그런데 얼마나 세게 던졌던지 대야가 지붕을 넘어가 뒤란 담도 넘어가 뽕나무밭에 떨어졌다. 오빠가 세숫대야를 내던지며 쳤던 고함은 저애까지 나를 무시하네, 였다. 오빠를 무시해서 그런 건 아니었다. 엄마나 아버지 세 오빠 중에 내게 무슨 일을 시켜서 내가 안 하겠다고 할 수 있는 사람은 내겐 둘째오빠뿐이었다. 나는 그 오빠가 편하고 좋았던 것이다.

봄이 지나고 여름에 오빠는 해양대학교 대신 삼사관학교에 입학하기 위해 경상도 어디로 떠났다. 육 개월인가 지나 그가 잠시 다니러 왔을 때 그는 단추가 반짝거리는 옷을 입고 있었다. 그리고선 밥을 직각으로 떠서 먹었다. 우리가 가리봉동에서 살 때 둘째오빠는 소위 계급장을 처음 달고 인천에서 근무했다. 가끔 오빠는 우리들의 방에 호떡이나 참외를 사다놓고 갔다. 그 방에 카세트를 들여놓은 사람도 둘째오빠였다.

내가 대학에 다닐 때 오빠는 결혼을 했다. 학교 앞으로 와서 오빠는 내게 갖고 싶은 게 없느냐, 물었다. 나는 기타가 갖고 싶다고 했다. 오빠는 내게 삼익기타를 사주었다. 명동칼국수 집에 가서 칼국수도 사주었다. 그러면서 공부 열심히 하라고 했다. 나는 그 기타를 한 번도 쳐보지 못하고 방에 세워두기만 하다가 남동생에게 주었다.

*

　어린 시절 속의 셋째오빠는 팔에 축구공을 안고 혹은 동화책을 안고 대문을 들어서고 있다. 셋째오빠는 잘하는 게 많았다. 학교 밴드부에서는 큰북을 쳤고, 핸드볼 선수 주장을 했으며, 전체 어린이회장이었고, 우등생이었다. 그러면서도 또 책읽기를 좋아했다. 오빠는 어디선가 끊임없이 책을 구해왔다. 나는 오빠가 보다가 밀어둔 일본군과 독립군이 싸우는 만화를 아궁이 앞에서 불을 때면서 들여다보다가 치마에 불이 붙어 종아리를 덴 적도 있었다. 처음엔 셋째오빠의 등뒤에서 책을 읽기 시작했던 내가 나중엔 셋째오빠보다 더 책을 탐하게 되었다. 오빠가 어디선가 책을 가져오기만 하면 나는 그 책을 가지고 오빠가 나를 찾을 수 없는 곳으로 도망을 가서 읽곤 했다.

　마을 아이들은 셋째오빠를 중심으로 모여들어 온갖 궂은일을 다 하고 다녔다. 눈이 내리는 겨울이면 큰 돌들을 굴려와 신작로에 바리케이드를 쳐서는 버스가 못 지나다니게 막아놓았다. 야단을 듣고서는 이제 큰 돌들 위에 뒷산의 나무들까지 톱질해 끌고 내려와서 큰 돌들 위에 더 쌓아놓았고, 멀쩡한 남의 닭을 잡아다가 산에 가서 구워 먹고, 여자아이들이 고무줄놀이를 하면 와— 하니 몰려와서 고무줄을 끊어놓고 철로

의 나사를 빼다가 엿으로 바꿔먹고…… 한때 집 안의 서랍마
다마다엔 온통 셋째오빠의 딱지와 구슬들이 수북했다.

셋째오빠 달리기를 잘했다. 정읍엔 오월이면 동학제가 열
린다. 그때면 오빠는 마라톤대회에서 일등을 해서는 내게 노
트를 수북이 상으로 타다가 주었다. 내가 일학년짜리 중학생
이 되었을 때 오빠는 삼학년이었는데 오빠를 잘 아는 규율부
언니들은 내가 명찰을 안 달았거나, 귀밑머리가 좀 길어도 봐
주었다. 오빠도 큰오빠의 뒤를 이어 법학도가 되었다. 나는
학교 내 고시연수원에서 공부하는 오빠를 위해 아침마다 도
시락을 나르기도 했고 느닷없이 비가 쏟아지면 우산을 들고
셋째오빠가 공부하는 도서관 자리를 찾아가기도 했다. 오빠
를 짝사랑하는 여학생이 먼저 가져다놓은 우산을 내 우산과
바꿔치기하기도 했다. 그 여학생이 남겨놓은 메모지를 슬몃
없애버리고선 학교 앞 당구장까지 찾아가, 오빠 공부 안 해?
눈을 흘기기도 했다.

어느 날 그가 허리가 아프다고 했다. 밤을 새우고 난 다음
세수를 하려고 상체를 숙였는데 뭔가 뚝, 소리가 나는 것 같
더니만 그뒤론 앉아 있을 수가 없다는 것이었다. 가장 중요
한 청년의 한때를 그는 병석에 드러누웠다. 그의 늘씬한 허
리 밑엔 늘 소금 달군 것이나 찜질주머니가 놓여졌다. 삼 년
동안 그는 일어나질 못했다. 그 동안 그는 나아지는 게 아니

라 점점 더 악화되어갔다. 의사는 그의 허리 신경다발이 죽이 되어버렸다고 했다. 수술을 해서 신경들을 하나하나 이어줘야 한다고 했다. 그는 결국 수술대 위에 누웠다. 이화여대 부속병원에서 장시간의 수술을 마치고 다시 병실로 옮겨져 나왔을 때 셋째오빠가 가장 먼저 찾은 건 담배였다. 담배…… 담배 좀. 그는 눈을 뜨지도 않고 담배를 찾았다. 담배를 그의 입에 물려주고 불을 붙여주는데 눈물이 솟았다. 수술을 마치고도 그는 이 년을 더 누워 있었다. 허리가 어느 만큼 회복되어서 병상에서 일어났을 땐 그의 시퍼런 이십대가 지나가 있었다.

*

오빠들과 함께 살았던 정읍에서의 그 한때는 나의 역사이기도 하다. 읍내와 십 리쯤 떨어진 변두리 농가에서 우리들의 유년은 그들에게 또한 그들의 역사이기도 할 것이다. 아버지 회갑날 나는 큰오빠가 도시에서 내려온 친구를 향해 여기가 내 뿌리라고 말하는 걸 들었다. 나는 그 시절 오빠들이 있어 보호를 받기도 했고 오빠들이 있어 나라는 존재가 사라지기도 했다. 오빠들은 누가 보아도 보기 좋은 삼형제였다. 행여 어머니가 한숨이라도 쉬면 마을 사람들은 인물 잘나고 공부

잘하고 인사성 밝은 아들들을 뒀으면서 웬 한숨이냐고 되레 책망이었다. 큰오빠를 생각하는 아버지의 사랑은 큰오빠가 마을 뒷산이 건넛마을로 옮겨갔다고 해도 그러냐고 할 정도로 믿음이 섞인 것이었다. 큰오빠가 공부할 적이면 발짝 소리를 죽이시던 어머니의 행복한 표정들이 그 집을 생각할 때면 같이 떠오른다. 덕분에 그는 맨 먼저 서울로 유학을 와서 뒤에 동생들을 줄줄이 떠맡아야 했지만.

마을에서 학교에 가려면 십 리가 넘는 길을 걸어야 했다. 그러다보니 산길에 다리에 악동들이 많았다. 내가 살던 마을의 남자 악동들 사이에서는 말할 것도 없고, 건넛마을이나 그 건넛마을 남자 악동들 사이에서 나는 완철이 홍철이 효철이 동생으로 통했다. 그 덕분에 그들이 여자애들을 상대로 벌이는 많은 위악스런 행동 속에서 나는 으레 통과 대우를 받았다. 아카시아꽃이 하얗게 피어 있는 당고갯재 햇볕이 잘 드는 샛길 묘지 위에서 그들은 여자아이들 필통 검사를 하면서도 나를 알아보고는, 재는 완철이 동생이다, 통과시켜라 했다. 어느새 나도 그 대우에 익숙해져 매번 으쓱했었다.

한번은 이런 일도 있었다. 마을이 보이는 곳에 다리가 하나 있었다. 그 다리를 지나야만이 집엘 갈 수가 있는데, 어느 하굣길에 악동들이 그 다리 첫 걸음에 줄을 서 있는 것이었다. 그러고는 하는 말이, 느네들 이 속을 기어가라, 그러지 않으

면 다리를 못 건넌다…… 했다. 그들이 기어가라는 속은 다
름이 아니라 그들의 다리 사이였다. 악동들은 이 속을 통과하
지 않으면 못 건넌다…… 엄포를 놓고는 다리를 크게 벌리고
는 줄을 서 있었다. 도대체, 못 한다, 그럴 수 없다. 이런 앙탈
이 성립될 수 없는 분위기였다. 부순이가 악동들의 다리 사이
를 통과했다. 사옥이도 통과했다. 내 차례였다. 나는 얼굴을
악동의 얼굴에 바싹 들이댔다. 난, 안 해! 뭐라구? 난 안 한다
고! 왜 안 해? 악동은 별꼴 다 보겠다는 표정으로 어린 나를
쳐다보았다. 내가 누군 줄 알어? 니가 누군데? 나는 힘세고
공부 잘하고 축구 잘하고 핸드볼도 잘하며 거기다가 밴드부
지휘자이기도 한 셋째오빠를 팔아먹었다. 난 신효철 동생이
야. 오빠한테 일러준다! 악동은 나를 빤히 쳐다봤다. 정말이
다. 너 울 오빠한테 일러준다! 악동은 품을 약간 누그러뜨리
고는 너, 정말 신효철 동생이냐? 했다. 그럼 내가 신효철 동
생이 아니란 말이야, 물어봐, 물어보라고! 어깨동무하듯이 다
리를 벌리고 줄 서 있던 악동 중의 한 명이 나를 알아보고는,
맞어, 걔 그 악질 동생 맞어, 에이 재수 없다 야, 걔는 그냥 통
과시켜. 어디 그냥 오는가. 내밀 수 있는 데까지 혀를 내밀고
는 약오르지롱, 하고는 바람처럼 집으로 달려왔다.

　그랬다. 나는 오빠들 동생이었지, 내가 아니었다. 친척들
사이에서도 나는 그저 누구 동생으로 통했다. 한번은 전주의

할아버지가 오셨다. 인사를 하는데 아버지께 물었다. 얘가 누구냐? 아버지 말씀, 효철이 밑에 앱니다. 나는 할아버지가 오실 적마다 인사를 했고, 밥상에 수저를 놓았고 숭늉을 떠다 드렸다. 그런데 누구냐니? 슬퍼져서 다락으로 올라갔다. 그 다락에는 말린 고추를 담아놓은 부대가 몇 개나 쌓여 있어서 매운기가 가득했다. 그런데도 나는 그 속에 앉아서 날을 샜다. 다락방 좁창이 환히 밝아왔다. 이제나 저제나 하고 기다렸으나 밖에서는 도시 나를 찾는 기척이 없었다. 계속 있다가는 학교까지 늦게 생겨 할 수 없이 스스로 내려올 수밖에 없었는데, 내가 다락에서 내려오자 어머니 좀 봐. 내가 기대했던 걱정은 무슨 걱정인가. 되레 아침밥 짓는데 시중 안 들었다고 야단을 치시는 게 아닌가. 나는 그 자리에 주저앉아서 다락 안에서 그 매운기를 참고 참았던 게 분해서 엉엉 울어버렸는데, 계집애가 아침부터 남사스럽게 눈물을 보인다고 그날 주기로 했던 육성회비까지 못 타내고 말았다. 나는 이렇게 오빠들 덕분에 보호도 받고 밀쳐지기도 하면서 어린 시절을 보냈다. 오빠들은 나와 여동생을 사랑했다. 자전거를 타고 학교에서 오다가 나나 여동생을 만나면 뒤에 태워주었고, 누구한테 얻어맞고 들어오면 대번에 나가 그애를 더 때려줬다.

우리는 부모님 밑을 떠나와서 우리들끼리 오래 함께 살았다. 둘째오빠는 사관생도의 길을 걸어가서 달랐지만, 나는 도시로 나와 큰오빠와 전철역 앞 마을시장에서 냄비를 사러 다녔고, 다음엔 셋째오빠의 교련복을 열심히 빨아주었다. 그러면서 아버지가 아닌 남자들의 사춘기와 젊음과 욕망과 좌절과 사랑을 엿보았다.

그렇게 부모님 슬하를 떠나 우리끼리 서로 챙기며 산 세월이 십 년이었다. 우리는 그 세월 때문에 각각 독립을 못 했다. 헤어져 있어도 헤어지질 못했다.

그러면서도 이상한 일이 생겼다. 언제부턴가 나는 오빠들에게 아무것도 부탁하지 않고 있다. 큰오빠를 떠나와 이리저리 힘들게 이사를 다니면서도 절대로 큰오빠에게 돈을 꾸지 않았다. 동생 친구에게까지 돈을 빌려 이사를 하면서도 나는 큰오빠에게 가지 않았다. 그것이 마치 나의 자존심이나 된다는 듯. 언제부턴가 어려운 일이 생겨도 절대로 오빠들과 상의하지 않았다. 마침내는 그들이 서운해할 정도로 참다가 참다가 전화를 걸기는 했다. 전화를 걸어서는 잘 지내요? 라고 물었다. 그냥 전화했어요. 다들 잘 지내나 싶어서요. 별일 없느냐 물으면 별일 없다고 했다. 무슨 일이나 좀 있었으면 좋겠네, 농담까지 했다. 이사를 가게 되면 늘 이사 날짜를 틀리게 알려줬다. 다음주라고 해놓고 이번주에 이사를 했다. 그들이 도와주러 오려고 다음주에 전화를 걸어오면 나는 방을 빨리

비워달라고 해서 지난주에 했어요, 라고 대답했다. 그런데도
이상한 일이다. 언제나 그들은 내 곁에 있다. 아무래도 나는
진짜 힘든 일을 그들에게 떠맡기려고 웬만한 일은 말을 안 하
고 있는 그런 사람만 같다.

筆寫로 보냈던 여름방학

소설가가 되겠다고 문예창작과에 입학했으나 그건 꿈만 같
았다. 희망이 이토록 꿈결같이 어렴풋하니 다른 모든 일이 다
그랬다. 여기 있으면 저기로 가고 싶고, 저기 있으면 여기가
그리웠다. 무슨 일을 하고 있어도 이건 아닌데, 싶었다. 이게
아닌데 난 왜 여기서 이 일을 하고 있나.

한동안 대학 생활에 적응을 못 해 나는 학교에 가야 하는
아침마다 머리가 무거웠다. 기어이는 한 달여를 강의를 빼먹
고 용산의 외사촌언니가 다니는 동사무소 옆 음악다방에 앉
아 그 언니가 퇴근하기만을 기다리며 우울해했다. 외사촌이
너무 귀찮아해 그를 기다릴 수 없는 날은 괜히 거리 여기저기
를 기웃거리며 피곤해지기를 기다렸다가 귀가하곤 했다. 무

엇도 위안이 되질 못했다. 학교에 가도 이게 아닌데 싶고, 외
사촌과 하릴없이 거리를 쏘다녀도 이게 아닌데 싶고, 최루탄
이 쏟아지는 거리를 걸어다니면서도 늘 이게 아니었다.

여름방학이었다. 정읍에 부모님이 살고 계시므로 그곳에서
여름을 지내고 있던 중이었다. 서울을 떠날 때 가방에 몇 권
넣어간 소설들을 읽는 걸로 여름을 버텼다. 들쑥날쑥으로 하
루에 한 편씩 두 편씩 읽어내다가 서정인의 行旅를 읽고 江을
읽던 중이었다. 나는 江을 그대로 옮겨써보고 싶은 충동으로
만년필에 잉크를 채웠다. 그리고 노트를 폈다. 한 자 한 자 옮
겨적기 시작했다.

"눈이 내리는군요."
버스 안. 창 쪽으로 앉은 사나이는 얼굴빛이 창백하다. 실
팍한 검정 외투 속에 고개를 웅크리고 있다. 긴 머리칼이 귀
뒤로 고개 위로 덩굴줄기처럼 달라붙었는데 가마 부근에서는
몇 낱이 하늘을 향해 꼿꼿이 섰다.
"예 진눈깨빈데요."

江을 시작으로 나는 그 여름을 내 노트에 선배들의 소설을
옮겨적는 일을 하며 지냈다. 최인훈의 웃음소리, 김승옥의 무
진기행, 이제하의 태평양, 오정희의 중국인 거리, 이청준의

174

눈길, 윤흥길의 장마, 최창학의 滄, 강호무의 화류항사……

그냥 눈으로 읽을 때와 한 자 한 자 노트에 옮겨적어볼 때와 그 소설들의 느낌은 달랐다. 소설 밑바닥으로 흐르고 있는 양감을 훨씬 더 세밀히 느낄 수가 있었다. 그 부조리들, 그 절망감들, 그 미학들.

필사를 하면서 나는 처음으로 이게 아닌데, 라는 생각에서 벗어날 수 있었다. 이것이다. 나는 이 길로 가리라. 필사를 하는 동안의 그 황홀함은 내가 살면서 무슨 일을 할 것인가를 각인시켜준 독특한 체험이었다. 방학이 끝났을 때 필사를 한 노트는 몇 권이 되었고, 그 노트들을 마치 내가 쓴 작품인 양 가방에 넣고 서울에 돌아왔다.

나는 내 삶을 소설가로서 살아가리라 다짐했고, 습작 시절에 언제나 내가 그 여름방학 동안 내 노트에 옮겨적어본 작품들이 세상에 퍼뜨려놓고 있는 그 의미망들을 놓치지 않으려고 애썼다. 할 일을 찾았으므로 거기에만 매달린 덕에 나는 이른 나이에 등단을 했고 누가 뭐라건 꾸벅꾸벅 십 년을 걸어왔다.

왜 모든 일은 지나가기만 하는가, 왜 붙들 수 없는가. 인생은 내게 대체 무엇을 주려는가, 주기는커녕 내가 감춰놓은 것까지 찾아내 갖고 가버릴 것 같은 저 흘러가는 시간의 위력 앞에서 괴로움만 강해질 때 나는 선배들의 작품을 필사하는 일로 보냈던 그 여름을 생각한다. 그리고 나에게 반문해본다.

문학에 대한 외경심을 키워줬던 그 여름날들도 지나갔다고 할 것인가? 막연한 꿈을 구체적으로 끌어당겨주었던 그날들을.

이제는 조금 아주 조금 알 것 같다. 시간은 되풀이되지 않지만 지나가는 일도 그냥 지나가지 않는다. 사소한 일이라도 그들은 지나가며 생김새와 됨됨이를 새로 갖는다. 나에게 소설은 재생된 새 꼴들을 담아놓을 수 있는 공간이고 시간이다. 내가 어느 지점에서 어떤 모습으로 살았었건 간에 그 지나간 것들은 오늘 여기까지로 오는 길이었으며, 여기 내 앞에 놓여 있는 이 시간 또한 십 년이나 이십 년 뒤 짐작도 못 하겠는 그 시간들로 가는 길이라는, 당연한 사실을 나는 이제야 내 것으로 받아들인다.

눈 내리는 날에

오전 아홉시.

감기를 앓는 중이다. 나에게도 매번 이번 감기가 최고로 독하다. 그래도 방송은 나가야 한다. 두 시간분의 원고를 마무리지어 여의도가 직장인 동생에게 아침에 먼저 방송국에 들러 피디의 책상에 얹어두라, 부탁하고 잠들었을 땐 새벽이었다. 어렴풋이 벨소리를 들었다. 무의식적으로 수화기 쪽으로 손을 뻗어 간신히 네, 대꾸를 했다. 유리잔에 얼음이 부딪치는 것 같은 후배의 목소리.

선배님 창문 열어보세요, 눈이 와요.

……눈?

네에.

창문을 열어보지 않는다. 몸을 일으킬 수가 없다. 통화를 마치고 다시 잠 속으로 빠져드는데 다시 전화벨이 울린다. 언니 깼어? 출근한 동생이다. 눈 오는 거 알어? 성이 난다. 눈이 도대체 어쨌단 말이야, 수화기를 든 채로 동생은 볼 수 없는 짜증으로 얼굴을 일그러뜨리며 겨우 몸을 일으켜 커튼을 밀치고 창 바깥을 내다봤다.

아, 눈!

짜증낼 일이 아니었다. 눈이, 그것도 함박눈이 낡은 한옥들 지붕을 하얗게 덮어놓고는 계속 펄펄 내리고 있었다. 방송국엔 들렀다 왔어. 책상 위에 약 지어다났거든, 밥도 지어났으니까 밥 먼저 먹고 약 꼭 먹어. 전화를 끊으려다 동생이 다시 언니, 부른다. 빈 속에 약 먹으면 안 돼, 꼭 밥 먹고 먹어.

수화기를 내려놓고 펄펄 휘날리는 눈을 내다보고 있는데 역촌동에서의 한때가 떠오른다. 이렇게 눈이 내리던 날, 녹번동 지하철역 앞에서 화원을 들여다보게 되었다. 느닷없는 폭설 때문이었을 것이다. 불 켜진 화원 안이 화사했다. 누구한테 축하받은 기분에 싸여 나는 화원 문을 열고 들어가 하하거리며 화분을 두 개나 샀다.

그때 오빠네 집 이층에 구석방이 비어 있었다. 불도 들어오지 않고 난방도 되지 않는 그런 방이었다. 혼자 방을 쓰고 싶은 나는 기어이 그 방으로 내 책들을 옮겨다놓고 형광등을 달아놓고 살고 있던 중이었다. 겨울이 되자, 난방이 되지 않는 그 방에서 더 있을 수가 없어 다시 동생 옆으로 돌아왔던 참이었다. 눈 때문에 즉흥적으로 사온 화분을 이층 구석방의 책 틈에 내려놓았다. 한결 방이 덜 썰렁해 보였다.

봄이 오면 포도나무 밑에 내다주마, 정다운 약속까지 했다. 봄이 오기 전의 어느 날이다. 책 한 권이 필요해서 오랜만에 이층 구석방 문을 열었다. 그러고선 멍청히 한참을 서 있었다. 화분의 꽃나무는 죽어 있었다. 사다만 놓고 물 한 번 뿌려주질 않아, 그 시금치 같던 잎이 말라비틀어져 있고, 화분만 멀뚱히 오랜만에 열린 방문을 바라보고 있었다. 나는 이 후로 꽃나무든 금붕어든 살아 있는 것을 선뜻 내 것으로 하지 못했다. 내 기분에 사다만 놓고 돌보질 않아 화분의 청춘을 빼앗아버린 후로.

다시 전화벨이 울린다.

여고 때 국어선생님이다. 그때까지 이불 속에 있던 것 같은 내 마음은 수화기 저편의 목소리가 그분이라는 것을 알자 용수철처럼 튕겨올랐다. 너무나 정신이 짱짱하신 선생님. 나의 어정쩡함을 분명히 알고 계실 선생님.

아니나 다른가.

너, 신문에 광고 크게 났더라아! 그런데 광고에 난 작가의 말을 보니까…… 이제 슬픈 꼴을 버리고 다른 사유를 원한다……라고 썼던데, 슬프다고 쓰면 되냐! 아프다고 썼어야 맞지. 슬프다는 말은 이미 체념한 사람이나 옛날 일은 이미 지나갔다고 생각하는 사람들이 쓰는 말이다!

보름 전에 출간된 첫 창작집의 서문을 두고 하시는 말씀이다.

나는 쪼그리고 앉아서 짱짱한 그의 목소리를 들으며 또 창밖을 본다. 말씀만큼이나 차갑게 내리는 눈. 나의 여고 시절. 내 마음속의 침묵. 결석 끝에 써간 반성문을 읽고 난 뒤 그는 내게 소설을 써보라, 했다. 두텁게 쌓인 외경심을 뚫고 나에게 다가왔던 소설이라는 말. 지금도 잊을 수 없다. 너 소설을 써보는 게 어떻겠냐, 하시던 그 목소리. 그는 내가 민중문학을 하길 바랐다. 혼자 입시 공부를 할 적에 그는 그 시절을 잊지 마라, 하셨다. 남산에 서울예술전문대학교가 있고 그곳에 문예창작과가 있다고 가르쳐준 분도 그분이었다. 그곳에 가거라. 입시 공부를 할 적부터 나의 적은 서울예술전문대학 문예창작과였다. 원서를 쓸 때 2지망이 있었다. 내게 2지망이란 있을 수가 없었다. 사진과 국악과 연극영화과…… 나는 2지망 자리를 공란으로 비워놓았다.

대학에 들어와 그의 뜻과 정반대의 문학세계를 가진 분들을 은사로 섬기며 문학수업을 했다. 등단을 하고 그를 찾아갔을 때 그는 허허 웃었다. 너, 정말로 작가가 됐냐. 나는 네놈이 너무 마음 붙일 곳 없어하길래 그냥 해본 소리였는데. 그는 문예지에 발표되는 내 소설을 못마땅해하셨다. 네 체질인데 어쩌겠냐. 하지만 그 시절을 잊지는 말아라. 그 체념의 말씀 끝에 묻어 있는 그분의 버릴 수 없는 꿈을 보았다. 정작 소설가가 되고 싶으셨던 건 그분이셨고, 되어야 할 사람도 그분이었다.

차츰 우리는 소원해졌다. 자꾸만 그때를 돌이켜보게 하는 그분이 내 마음에 괭이처럼 박히기 시작했고 나는 그 괭이가 힘이 들었다. 될 수 있으면 그 시절로부터 멀찌감치 떨어지고 싶었다. 그때와 정반대인 것들을 사랑해서 다 잊어버리고 싶었다. 그분에게도 말할 수 없었던 나의 폐허를 고스란히 먹어버리기로 했다.

여전히 짱짱하신 그분의 목소리를 들으며 나는 아무 말도 못 하고 그저 내리는 눈이나 보고 있다. 부쳐주는 책은 받기 싫다 하시며 당신이 근무하는 학교로 책을 직접 가져오길 원하신다. 언제 올 테냐, 오후에 올 테냐? 버스 119번을 타고…… 나는 버스 노선을 받아 적으며 그러겠다 약속을 하고 수화기를 내려놓았다.

밥을 먹는데 자꾸만 밥그릇 속으로 그분의 얼굴이 빠진다. 그분의 목소리가 젓가락질에 걸려 올라온다. 약을 입 안에 털어넣고 물을 마시는데 가루약이 목에 걸린다. 독한 약이다.

금세 다시 졸음이 밀려온다.

졸다가 일어나 그녀에게 편지를 쓴다.

내년 여름에나 돌아올 펜실베이니아에 있는 그녀. 그녀는 나보다 다섯 살이나 많지만 나보다 탄력이 있다. 그녀의 눈썹은 약간 숙여져 있고, 목이 길어서 그녀의 옆모습은 아름답다. 하지만 진정 아름다운 건 그녀의 눈썹이나 긴 목이 아니다. 그녀를 유명하게 만든 두 권의 시집도 아니다. 그녀의 아름다움은 천진성이다. 너무나 천진하여 그녀는 옆사람을 물끄럼하게 만든다.

시장통 좁은 계단을 높이 올라가면 그녀의 부엌과 방이 나왔는데 그녀는 거기서 석유곤로에 물을 데워 긴 퍼머머리를 감고 외출을 하곤 했다. 설마 그 구석진 곳에서 그녀가 나왔다는 것을 아무도 짐작하지 못하게 그녀는 천진함으로 주변을 화사하게 만들어버린다. 그녀와 마주 앉아 이야기를 하고 있으면 나는 왜 이렇게 늙었을까 하는 생각이 드는 것이다.

천진한 그녀에겐 새롭지 않은 것, 자신 없는 것이 아무것도 없다. 나보다 다섯 살이나 많은 여자가 마음이 이러니 아무도 그녀에게 해를 끼치려 하지 않는다. 가진 것도 없으면서 무엇이든 주길 좋아해 그녀에게 선물 안 받아본 친구들이 없다. 시장 사람들도 이미 그녀를 잘 안다. 그래서 그녀가 지나가면, 처녀 이것이 오늘 떨이인데 안 사가려우…… 방으로 돌

아오기까지 그녀는 떨이들을 한 품 들고 온다. 심지어는 외상
으로까지.

펜실베이니아에서 그녀는 눈썹 그리는 연필을 동봉한 카드
에 이런 글을 써왔다……

바람이 몹시 분다. 부엌문 밖으로 나무들이 흔들린다. 잎이
가 떨어진 단풍나무는 휘청거리고 덩치 큰 상록수들은 출렁
거려. 흑인가수처럼. 내 가슴 깊이에서부터 출렁거리는 것 같
아. 나무들을 아주 가까이에서 오래도록 바라보는 게 얼마 만
인가. 어린 시절, 집들의 나무들, 예사로 살았지만 그게 예사
가 아니었던 거야. 내가 지금까지 나무에 대해서 직감적으로
무엇을 안다면 그것은 전부 그때의 기억에 의해서였을 거야.
양귀비꽃이나 장미덤불이 내가 마음만 먹으면 편두통이 나도
록 만발한다……

그녀에게 답장을 쓰다 말고 시장통 그녀의 방으로 전화를
걸어본다. 아무도 받지 않을 것이다. 먼지 쌓인 그녀의 빈 방
에 울려퍼질 벨소리. 양귀비꽃 따윈 마음만 먹으면 얼마든지
만발시킬 수 있는 천진한 그녀가 이젠 시장통 그 방에 없는
줄 알면서도, 펜실베이니아에서 이따금 부쳐오는 그녀의 편
지를 받으면서도 나는 밤에 오전에 습관처럼 그 방으로 전화

를 걸곤 했다. 공허하게 내 귓속으로 잠기는 벨소리…… 벨
소리.

　수화기를 내려놓고 편지를 이어 쓴다.

　나는 초겨울부터 눈이 푸짐하게 내리는 고장에서 어린 시
절을 보냈지. 그곳에서는 눈이 한번 내리기 시작하면 사나흘
을 내리곤 했어. 어린 탓에 키가 작았기도 했겠지만, 그렇게
내린 눈은 언제나 내 키만큼 쌓였었어. 너무도 많이 내려 그
눈을 쓸어낼 엄두를 못 냈어.

　마을 아이들이 다니던 국민학교를 가는 길에 당고갯재라고
불리는 재가 있었다. 그 재 위에 올라서면 학교에서 외치는
마이크 소리가 들리곤 했다. 이렇게 폭설이 내리는 날이면 털
신에 새끼줄을 친친 동여매고 용감하게 맨 먼저 학교로 출발
한 육학년 사내애들이 그 당고갯재에 맨 먼저 이르러서 눈이
너무 많이 내려 오늘은 휴교라는 소식을 갖고 돌아서서 오곤
했다. 그러면 우리는 책보를 끌어안고 학교 가던 것을 멈추고
미끄럼을 타며 마을로 돌아오곤 했다. 나는 지금도 그 고장의
그 푸짐한 눈들을 기억하고 있다. 눈 내리는 날의 그 고장의
아침과 저녁은 참으로 차가웠었다. 밤새도록 눈이 내리고도
그치지 않고 계속 눈이 내리고 있는 날, 아침에 방문을 열어

보면 눈은 마루까지 몰아쳐서 수북했다. 하지만 어느새 일어나셨는지 아버지는 계속 내리고 있는 눈 속에서 하얗게 쌓여 더 넓어진 마당에 커다란 대나무 빗자루로 길을 내고 겨셨다. 길은 세 길이었다. 아침을 짓는 어머니가 물을 길어 나를 수 있도록 우물 가는 길과…… 우리들이 학교에 갈 수 있도록 대문 밖으로 이어지는 또 한 길…… 그리고 변소 가는 길…… 눈은 얼마나 많이 내렸는지, 그만큼만 쓸어내도 그 마당 구석 감나무 키가 덮였다. 그때 내리는 눈 속에서 눈을 쓸고 계시는 아버지는 털모자 하나도 없으셨었는지 머리에도 하얗게 눈이 내리었다. 하지만 식구들이 하루 일을 시작하는 데 지장이 없도록 마당에 길 세 개를 만들어놓고 토방에서 장화의 눈을 탁탁 털어내실 때는 이마에 땀방울이 송글송글 맺혀 있었다.

그렇게 아버지가 눈 속에 만들어놓으신 길을 걸어 대문 밖을 내다보던 때의 기분을 뭐라고 표현해야 그때와 가까울까, 언니. 손 시렵고 발 시려웠지만 그 차가움은 싫지가 않았었지. 그 차가움의 고독은 그런 아침만이 아니라 해저물녘에도 있었어.

내가 좀더 자라서 시집을 읽기 시작하였을 때, 나는 이런

시를 발견했다.

시몬 눈은 네 맨발처럼 차다.
눈은 쓸쓸히 소나무 가지 위
네 이마는 쓸쓸히 검은 머리카락 밑
시몬 네 동생 눈은 뜰에 잠들었다.
시몬 너는 나의 눈, 그리고 내 사랑.

이 시를 읽었을 때 나는 눈 내리던 그 마을의 어스름녘을 금방 떠올렸다. 고즈넉한 마을에 쌓인 흰 눈. 그 위로 내리는 어스름. 차갑고 아름답고 사무치는 눈…… 존재한다는 것의 눈물겨움. 마치 눈 위에 있는 맨발처럼 그렇게 차갑게…… 그리고 숨소리처럼 나직하게. 그 차가움의 고독을 나는 내 인생의 지표로 삼고 살아가고 싶어했는지도 모른다.

어떤 겨울의 눈이 쏟아지던 날 심부름을 갔다 오는 길이었어. 사방은 설국이 따로 없을 만큼 온통 눈발이었지. 눈 속에서 길은 얼어 미끄러웠고, 그 속에 열몇 살의 어린 나는 홀로 걷는 중이었어. 손발은 물론이고 머리카락까지 얼어붙는 듯했어, 언니.

어스름녘의 눈발 속에서 신작로에서 고샅길로 접어들 때는 더 참지 못하고 얼굴이 뜯어지는 것같이 아파서 눈물이 와락 쏟아질 듯했다. 집집마다 피어오르는 연기. 그때는 싫어했던 청국장 냄새, 어느 집 헛간에서 여물 써는 소리…… 저만큼 대문이 보이자, 글썽했던 눈 속의 눈물이 가득 그렁그렁해져서, 나는 샛문으로 고개를 숙이고 들어와서는 정지에서 아궁이에 갈퀴나무를 밀어넣고 있는 어머니 품속으로 뛰어들어가 펑펑 울어버렸다. 아이구, 얼음장이네. 놀란 어머니가 얼어붙은 내 붉은 뺨을 두터운 손으로 문질러주고 또 문질러주어도 나는 울음을 그치지 않았다. 야가 왜 이런다냐…… 기어이 부지깽이를 들며 겁을 주는 젊은 어머니…… 에미가 죽었냐! 뚝 못 그치겠냐!

내 육체는 기억하고 있지. 그 마을의 겨울, 눈 내리는 날의 그 차가움을. 하얗게 얼어붙어가는 세상의 그 고즈넉한 고독을. 언니는 알고 있겠지? 우리가 각자 안으로 안으로 얼마나 더 차가워져야 하는지를.

편지를 쓰다 말고 시계를 본다. 일어서서 푸른 봉투에 내 소설집을 넣고 가방을 메고 외투를 걸치고 계단을 타고 바깥으로 나온다. 그치지 않는 눈발 속에 바람이 휘이— 지나간다. 외투에 붙은 모자를 꺼내 눌러쓴다. 총리공관 앞엔 흰 눈발을 뒤집어쓰고 헌병이 보초를 서고 있고 경복궁으로 이어지는 길이 하얗다. 이곳에서 또 일 년을 살았다. 사람들이 서로 다정하게 팔짱을 끼고 고궁 속으로 들어간다.

그분을 만나는 게 힘겹고 외롭다. 웃음소리들이 미끄럼을 타며 사라지고 있다. 아니, 누구를 만나도 힘겹고 외롭다. 나는 그분이 내 소설을 읽고 난 후 어쩌실지를 안다. 네 체질인데 어쩌겠니, 이제는 그런 말씀도 안 하실 게다. 침묵하실 게다. 그 침묵 속엔 이 최루가스가 보이지도 않느냐는 말씀, 이 곤궁한 현실 속에서 이런 소설을 쓰고 있는 너는 뭐냐, 는 말씀이 무겁게…… 그랬다. 명동성당 쪽에서 동국대 쪽에서 최루가스가 터져 남산으로 날아와도 나는 예술이란 무엇인가, 를 끼고 앉아 있었다. 누군가가 예술이란 무엇인가, 바로 밑에 데모 안 하는 것, 이라고 써놓은 걸 읽으며 힘이 빠지기도 했다.

느릿느릿 걸어서 세종문화회관 앞의 버스정류장에 선다. 시경 앞으로 가야 119번을 탈 수 있을 것이다. 약속시간은 많이 남아 있다. 다시 걸어 지하도로 들어간다. 문득 이 지하도의 어느 출구가 광화문우체국하고 이어진다는 걸 깨닫는다. 망설인다. 이 길과 저 길 사이에서 망설이고…… 또 망설인다. 지하에서 망설이는 동안 머리의 모자가 벗겨지고 얼어붙은 뺨이 녹는다. 광화문우체국으로 이어지는 지하계단에 발을 딛는다. 쑥 빠져나오니 눈발이 여전하다.

이미 개인적인 욕망으로 휩싸인 나는 쨍쨍하신 그분을 두려워하고 있다. 기어이 119번 버스를 타지 못하고 광화문우체국에서 봉투 속에서 책을 꺼내 앞장을 펼친다. 최홍이 선생님께…… 신경숙 드림. 참으로 사무적이다. 책을 덮어 다시 봉투에 넣고 수첩을 꺼내 주소를 옮겨쓰고 봉투에 풀칠을 해서 시내라고 써진 통 속에 집어넣곤 돌아선다.

눈이 내리는 거리에서 그분에게 전화를 건다.

수업 들어가셨는데요.

메모 좀 한 장 남겨주시겠어요. 저는 제자 신경숙이라고 하는데요. 오늘 못 간다고, 기다리지 마시라구요.

담담한 수채의 지옥

당신을 부릅니다. 단풍의 손바닥, 은행의 두 갈래 그리고
합침, 저 개망초의 시름, 밟힌 풀의 흙으로 돌아감. 당
신……, 킥킥거리며 세월에 대해 혹은 사랑과 상처, 상처의
몸이 나에게 기대와 저를 부빌 때 당신……, 그대라는 자연
의 달과 별……, 킥킥거리며 당신이라고……,

—혼자 가는 먼 집

허수경의 시집 혼자 가는 먼 집, 을 읽었을 때 나는 콧잔등
이 찡했었다. 누워서도 앉아서도 거리에서도 무릎이 푹푹 꺾
이는 소리, 마음이 무너지는 소리가 났다. 내가 아니라서 끝
내 버릴 수도 무를 수도 없는 참혹, 이라니.

나는 그녀를 좀 안다.

그녀 표현대로라면 우리는 시정에서 만나 조금씩 서로를 알아가던 중 그녀가 독일로 떠났다. 내 옆에 서면 어깨나 닿을까? 그래도 간혹 발바닥을 운동선수처럼 굳세게 땅바닥에 대고서 그녀는 고향 진주에 대한 이야기를 했었다. 진주의 누각과 진주의 물과 산성 그리고 아버지에 대해.

나는 정읍에서 났지만 정읍이라는 고장 전부가 내 고향은 아니다…… 그중에서도 내가 밟아본 산길, 내가 다니던 학교, 내가 살던 집, 새파란 아욱이 자라던 텃밭…… 내 옹졸함은 그것만이 내 고향인데 그녀는 그게 아니었다. 남강의 논개까지도 그녀, 품속의 고향이었다. 그 폭넓은 끌어안음이 그녀를 조숙게 했을 것이다. 그 조숙함이,

……그 사내 내가 스물 갓 넘어 만났던 사내 몰골만 겨우 사람 꼴 갖춰 밤 어두운 길에서 만났더라면 지레 도망질이라도 쳤을 터이지만 눈매만은 미친 듯 타오르는 유월 숲속 같아 내라도 턱하니 피기침 늑막에 차오르는 물 거두어주고 싶었네……

폐병쟁이 내 사내, 같은 시를 쓰게 했을 것이다.

이제 그녀는 독일에서 고고학책을 놓고 공부하고 있지만 한때 그녀와 나는 걸어서 십 분도 채 안 되는 거리를 사이에 두고 이 도시 생활을 했다. 일상이란 때때로 그녀 표현대로 병까지 정들게 할 정도로 누추한 데가 있으므로, 서로 꾹꾹 견뎌보다가 잘 안 되면 만나서 활터에도 가고, 절집에도 갔으며, 때로는 그녀와 나의 집 중간 정도에서 만나 시래깃국으로 저녁을 먹기도 했는데, 그녀는 청승스럽게도 꾀까다로운 손맛이 필요한 음식을 잘도 해내서 나는 분에 넘치게 한 상 잘 차린 밥상을 받는 날도 있었다. 그녀 표현대로 담담한 수채의 지옥의 나날들을 그녀로 하여금 위로받았던 한때가 내게 있었다.

그녀가 독일로 떠나던 무렵이 문득 떠오른다.

막판에 가서 그녀는 자꾸 겁을 내었다. 하긴 겁이 왜 안났을까. 생면부지의 나라에 돈도 없이 詩를 두고 가야 했으니. 왜 가야 했는지에 대해 묻는다면 그건 나도 잘 모른다. 어렴풋이 걷잡을 수 없는 마음의 열정, 혹은 무너져내리는 삶의 허무 같은 것을, 그녀가 이 땅에서는 더이상 머리에 이고 있을 수 없었다는 것, 만 짐작할 뿐.

그녀는 무망 속으로, 라고 말했지만, 내가 보기엔 손에 꼭 쥐고 싶은 것이, 그 쥠 때문에 다른 쌓임이 모두 무너지더라도 꼭 쥐어보고 싶은 것이, 그녀 곁 너무 가까이에 있는 것 같았다. 그러면서도 그녀는 썼었다.

정말 가지고 싶은 것은 가져서는 안 된다, 인적의 바퀴처럼
지나온 것들은 마땅히 묻을 것을 묻어준다…… 가져서는 안
된다, 이것이, 나의 일생이었도다……
나의 돌아감을 나여 허락하라
나는 나에게밖에 허락을 간구할 데가 없나니

내 짐작을 나는 그토록 믿었던가.
누가 붙잡아줬으면 하는 그녀를 붙잡기는커녕 은연중에 떠
다밀었다. 떠나갔다 오면 광주리 밑에 또아리라도 생기지 않
겠는가, 그러면 맨머리로 광주릴 이어야 하는 것보다는 덜 고
되지 않겠는가, 하는 그런 생각이 있었다.
그녀가 벌써 이 땅을 떠난 지가 삼 년째가 되어간다. 붙잡
아주길 바라는 그녀를 붙잡지 않은 내 의도 속엔 붙잡지 않아
도 그녀는 일 년 안에 조금 더 보태보아야 이 년 안에 돌아오
리라, 생각해서였다. 그런데 그녀의 외박이 길어지고 있다.
여기가 아니라면 어디라도 그녀에겐 여관일 수밖에 없을 거
라고 생각했던 게 잘못인가. 아니면 정말로 그녀는 그곳에 퍼
지르고 앉아서 메소포타미아 적의 상형문자나 갑골문자들을
들여다보고 있을 참인가. 여기조차도 사실은 그녀에겐 여관

일 뿐이었을까.

이 초여름.

아카시아꽃 지고, 초승달이 꽃 진 자리의 연푸름 위에 떠 있다. 외출을 하면 이마에 땀이 맺히기 시작한다. 생선전의 톱밥 속엔 꽃게가 살아서 바다를 끌어안고 숨죽이고 있다. 나, 그녀에게 묻는다. 게는 왜 옆으로 걷지? 그녀가 공기 속에서 대답한다. 게들한텐 그게 바른 걸음일걸. 유월의 줄장미 밑을 지나치면서 이따금 생각한다. 나는 아직도 그녀에게 어디에 있으나 이 공기 속에 살고 있는 거라고 예전처럼 말할 수 있을까, 를. 그녀에게 숨쉴 틈을 줬어야 했었다. 어디에 있으나 이 공기 속에 살고 있는 거라는 말만이라도 남아 있는 내가 아니라 그녀가 할 수 있도록.

술에 대한 기억

내가 처음 마셔본 술은 막걸리다.

감자알이 땅 속에서 굵어지고 있던 무렵, 아홉 살이나 열 살 늦봄, 노란 양은주전자를 들고 술을 받으러 철길을 건너갔던 기억이 난다. 아마 어머니께서 논이나 밭 새참 내갈 준비를 하시면서 내게 술 심부름을 시켰을 것이다.

지금 그 가게는 없어졌지만 내가 어린 시절을 보낸 마을의 방이 두 개 딸린 그 술집은 술만 파는 게 아니라 잡화상이었다. 검정 고무줄이 문턱에 뭉텅이로 늘어져 매달려 있고, 먼지가 쌓인 진열장엔 박하사탕이며 셀레민트 껌, 담배나 사카린 등이 쌓여 있고, 가게 안의 연탄아궁이엔 늘 술국이 자글자글 끓고 있었던 생각이 난다. 그 가게는 우리집 소유였다.

지금은 기억도 안 나는 동네의 누군가가 그 가게에 들어가 살
면서 꾸려나갔다. 그때 술이라 하면 대개 막걸리를 말했다.
술 한잔 받아오라, 는 말은 곧 막걸리를 사오라는 뜻으로 통
했다. 맥주라든가 소주 같은 게 없었던 건 아니었지만 그 무
렵 시골에서의 술이란 막걸리였다. 소주는 지금처럼 작은 병
에 들어 있지 않고 지금 정종병처럼 큰 병에 들어 있었던 생
각이 난다. 우리는 그걸 댓병이라고 불렀다. 무슨 전설처럼
그 댓병에 들어 있는 술을 한 번도 안 쉬고 단번에 마시면 속
에서 불이 나서 죽는다는 말이 우리 어린애들 사이에 떠돌아
다녔던 기억도 난다.

아무튼 그 가게에서는 막걸리를 주로 팔았다. 겨울을 뺀 다
른 계절에 일부러 술만을 마시러 가는 사람은 거의 없고 대개
논에 가다가 혹은 밭에 가다가 아니면 돌아오다가 그 집에 들
러 막걸리 한 잔씩 마시곤 했다. 그러다가 일이 없는 겨울에
아버지들이 그 집에 딸린 방에서 술 내기 화투를 치며 소일하
시는 통에 갑자기 무슨 일이 생기거나 손님이 찾아오거나 하
면 그 마을 아이들은 아버지를 찾으러 그 집에 가곤 했다. 그
방문 앞에 벗어놓은 많은 신발들이 생각난다. 그 속에 섞여
있는 아버지 털신을 발견하면 반갑고는 했다.

술독은 가게 안쪽 땅에 묻혀 있었는데, 그 집에서 만들거나
하는 건 아니었고, 새벽마다 읍내의 양조장에서 커다란 짐자

전거를 끌고 술통을 주렁주렁 달고 배달 나온 사람이 거기에 붓고 가곤 했다. 술독은 나무로 만든 뚜껑으로 닫혀져 있었고, 그 뚜껑 위엔 또 나무로 만든 술됫박이 얹혀져 있었다. 지금도 생각난다. 술독의 가장 마지막 남은 술을 퍼담을 대 그 술독 바닥에 닿던 됫박 소리.

주전자를 들고 술 심부름을 가면 주인은 머리를 한번 쓰다듬어주고선 주전자를 받아들고 술독 앞으로 가서 뚜껑을 열고 됫박으로 퍼서 담아주었다. 한 주전자에 한 됫박쯤 들어가지 않았나 싶은데 그날도 술을 받아 돌아오는데 주전자 뚜껑에 파진 홈과 주전자 입구로 자꾸만 술이 출렁거리며 흘러나왔다. 그냥 조금만 따라 버리면 됐을 걸 무엇 때문에 그걸 마셔서 줄일 생각을 했는지 모르겠다. 쏟아지는 늦봄 햇살 때문이었는지, 호기심 때문이었는지.

집으로 돌아올 때까지 주전자 속의 술이 출렁거릴 때마다 꼭지를 입에 대고 술을 꿀꺽 마시곤 했다. 대문 앞에쯤 왔을 때 하늘이 땅인 것 같고, 땅이 하늘인 것 같고, 속이 미싯거리고 머리가 아프고 마루가 바로 저긴데 대문에서 마루까지가 얼마나 멀던지……

술 주전자를 겨우 마루에 내려놓고는 나는 픽, 쓰러졌다. 왜 그러냐, 어머니가 일으켜세우면 나는 또 쓰러졌다. 야 좀 봐…… 술 받아오랬더니마는…… 지금도 귓결에 아련히 들린다. 술 받아오랬더니 술에 취해 돌아온 어린 딸을 보고 야 좀 봐라, 웃음기가 돌던 어머니의 목소리. 방에 옮겨져 긴 잠을 잤고 며칠을 되게 아팠다. 트림이 자꾸 나오는데 그럴 적마다 함께 올라오는 세상이 뒤집어질 듯한 메스꺼움을 참아내야 하는 고역이란, 참. 그후로 꽤 오랫동안 마을을 지나가는 양조장 사람만 봐도 머리가 아파지고 속에서 술트림이 나오는 것만 같았었다.

내가 좀더 자란 어느 시기에 가게를 맡아 하던 사람이 타지로 떠나 아버지가 얼마간 그 가게를 꾸려나간 적이 있었다. 우리 형제들은 새벽이나 아침에 아버지에게 돈을 타러 철길을 건너 그 가겟집에 가곤 했다. 나는 어머니가 바쁠 적이면 아버지 식사를 바구니에 담아 나르는 일로 더 자주 그 가게에 가곤 했다. 그런데도 모든 정경은 다 사라져버리고 그 시기는 딱 한 장면으로 기억된다.

여름날이었다. 동네에 자주 드나드는 읍내 여자가 있었다. 쉰이나 되었을까. 마을의 여자들 같지 않게 그 여자는 희고 고왔다. 내가 그 가게에 막 도착했을 때 아버진 물통에 담가 놓았던 맥주병을 꺼내올리고 있는 중이었다. 맥주병에서 툭툭 떨어지던 물방울들. 그 여자는 손가락에 금반지를 끼고 속이 환히 비치는 깨끼저고리를 입고서 동네 어떤 어른과 맥주를 마시고 있는 중이었다. 그들의 시중을 드는 아버지의 이마엔 땀방울이 흥건했다. 그래서였을 것이다. 아버지도 맥주를 한잔 마시면 좋을 것 같았다. 물통에 담긴 맥주병이 시원해 보였다. 그들은 물방울이 툭툭 떨어지는 맥주병을 따고 맥주를 잔에 쭉 따라 단숨에 마시는데 아버진 그저 그걸 바라보고만 계셨다. 읍내 여자도 동네 어른도 아버지가 다 아는 분들이었다. 한 잔쯤 아버지께 권할 수도 있을 텐데, 하는 생각을 했다. 막걸리라면 권했을 거라는 생각도 했다. 맥주가 엄청 비싼 술인가보다라는 생각도 했다. 시원한 맥주를 마시는 그들 뒤에서 땀을 흘리고 계시는 아버지가 너무 초라해 보여서 괜히 내가 서러워졌다. 이 다음에 내가 자라면 아버지에게 꼭 맥주를 사드려야지, 그런 생각을 했다.

여학교 이학년 때 자취하던 부엌 찬장에 소주병이 거의 일년 동안 들어 있었다. 무슨 일로 속이 되게 상했는데 어떻게 술을 마실 생각을 했는지 나도 모르겠다. 그 골목의 가게에서 소주를 한 병 사와서 부엌에 앉아 한 잔을 쪼르르 다셔버렸다. 식도가 불타는 듯한 엄청난 고통을 느꼈다. 두 잔을 마실 엄두가 나지 않아 뚜껑을 꼭 닫아 봉투에 꽁꽁 싸서 찬장맨 마지막칸에 넣어놨다. 그곳에 살 때 속이 상할 적마다 이상하게 부엌에 쪼그리고 앉아 있게 되곤 했다. 거기 쪼그리고 앉아 있으면 문득 찬장에 넣어두었던 소주병 생각이 났고 그럴 적이면 꺼내서 아무 그릇에나 따라서 쪼르르 마셔버리곤 했다. 그렇게 소주 한 병을 일 년 동안 마시다가 그해의 끄트머리쯤에 조금 남아 있는 소주를 부엌 바닥에 쏟아버렸다. 너무 오래 뚜껑을 따놓아서 그때는 이미 물같이 되어버린 술이었다.

대학을 졸업하고 진토닉을 마시던 날이 있었다.

은사 시인의 시가 무용화되어 공연을 하던 날이었다. 공연장에서 마음속으로 사무쳐하던 선배를 만났다. 그 선배는 내 마음을 몰랐다. 공연이 끝나고 다들 신촌의 어느 카페로들 몰려갔다. 그 선배가 저편에 앉아 있었다. 그저 저편에 앉아 있을 뿐인데 그는 너무나 아름다워 보였고 내 손이 닿을 수 없는 머나먼 곳에 있는 듯하였다. 반면 나는 너무나 아름답지 않았고 너무나 그 가까이에 있는 듯하였다. 나는 진토닉을 딱 두 잔 마셨을 뿐이다. 아무래도 토닉보다는 진이 많이 섞인 이상한 비율의 진토닉이었던 모양이다. 그만 취해버렸다. 정신을 차렸을 땐 다음날 우리집 방이었다. 동생에게 어제 내가 언제 들어왔냐고 물으니 열두시쯤 다른 날과 별 다를 바 없이 들어와 곧 잤다는 것이었다. 불안해져서 숨기지 말고 얘기해보라고 해도 그게 다라는 것이었다. 이상했다. 신촌에서 어떻게 역촌동까지 왔는지 영 기억이 나질 않았다. 오전이 다 가고 나서야 어렴풋이 우리집 골목 앞에 그 선배와 같이 서 있었던 생각이 났다. 그 선배가 나를 바래다준 것일까. 어떻게 그런 일이 생겼을까. 같은 자리에 있었던 친구에게 전화를 걸어봤다. 어제 무슨 일이 있었느냐 물으니 아무 일도 없었단다. 그냥 우울하게 가만히 앉아 있기만 하던 내가 집에 갈 시간이 되니까 그 선배한테 가더니 집에까지 좀 바래다달라고 해서 우리집 방향으로 가는 택시를 탄 것까지만 알고 있다고 했다. 친구가 되레 물었다. 그런데 무슨 일이 있었니? 그후로 세월이 많이 흘렀다. 선배가 결혼을 했다. 그 이후로도 세월이 더 흘렀다. 오랜 후에 내가 그날 밤 일을 물었다. 어머나, 세상에. 그날 밤, 그 골목에서 내가 선배에게 다짜고짜로 어디 멀리 가서 살자고 했단다. 선배 말이 더 걸작이다. 남의 마음에 파문만 일으켜놓고 다시는 소식이 없더구나.

역촌동에 살던 오빠네에서 분가를 하고 육 개월도 지나서다.

친구들이 모였고 생맥주들을 마시게 됐다. 피곤했고 더 앉아 있기가 힘이 들어 먼저 들어간다는 말도 없이 먼저 자리를 떴다. 바깥으로 나오니 몸이 휘청했다. 겨울바람이 쌀쌀했다. 터벅터벅 세종문화회관 쪽으로 건너가서 151번을 탔다. 서부경찰서 앞에서 내려 복개도로를 건넜다. 시장 앞을 지나그 놀이터 앞을 지나고 좁은 골목으로 들어섰다. 골목 끝의 두번째 집 앞에서 걸음을 멈추고선 초인종을 눌렀다. 문이 열리지 않았다. 대문을 마구 두들겼다. 그래도 문이 열리지 않았다. 발로 대문을 마구 차기 시작했다. 그때야 안에서 올케가 누구냐고 물었다. 나예요. 문이 열렸다. 지하실로 내려가 연탄집게에 연탄을 찍어가지고 다섯 개짜리 계단을 타고 현관으로 올라갔다. 올케가 나를 빤히 쳐다봤다. 거실로 들어가 탄 그릇에 연탄을 내려놓고 난로 뚜껑을 열었다. 아가씨. 올케가 나를 불렀다. 연탄을 갈아넣고 내 방문을 열고 들어갔다. 재가 왜 여기서 자지? 잠든 조카 옆에 누워 잠이 들었다. 아가씨, 뒤따라왔던 올케가 내게 이불을 덮어주고 방문을 닫고 나갔다. 아침이 되었다. 내가 왜 여기서 자고 있어요? 낸들 알아요. 갑자기 한밤중에 대문을 발로 차고 들어오더니 연탄 갈고 들어가 자데 뭐. 올케가 피식, 웃었다. 동생에게 전화를 걸고 하니 내가 어젯밤에 했어요, 그런다.

생맥주를 마시던 장소는 광화문이었고 동생과 함께 사는 방은 삼청동이었다. 세종문화회관 앞에서 151번을 탈 게 아니라 길을 건너 104번을 타고서 총리공관 앞에서 내려야 했다. 올케가 차려주는 아침밥을 먹고 거실의 난로 뚜껑을 다시 열어보았다. 아직 불이 활활 타고 있었다. 그 집에 살 때 겨울이면 내가 가장 잘 하던 일이 거실 난로 연탄 가는 일이었다. 특히나 늦은 귀갓길이면 괜히 미안해서 지하로 내려가 연탄을 집어오고 연탄을 갈고 그 위에 물솥을 올려놓고 그랬었다.

또다른 여인

먼 시간 속에 작고 귀여운 여자애가 있다

얇은 입술, 초생달 같은 눈동자, 귀 밑으로 쏘옥 파인 보조개, 세 살 터울의 내 여동생. 청상의 고모는 그애를 사랑했다. 손도 작고 발도 작아서 그애의 별명은 이삐. 고모뿐 아니라 식구들 중 그애를 이뻐하지 않는 사람은 없었다.

초가를 허물고 슬레이트집을 지을 때다.

집이 허물어지고 흙먼지가 일고 마당 우물 옆에 천막이 쳐졌다. 아버진 그 안에다 평상을 깔고 임시 부엌을 만들었다. 그곳에서 저녁밥을 먹고 여동생과 나는 신작로 길을 걸어 고모네에 가서 잔다.

고모의 이삐에 대한 사랑.

나하고 나란히 앉혀두고도 내 여동생만 부른다. 일찍 청상이 된 고모님은 다소 센 목소리를 가지셨는데 이삐야, 부르실 적엔 나지막해지셨다. 애정이 담뿍 실린 그 목소리. 내가 덤벙대다 물그릇을 엎어버리면 고모는 그 목소리를 거두곤 너는 어째 동생만도 못허다니, 다시 센 소리로 돌아왔다.

새벽에 고모님은 밭에서 단수수를 통째로 베어온다.

마루에 앉아 순을 벗기고 먹기 좋게 토막토막 잘라놓곤 아직 잠이 덜 깬 그애를 깨운다. 머리 빗겨주께 일어나라…… 빗을 꺼내와 이삐의 헝클어진 머리를 빗기신다. 고모의 이쁨을 받느라 걸음이 늦어지는 그앨 두고 혼자 고모집을 나와 이슬 내린 신작로를 걸어 집에 돌아온다. 아침을 짓고 있던 젊은 어머니, 물으신다.

왜 혼자 왔냐?

……

이삐는?

……

쟈가 귀가 먹었다냐. 이삐는 어데 두고 혼자 왔냥게?

몰라!

나는 괜히 팩 토라져서는 밥도 안 먹고 책보를 챙겨들고 골목으로 다시 나오다가 이삐와 부딪친다. 머리를 곱게 빗은 이삐가 생긋 웃으며 언니, 이거 먹어…… 손에 들고 있던 단수수를 내게 준다…… 좀 자라 상에 수저를 놓으라는 젊은 엄마에게 나, 볼멘소리를 한다. 이뻐는 왜 안 시켜, 왜 나만 시켜…… 좀더 자라 오빠 잠바를 입으라고 주는 엄마에게 나 또 볼멘소리를 한다. 이뻐보고 입으라고 그래……

추억 속의 징징대는 그애의 목소리. 언니, 복남이가 나 때렸어. 왜 때렸어? 몰라 돈 육십원 갖고 오래. 왜? 몰라 괜히 지 말 안 들었다고 십원 빚졌다고 하더니만 날마다 오원씩 이자 붙여서 인자 육십원 됐어. 돈 안 준다고 때렸어? 응. 빚 안 갚는다고.

나, 복남이에게 간다. 야, 너 왜 우리 이뻐 때렸냐…… 나와 동갑이면서 이뻐와 한 학년인 복남이 나를 보더니 도망친다. 그 뒤에다 대고 소리친다. 너 우리 이뻐 한 번만 더 때렸단 봐라 죽여놀 테니.

좀더 자라 나, 이제 서울에 있다. 그애가 편지를 보내온다. 언니, 언니가 없으니까 청소도 내가 다 하고 익철이 운동화도 내가 다 빤다─ 언니가 도로 왔으면 좋겠다.

시골에 가면 대문간에서 나는 남동생의 이름을 부른다. 익철아─ 남동생이 방문을 열고 마루로 뛰어나오고 여동생은 이제 나 대신 부엌에서 부지깽이를 든 채 뛰어나온다. 추억 속의 목소리. 누나다, 누나 왔다. 언니다, 언니 왔다. 엄마! 언니 왔다─

그 여동생이 결혼을 했다.

그애가 서울에 온 후로 우린 줄곧 한방을 썼다. 큰오빠네에서 둘이 분가해 둘이서만 이 년을 살기도 했다. 그사이 그앤 이제 대학을 졸업하고 약사가 되었다. 언니보다는 절대로 먼저 결혼시킬 수 없다는 아버지를 시골에 내려가 이틀 밤을 설득했다.

마음이 심란했다.

그애가 나보다 먼저 결혼해서가 아니라 그애와 함께 살았던 동안 내가 그애에게 부린 억지들 때문에. 이렇게 헤어지는데, 다시는 그애와 함께 한 집에서 닷새 이상을 함께 자는 일이 없을 텐데. 돌이킬 수 없는 지난 시간들. 그애가 결혼을 그렇게 빨리 결정한 데는 내 역할도 얼마큼은 작용했을 것이다. 말은 안 하지만 그앤 내가 지겨웠을 것이다. 한번 내가 내 주변의 어떤 시인을 마음에 두고서 그애에게 물었다. 내가 시인 한 사람 소개시켜줄까? 생각해볼 것도 없다는 듯이 그앤 아니, 그랬다. 그애가 오 분만이라도 생각해본 뒤 아니라고 했으면 충격이 덜했을 것이다. 그앤 단박 아니, 그랬다. 아니, 아니라고.

나는 내 일에 골똘해지면 아무 소리도 못 듣는 편이었다. 집중만 되면 옆에서 트럭이 지나가도 그 소음을 못 듣는 편이었다. 그러나 신경이 곤두서 있을 때엔 개미 지나가는 소리까지 다 들린다. 그로 인해 자주 그애에게 상처를 입혔다. 소설이랍시고 쓴다고 앉아서는 동생이 숨쉬는 소리, 동생이 밥 먹는 소리, 동생이 옷을 벗어 옷장에 거는 소리를 향해 팩 소릴 질렀다. 좀 조용히 못 해! 그게 동생이 아니었어도 나는 나무에게라도 소리를 질렀을 것이다. 그건 논리적인 근거가 전혀 없는 어리광 비슷한 것, 괜히 제 탓을 남에게 돌리려는 심사…… 뭐, 그런 것…… 가족이 아니라면 도저히 참아줄 수 없는.

아, 정말 말도 안 돼.

동생과 함께 사는 동안 매번 부린 억지들. 그앤 내가 밤새 불을 켜놓고 앉아 있어도, 바로 잠자는 제 옆에서 내가 친구와 두어 시간 통화를 하고 있어도, 참아주었다. 같이 산다는 건 결국 서로의 그런 옹졸함을 봐주고 견뎌주는 것이 아닐는지. 그랬다. 그앤 나를, 일상의 나를 가장 잘 알고 있는, 내 이마에 그려지는 그림에 따라 내 기분이 어떤지를 척 알아맞추는 사랑하는 동거인이었다.

그런데 나는?

한번은 냉장고 문을 열고 우유를 꺼내 마시는 그애를 싸늘히 돌아다보며 좀 조용히 마시라고, 했다. 그애는 마시던 우유를 냉장고 위에 얹어놓고 세면장으로 들어갔다. 조용했다. 이깟 소설이 무엇인데…… 동생에게 그래놓고 울적해졌다.

책상에서 일어나 세면장 문을 열어보았다. 세면장 바닥에 주저앉아 그애가 울고 있었다. 무릎에 얼굴을 푹, 파묻고 소리도 안 내고 어깨만 혼자 들썩이며. 원룸만 아니었어도 괜찮았을까. 같은 방에서 함께 산다는 이유 하나로 그애가 내게 당했던 수모들. 은행에 가서 이백만원을 대출해서 그애에게 주었다. 너는 나를 견뎌냈으니 누구하고라도 잘살 거야. 돈이 많았으면 좋겠다는 생각을 했다. 그러면 많이 줄 수 있을 텐데.

그애의 결혼식날.

사실 부모님은 여적 오빠들 장가만 보내봤지, 딸 시집은 안 보내봐서 예식장에서부터 뭔가 서운해 계셨다. 나 또한 그랬다. 고모님은 나보고 식장에 가지 말라고 했다. 동생 시집가는데 시집 안 간 형이 가는 법이 아니란다. 싫어요, 갈 거예요. 나는 진짜 축하해주고 싶었다. 그런데 식장에 가지 말래니. 나는 갔다. 내 동생 결혼식에 왜 못 간단 말이에요, 하면서.

장가는 든다고 하고 시집은 간다고 하는 까닭을 우리 가족들은 그날 처음 실감했다. 결혼식이 끝나고 폐백 드린다고 동생이 시댁 식구들이 있는 곳으로 갈 때부터 모두들 야릇해졌다. 며느리의 폐백을 받아만 봤지, 딸을 폐백 드리라고 보내보진 않은 것이다. 며느리들을 집 안으로 들여만 왔지, 딸을 남의 집으로 들여보내보지는 않았던 것이다.

결혼식이 끝나고 집으로 돌아올 때 누구 하나 말이 없었다.

우리 식구들만 따로 탄 차 안엔 침묵이 흘렀다. 기어이 어머니께서 눈물을 비치셨다. 우리는 서로 외면하고 창 밖을 내다보았다. 집으로 와서 방을 쓰는데 방바닥에 자꾸만 동생의 얼굴이 밟혔다. 푹, 눈물이 터졌다. 집안 어른들은 동생 먼저 시집보낸 언니의 처진 마음 때문으로 오해를 했다(어떤 어른은 말씀을 잇지 못하시고 그저 내 손을 꼭 붙들고선 눈물까지 글썽해지셔서는 용기를 잃지 말고 살아라, 그러시는 것이었다).

셋째오빠가 나를 자동차에 싣고 외갓집이 있던 산 너머 마을로 나갔다.

어렸을 때 여동생과 함께 아버지를 따라 외가에 갔던 생각이 났다. 외할아버지 제사였을 것이다. 아버지 품엔 새끼줄로 다리를 묶은 닭이 한 마리 안겨 있었다. 외가에 거의 다 와서였다. 닭이 아버지 품을 벗어나서 꼬꼬댁, 거리며 외가 뒤쪽 산길로 도망을 쳤다. 아버지와 여동생과 나는 소란을 떨며 닭을 쫓아갔다. 닭은 산길을 벗어나 소나무숲 속으로 사라졌다. 숲속으로 따라 들어갔던 아버지는 빈손으로 돌아왔다. 잃어버린 닭.

저기가 외갓집이었는데.

오빠가 저기를 손으로 가리켰다. 이제 외가댁 식구들은 저기에 살지 않는다. 시내로 이사를 나갔다. 어머니가 태어나신 마을에서 오빠와 나는 막걸리를 한 잔씩 나눠 마셨다. 술잔

속으로 또 눈물이 쏙 빠졌다. 멋쩍어져서는 셋째오빠한테 투덜거렸다. 이뻐가 먼저 시집갔다고 우는 거 아니야. 오빠가 웃었다. 멈추려는데도 자꾸만 눈물이 흘렀다.

그래서 우는 게 아니라구.

알어.

오빠가 뭘 알어?

오빠가 또 웃었다.

나, 서울 갈래.

며칠 있을 거라더니?

그냥 갈 거야. 표 좀 끊어다줘.

저녁기차를 타고 그애가 떠나간 빈 방으로 돌아왔다.

그애가 떠나간 방에 혼자 남았다.

한동안 그애의 결혼이 실감나지 않았다. 해가 저물어 그애가 퇴근해 들어오는 시간이면 왜 안 오지? 기다리다가 아참, 뒤늦게 그애가 이제 우리들의 방으로 오지 않는다는 걸 깨닫곤 우두커니 앉아 있곤 했다. 아침마다 배달되는 우유가 그애의 부재를 말해주곤 했다. 그애가 남긴 흔적들, 밥그릇이나 베개, 칫솔이나 커피잔 같은 것이.

나와는 달리 우유를 좋아하던 그애.

그앤 저녁을 먹고 수저를 놓은 그 자리에서 우유 오백 밀리를 단숨에 마시곤 했다. 전화를 걸어 우유를 끊겠다고 했더니

약사인 그애가 말했다. 끊지 마, 언니. 우유를 하루에 한 잔씩
마시면 지금보다도 나중에 좋아. 나중에? 나중 언제 말이니?
갱년기쯤에. 갱년기? 어느 날 한밤중 갈증이 나서 냉장고를
열었는데 차곡차곡 쌓여 있는 오백 밀리짜리 흰 우유곽들이
바닥으로 쏟아졌다. 냉장고 문을 열어둔 채 우유곽을 오래 바
라보았다. 정말, 그애가 정말 떠났구나.
　하지만 결혼은 곧 생활이 아니던가.
　이제 사사건건 그애 편들기가 시작됐다.
　결혼을 하자마자 조금 쉬고 싶다고 다니던 병원을 그만두
고선 나에게 전화를 해왔다. 그애가 학교를 졸업하자마자 지
금까지 한 번도 쉬어본 적이 없음을 아는 나는 단박 그래? 잘
했다, 고 했다. 그랬더니 그애가 수화기 속에서 피식 웃었다.
왜 웃냐니까 그애 하는 말. 언니 글쎄, 시집 식구하고 친정 식
구하고는 다르다고들 하잖아. 그거 정말 같아. 내가 방금 시어
머니랑 그리고 엄마한테 전화해서 직장 그만뒀다는 애길 했는
데 엄마 반응은 그래 좀 쉬어라 잘 했다 그러시고, 시어머니
는 요즘 세상에 혼자 벌어서 어떻게 먹고산다니, 하시더라.
　어느 날 열시 무렵에 큰오빠가 내게 전화를 걸었다. 이삐네
로 전화를 걸었더니 이삐가 전화를 받자마자 엉엉 우는데 왜
그러는지 아냐는 것이었다. 그애가 운다고?
　단박에 머릿속이 복잡해졌다.

사연도 모르면서 제부에 대한 원망이 솟아올랐다.

걜 왜 울려?

내가 다시 전화를 걸어봤다. 그애가 전화를 받아서는 밤늦게 자기가 다시 하겠다고 하며 급히 전화를 끊었다. 수화기 저편이 소란스러웠다.

무슨 일이지?

열두시가 지나 통화가 되었다. 사연인즉슨 시집 식구들을 초대해놓고 저녁식사를 했다는 것이다. 제깐에는 시장 봐다 저녁상을 차리느라고 허리가 휠 지경으로 힘이 든 참이었는데 상이 다 차려지자 시집 식구들만 동그랗게 모여 앉아 밥을 먹으면서 저한테는 밥 먹으란 말 한마디 없더란다. 세상에 어떻게 그럴 수가 있다니, 내가 화를 냈다. 둘이 있을 땐 잘 챙겨주던 제부도 그저 시집 식구들 속에 가만히 앉아서는 꼼짝도 안 하더란다. 그때 마침 오빠가 전화를 했던 모양이었다. 동생은 오빠 목소리를 듣자마자 울음이 터져나왔다고 했다.

무선전화기를 들고 시집 식구들 몰래 세면장에 가서 한참을 울었다, 언니. 오빠 목소리를 들으니까 괜히 서러운 거 있지.

만약 그때 시누이가 했으면 동생은 아주 정중하게 예예, 했을 것이다. 모두들 한편인 것 같은 느낌, 혼자만 이방인이 된 것 같은 느낌, 그런 기분이었다고 여동생은 말했다. 계속 울지도 못했을 것이다. 언제 그랬냐는 듯이 수화기를 수건 옆에쯤 놓아두고는 붉은 눈을 찬물로 씻고 나와서 시집 식구들 시중을 들었을 테니.

그애네 집에 우리 가족들이 모였다.

나는 그 자리에 가서 깜짝 놀라버렸다. 음식이라곤 김밥밖에 못 싸려니(그애는 김밥은 아주 맛있게 잘 싼다. 나는 자주 그애가 싸준 김밥을 먹으면서 칭찬이라고 한다는 게 얘, 너 나중에 사정이 생겨 먹고살 일이 막히면 김밥장사 해도 되겠다, 했었으니까) 했던 그애가 우리를 위해 마련한 음식들은 갖은 나물류와 불고기와 양념이 많이 들어가는 해물탕이었다. 그애는 야무지게 한 상을 차려서 우리들 앞에 내놓아 우리들 입을 벌어지게 했는데 그애 말은 이상하네, 시집 식구들은 별로 맛있다고도 안 했는데? 였다.

진짜로 간이 맞았는지 안 맞았는지 나는 잘 모른다. 그저 새파란 처녀만 같던 그애가 주부 티를 내며 가족을 위해 상에 가득 음식을 올려놓은 게 기특한 것이 우선이었으니까. 내 마음만은 아니었을 것이다. 그 자리에 있었던 우리 식구들 마음이 다 그랬을 것이다. 하지만 나는 셋이나 되는 오빠의 아내들이 우리 식구들을 초대해 식사 자리를 마련하곤 했을 때 단 한 번도 그렇게 생각해본 적이 없었다. 올케들이 종종종거리며 파를 다듬고 국을 끓여 상을 봐 내오는 것, 그걸 당연한 일로만 여겼다.

그애가 음식을 만드는 동안 이제 새 가족이 된 제부는 수저를 놓고 여동생 옆에서 믹서기를 돌렸다. 그런 제부 모습을 보는 게 즐겁고 유쾌했다. 집으로 돌아오는 길에 나는 같은 차를 탄 올케의 얼굴을 쳐다보며 피식, 웃었다. 큰올케는 우리집으로 시집와서 십여 년을 계속 시동생들 뒷바라지를 해왔다. 만약 내 여동생이 올케와 같은 처지라면 나는 아마 안타까워서 어쩔 줄 몰랐을 것이다. 큰올케의 손을 내려다봤다. 작은 손. 굵은 마디. 한번 잡아봤다. 딱딱한 손등. 큰올케가 쑥스러운지 손을 빼낸다. 참 이상해. 오빠가 부엌에 있으면 너무 싫더니 제부가 이삐 마늘 까주고 그러니까 보기 좋은 거 있지. 올케는 내 말을 듣고 한참을 웃었다. 다 그런 거예요, 하면서.

입장을 바꿔놓고 생각하면 모든 일이 수월하다는 평범하디평범한 말이 깨달음처럼 왔던 순간이었다. 똑같은 일이 놓여진 입장에 따라 이리 다르다니.

무작정 편만 들던 나는 요즘 동생과 통화하다가 흐뭇하게 웃게 되는 때가 많다. 그애가 달라졌다. 그애는 이런다. 언니, 나 요즘에사 올케한테 고마운 생각이 들곤 해. 시, 자 붙은 우리들 데리고 있느라고 정말 힘들었을 것 같아. 그애는 또 이런다. 시어머니가 어렵고 그럴 때면 엄마 생각해. 만약에 올케가 나처럼 우리 엄마를 대하면 내 마음이 어떨까? 그렇게 생각하면 좀 나아져. 그애는 또 이런다. 언니, 여자들은 같은 여자들한테 잘 하고 살려고 애쓰고, 같은 여자들한테 피해를 안 주고 살려고 애쓰면 여성문제의 반은 해결될 것 같아

그 여동생이 출산을 했다.

이 세상에서 내게 이모라고 불러줄 아기가 생긴 셈이다.

이모가 되는 일은 고모가 되는 일하고 다른 것 같다. 고모가 되는 일보다 훨씬 더 신기하고 내 일 같고 그렇다. 오빠의 아이들이 태어나 나를 고모라 부를 때는 모르겠더니, 여동생이 아이를 가졌다는 소식을 들은 순간부터 내가 이모가 된단 말이지? 생각하면 참 이상한 기분이 들곤 했다. 언니로 하여 이모가 되는 게 아니고 동생으로 하여 이모가 되는 일이라 더 그랬는지도 모르겠다. 그애가 아이를 가졌다고 했을 때 신기해서 너 정말이니? 몇 번이고 묻고 또 물었었다. 점점 배가 불러오는데도 아이를 가진 여자의 현실감은 없이 그저 신기하고 아름답게만 느껴졌다. 그러면서 한편 정말 저애가 아이를 낳는 건가? 걱정스러웠다. 남이 아이를 낳는 일은 자연스러워 보이는데 그애가 아이를 낳는 일은 상상이 되질 않았었다. 그래서 가끔씩 전화를 걸어서는 이것저것 물어보곤 했는데, 처음엔 걱정이 되어서 걸기 시작했던 전화가 나중엔 동생의 대답이 재미있어서 더 걸게 되곤 했다.

어떠니?

하면 동생은,

애 되게 웃겨, 밥때가 됐는데 내가 아무것도 안 먹잖아, 그러면 막 신경질낸다.

그걸 니가 어떻게 알어?

하고 되물으면,

정말이야, 언니. 막 입맛을 다시고 쩝쩝거리고 그래.

어느 날은 내가 오늘은 개 어땠어? 하고 물었더니, 오늘은 언니 얘가 방귀뀌었어, 그랬다. 뱃속에서 방귀를 다 뀌다니, 믿기지도 않고 너무 우스워서 거짓말, 니가 뀌구선 그애 핑계 대는 거지? 하니까, 아니야, 언니 난 안 뀌었는데 글쎄 냄새가 나더라구…… 이런다.

며칠 전에 경표라는 이름을 얻은 동생의 아기, 이제 나에게 이모라고 부를 아기, 아직 나이도 없는 생후 보름도 안 된 아기는 동생의 뱃속에서 엄마 얼굴이 참 궁금했을 것이다.

동생은 아이를 잉태하고 있는 동안 무슨 일들을 쉴 틈 없이 벌였다. 아기를 가진 지 오 개월째쯤 되었을 때 약국을 개업했고, 육 개월 됐을 때는 신혼살림을 꾸리던 아파트에서 약국이 있는 그 집으로 이사를 했다. 그 진행속도가 어찌나 빠른지 말리고 어쩌고 할 겨를이 없었다. 조금 한눈팔고 있으면 나 약국 계약하고 왔어…… 며칠 지나면 나 개업해…… 며칠 지나면 나 이사해…… 이런 식이었다.

아기는 그때그때마다 깜짝깜짝 놀라며 엄마 얼굴이 궁금했을 것이다. 이렇게 부지런한 엄마 얼굴이 어떻게 생겼을까? 하고.

배부른 몸으로 이사를 하고 동생은 저도 아이한테 너무했다 싶은지, 어느 날 아이가 잘 있는가 어떤가 초음파를 통해 봐야겠다고 했다. 병원에 다녀온 동생에게 그래 어떻더냐고 물었더니 동생이 막 웃는다.

언니, 글쎄 개가 하품하면서 졸고 있더라. 발가락을 꼼지락 꼼지락하면서.

뭐, 하품을? 동생 뱃속에서 발가락을 꼼지락거리고 하품하고 졸고 있는 아기 생각을 하면 길을 걷다가도 저절로 웃음이 나와서 그 말을 들은 며칠 동안 나는 아무 데서나 실없이 웃었다. 아기는 만삭이 되도록 종일 약국에 서 있는 엄마의 뱃속에 더 있기가 싫었는지, 출산 예정일보다 열흘은 빨리 세상에 얼굴을 내밀었다.

추석에 집에 갔을 때, 어머니는 나에게 서울에 올라가거든 동생에게 말해서 어머니가 있는 시골에 와서 출산을 하도록 동생에게 잘 말하라고 몇 번이고 당부를 했다. 어머니가 올라오셔서 산후조리를 시켜주었으면 좋겠으나, 어머니가 집을 비우면 아버지가 혼자 계시게 되는 처지여서 내 생각에도 그게 좋을 것 같았다.

그런데 아기는 내가 동생에게 그런 말을 할 틈을 주질 않았다.

추석 다음날 사람들 속을 뚫고 서울에 올라오느라고 곤해서 기절하듯 자고 있는데 새벽에 전화벨이 울렸다. 전화를 건 이는, 동생의 남편, 나의 제부였다. 동생이 산기가 있어서 지금 병원에 간다는 것이었다. 산기? 나는 잠이 싹 달아나고 긴장이 되는데 제부에게서 수화기를 받아든 동생은 평소와 별로 다르지도 않은 목소리로,

언니 나 병원에 간다……

그런다. 정작 본인은 옆집에 뭘 빌리러 간다는 식으로 가볍게 말하는데 왜 내 가슴이 철렁 내려앉는지.

전화를 끊고 택시를 잡아타고 나도 병원으로 갔다. 이미 동생은 분만실에 들어가 볼 수가 없고 대기실에 제부만 앉아 있었다. 동생 덕에 세상에 태어나 처음으로 산부인과 분만실 앞 대기실에 앉아 있게 되었는데 기분이 참 묘했다. 딸이나 며느리나 아내를 분만실로 보낸 가족들이 대기실 문이 열릴 적마다 그쪽을 쳐다보는데, 그 얼굴들에 번갈아 스쳐 지나가는 초조와 기대와 근심. 문득 내 옆에 앉아 있던 나의 젊은 제부가 그런다.

별일 없겠죠?

제부의 근심 어린 표정을 보는 순간 갑자기 내가 걱정이 되

기 시작했다. 세 오빠의 아내들에게 각각 들었던 아기 낳을 때의 그 지독하다던 고통이 생각나기 시작했고, 언니가 아이를 낳다 못 깨어났다고 시간만 나면 눈이 퉁퉁 붓도록 울던 중학교 때 친구도 생각났다. 생각은 생각을 물고 나쁜 쪽으로만 번졌다. 가슴을 졸였다. 제부 또한 분만실에 들어간 어린 아내가 여간 걱정이 아니었는지 가만 앉아 있다가 일어섰다가 안절부절못했다. 제부가 뭐라고 구시렁구시렁거렸다. 나에게 무슨 말을 하는데 내가 못 알아듣는 줄 알고 귀를 기울이다가 피식, 웃고 말았다. 제부의 중얼거림은 내게가 아니고 분만실에 들어간 여동생을 향한 것이었다. 잘해줘야지, 내가 잘해줘야지. 제부는 중얼중얼거리는 것으로 초조를 견뎠다.

그렇게 동생을 분만실에 두고 제부와 나는 대기실에서 동생보다 먼저 분만실에 들어간 임부들의 보호자들과 함께 아침을 맞았다. 그 전날 밤에 딸이 아들을 낳았다는 어떤 분이 우리에게 이것저것 묻더니 동생은 아마 오후 한시쯤 돼야 분만을 할 것이라고 했다. 제부의 직장이 병원 근처여서 나는 제부에게 한시가 되려면 멀었으니 잠깐 회사에 들어갔다 오라고 권했다. 망설이던 제부는 그러면 곧 돌아오겠다면서 회사에 갔는데, 참 나, 오후 한시는 무슨 한시…… 제부가 간 지 삼십 분도 안 돼서 간호사가 동생의 보호자를 찾는 것이었다. 깜짝 놀라 갔더니, 바퀴 달린 끄는 것에 아기를 이불에 싸서 싣고 온 간호사가 아홉시 십오분에 태어났어요, 삼점 일오 킬로그램입니다, 한다.

붉은 몸. 빨간 얼굴. 감은 눈. 붉은 손가락 발가락. 신생 아…… 아아…… 신생아. 붉은 몸의 아기의 이마에 주름이 져 있다. 삼십 분 전에 세상에 태어난 아기를 보는 건 처음이 라 얼떨떨해 있는 사이에 간호사는 아이를 데리고 신생아실 로 가려 한다. 그때야,

산모는요?

하고 물으니까,

순산이에요,

한다. 순산. 그 말이 주는 안도감. 갓 태어난 아기를 처음 보는 일이나, 간호사의 순산이에요, 라는 소리를 먼저 들어야 할 사람이 내가 아니라 제부인 것 같은데, 나로서는 기껏 생 각한다고 회사에 갔다 오라고 한 게 제부로 하여금 태어난 아 이를 바로 보지 못하게 하고 말았다. 가방에서 수첩을 꺼내 공중전화로 가서 제부 회사로 전화를 했다. 수화기 저쪽의 제 부는 내 목소리를 듣자, 바짝 긴장을 했다. 아이를 낳았어요, 해도 조용하다. 여보세요? 아들이래요. 그 말을 듣고서야 제 부의 톤이 높은 목소리가 흘러나왔다. 아이구, 금방 갈게요, 금방요. 갓 아버지가 된 남자의 그 폭포수 같은 목소리라니.

전화를 끊고 다시 대기실로 와서 간호사가 산모에 대해 무

슨 말인가를 해주기를 기다리는데, 한참 지나도 아무 전갈이 없다. 동생한테 무슨 일이 생긴 건 아닌가? 지레 겁이 나서 후다닥 간호사실에 가서 산모에게 무슨 일이 생겼는가, 왜 병실로 옮기지 않는가, 를 물었더니 병실로 옮겨놓은 지 한참 된단다. 동생을 옮겨놓았다는 병실 문을 여니까, 단박 동생은 눈물이 글썽해져서는 입을 삐죽거린다. 나라도 그랬을 것이다. 열몇 시간의 진통 끝에 아기를 낳고 왔는데 빈 병실에 혼자 누워 있어야 했으니.

글쎄 간호사가 널 병실에 옮겼다는 소릴 이제 하잖……

변명이라고 하는데 동생 입은 더 삐죽거려지고 눈동자에 눈물이 괴었다. 동생이 잊지 못할 뭔가 인상적인 말을 해줘야 겠는데 나도 괜히 코끝이 찡해와서 다른 말을 찾지 못하고 변명 끝에 덧붙이는 말이 할머니처럼 수고했다, 였다. 내 말을 듣자마자, 눈물이 글썽해가지고 입을 삐죽거리던 동생이 기어이 운다. 나도 따라 우는데 한참 후에 눈물이 그렁그렁한 상태로 동생이 그런다.

근데 언니는 왜 우냐?

글쎄 내가 왜 울까, 나도 모르겠어서 대답을 못 하고 가만 있으니까 동생이 코맹맹이 소리로 또 그런다.

웃겨 죽겠네. 나는 애 낳느라고 고생해서 울지, 언니는 왜 울어?

니가 우니까 나도 울지.

내 싱거운 말에 동생은 울다가 웃는다.

있잖어 언니. 나는 아파 죽겠는데 간호사가 나보고 엄살부린다고 하잖아. 그래서 나 분만실 화장실 변기에 혼자 앉아서 울었다……

말하고선 또 운다.

정말 제부가 금방 달려오니까 더 운다.

잠깐이라도 둘이 있게 하는 게 좋겠다 싶어서 병실을 나와 화장실 수돗가에서 손을 오래 씻고 돌아오니까 그제서야 동생은 눈물을 그쳤다. 동생이 붉은 눈으로 물었다.

애기 봤어?

응, 일 분.

이쁘지?

응.

정말 이쁘지?

근데 니가 고생을 너무 시켰나보드라. 애가 고민에 찬 표정이던데.

내 말에 얼굴이 퉁퉁 부어 있는 동생과 제부가 막 웃었다. 웃다가 동생은 아래께가 아픈지 얼굴을 찡그렸다.

아퍼?

동생은 대답 대신 고개를 끄덕이더니 멍하니 병실 천장을 올려다봤다. 한 시간 전에 엄마가 된 그애의 부기 어린 얼굴 위로 또랑에서 함께 방망이질하며 내 맞은편에 앉아 빨래를 하던 상고머리의 그애 얼굴이 겹쳐졌다. 밤이면 무섭다고 혼자 똥 싸러를 못 가고 변소 바깥에 나를 세워두고서도 안심이 안 되어 언니— 부르던 그애의 목소리. 그애, 무서우라고 일부러 대답을 안 하고 별만 쳐다보고 있었던 적도 있었다.

여인은 출산으로 인해 또다른 여인이 된다고 하던가? 동생의 퉁퉁 부어오른 손, 퉁퉁 부은 발을 보고 있자니 마음이 짠해왔다. 또다른 여인이 되는 고통. 상고머리, 단발머리, 땋은 머리의 그애가 엄마가 되었구나. 흐뭇함과 서글픔이 교차하는데 천장을 멍하니 쳐다보던 동생이 부석한 얼굴을 내게 돌리며 그런다.

이제 언니하곤 할말이 없을 것 같아.

그럴지도 모르지. 그저 옆에서 저절로 이모가 되는 일하고, 출산의 고통을 겪으며 직접 엄마가 되는 일하고는 다를 테니까…… 그럴 테니까.

완순이 언니의 부츠

겨울이 되고 눈이 내리면 가끔 완순이 언니 생각이 난다. 완순이 언닌 내 고종사촌인데 일 년에 두 번 여름과 겨울에 그녀에겐 외가댁인 우리집에 왔었다. 와서는 나흘이나 닷새쯤 우리집에 묵고 갔었다. 지금 생각해보면 그 기간이 여름방학과 겨울방학 때였던 것 같다. 그녀가 여중을 졸업하고 도시로 떠난 후부터는 오지 않았었으니까.

어렸을 때 그녀가 내 집에 오면 내 마음은 잔뜩 흔들려서 얼굴이 빨개지곤 했다. 그 흔들림을 설렘이라고 표현해도 많이 틀린 말은 아닐 것이다. 그 설렘은 완순이 언니를 바라보고 있는 내 마음 때문에 이루어진 것이다. 완순이 언니는 내게 최초로 나도 저와 같았으면 하는 선망을 알게 해준 사람이었던 것이다.

시골에 사는 사람 같지 않게 완순이 언니의 살빛은 희었고 눈은 크고 검었다. 게다가 그녀는 잘 웃었다. 웃을 때마다 볼우물이 패었는데 오목한 그 자리가 얼마나 예쁘던지 나는 그녀가 내 집에 머무를 때면 곧잘 거울 앞에서 머리핀으로 내 볼도 쏙 들어가게 눌러보곤 했었다. 하지만 머리핀을 떼면 내 뺨은 다시 평평해져버리곤 했다. 내가 그녀를 보면 설렜던 것은 다만 이런 외형 때문만은 아니었다. 언니는 없이 위로 오빠들만 셋을 두고 있었던 나는 완순이 언니에게서 오빠들과는 다른 섬세함을 봤던 것 같다. 완순이 언니는 내 스웨터에 돋아난 보푸라기를 떼내어주었고, 머리를 빗으로 빗겨 묶어주거나 땋아주었으며, 텃밭에 함께 가주었으며, 내 손을 또랑물에 깨끗이 닦아주곤 했었다. 특히 겨울이면 완순이 언니는 튼 내 손에 크림을 바르고 문질러주었고, 심부름을 갔다가 뺨이 얼어 돌아오면 춥지? 하면서 언니의 따뜻한 두 손바닥을 내 뺨에 대주곤 했었다. 아랫목 자리도 내게 따뜻한 쪽을 내주었고, 언니의 목도리를 풀어 내 목에 친친 감아주기도 했다. 말하자면 나는 늘 오빠들 위주로 분주했던 어머니 손길을 완순이 언니에게서 느꼈던 건 아닌가 그런 생각을 해본다. 불과 나이 터울이 아홉 살밖에 나지 않았는데도.

여름과 겨울이면 우리집에 오던 완순이 언니가 꽤 여러 해

우리집에 오지 않고 난 뒤 어느 겨울이었다. 며칠째 눈이 계속 내려서 사방이 희디흰 그런 때였다. 어딘가를 쏘다니다가 들어와보니 토방에 부츠가 한 켤레 얌전하게 놓여 있었다. 지금은 이렇게 그 신발을 부츠라고 자연스럽게 말하지만 그때는 그 신발의 이름을 몰랐었다. 참 특이하게 생긴 장화 같은 털신이라고 생각했었다. 누구 신일까? 의아해하면서 큰방 문을 열었는데 아, 내 눈은 커다래졌다. 완순이 언니가 아닌가. 언니— 나는 정신없이 방으로 뛰어들어 완순이 언니의 무릎품에 얼굴을 묻었다.

내린 눈이 찬바람에 꽝꽝 얼어가고 있던 것같이 뭣 때문인지 늘 찬바람이 쿨렁이던 내 어린 마음을 몇 년 만에 보는 완순이 언니의 얼굴은 싹 밀어내주었던 것이다. 언니는 도회지로 나가더니 처녀가 되어 있었다. 까만 머리는 어깨까지 길게 늘어뜨려져 있었고, 긴 부츠만큼이나 긴 외투를 입고 있었으며 입술은 선명해져 있었고, 움직일 때마다 언니에게선 향기로운 로션 냄새가 건너오기도 했다.

언니는 방울 달린 머리끈을 내게 선물로 주었는데 나는 그걸로 내 머리를 묶어보지는 못했다. 내 머리가 그 끈으로 장식을 하기에는 너무나 짧은 상고머리였던 것이다. 나는 그 머리끈을 내 겨울 스웨터의 주머니 속에 넣어두고서 내내 만지작거렸다. 겨울이 지나고 봄이 오면 내 머리는 자라날 테고 그때쯤엔 그걸 쓸 수 있으려니 생각하면서.

처녀가 되어서 우리집을 방문한 완순이 언니는 예전과 다른 데가 없었다. 여전히 내게 정겨웠다. 너, 정말 많이 컸구나, 완순이 언닌 어머니를 도와 큰 솥에 물을 붓고 군불을 지피면서 내가 많이 컸다고 대견해했다. 나중에 뭐가 되고 싶으냐고 묻기도 했다. 나는 군불 앞에서 얼굴이 빨개지며 속으로만 대답했다. 언니 같은 사람이 되고 싶다고. 처녀가 된 완순이 언니는 훨씬 더 섬세해져 있었다. 나는 완순이 언니가 봄이 되면 시집을 갈 거라는 걸 밤에 알았다. 낡은 스웨터에서 풀어놓은 털실을 반짇고리에서 찾아내 내 귀가 추워 보인다고 귀마개를 뜨고 있는 완순이 언니에게 어머니는 가을에 밭에서 걷어올린 목화솜으로 이불을 한 채 만들어주겠다고 하셨다. 완순이 언니가 대바늘로 뜨는 건 내 귀마개인데 언니의 귀밑이 빨개졌다.

내일 가야 되냐? 완순이 언니의 외숙모인 어머니는 물었고 언니는 예! 라고 대답했다. 우리집에 오면 며칠씩은 묵고 가서 그때도 그러려니 했던 나는 내일 가야 한다는 말에 완순이 언니가 더운물에 씻겨준 발가락이 움찔거렸다.

쌓여 있던 눈 위로 밤새 흰 눈은 또 내려서 다음날 아침 세상은 눈 천지였다. 눈을 쓸어내고 있는 아버지와 오빠들 머리 위에도 눈이 수북했다. 나는 마루로 나와 계속 내리고 있는 눈을 구경하다가 마루 밑의 완순이 언니 부츠를 보았다. 신발이 없으면 완순이 언니가 못 떠나려니, 내 생각은 거기에 머물렀고 나는 언니의 부츠를 감나무 밑에 쌓여 있는 눈 속에 아무도 몰래 묻어버렸다. 신발이 없으면 완순이 언니가 하루쯤은 더 묵으리라, 했는데 신발을 찾는 온갖 소동이 일어났을 뿐이었다. 나중엔 내가 신발을 감나무 밑 눈 속에 묻어놨다고 말하고 싶기도 했으나 신발을 찾는 분위기가 너무 험악해서 나는 끝내 입을 다물고 말았다. 다시 신발을 눈 속에서 꺼내 마루 밑에 갖다놓을 생각만 했지 그토록 상황이 어렵게 될 줄은 짐작도 못 했었다. 나는 어쩔 줄 몰라하며 주머니 속에 들어 있던 완순이 언니가 준 방울 달린 머리끈만 닳아지도록 만지작거렸다.

그해 겨울도 끝이 있었는지? 그 푸진 눈이 녹고 봄은 왔었는지? 그 감나무 밑의 부츠는 어떻게 되었는지? 전혀 기억할 수는 없지만, 완순이 언닌 결국 그 따뜻한 부츠 대신 어머니의 낡은 털신을 신고 내게서 멀어져갔다.

사람들

한 어른의 얘기를 들었다.

오랫동안 병상 생활을 하다가 병원에서 더는 어쩔 수 없다는 진단 아래 퇴원하는 길. 그분의 집은 김포쯤이었다. 자동차를 타고 시내 한복판의 병원을 나와 집으로 가는 길에 봄이 오고 있었다고 한다. 그분이 들판이 보이는 길목에서 차를 세워달라고 하셨다 한다. 시원한 바람을 쐬고 싶다고.

길가에 차를 세워놓고 들판으로 내려갔다. 세상에 봄은 얼마나 순하게 오는가. 겨우내내 시무룩해 있던 만물의 소성 앞이 간절해지지 않는 사람은 없으리라. 철사줄같이 느껴지던 포도덩굴에서조차 파란 생명의 순이 올라오게 하는 게 봄이다. 그 들판이라고 안 그랬겠는가. 더구나 이제 병원에서조차 더는 어쩔 수 없다 하여 집으로 가는 길에 눈앞에 펼쳐진 봄을 바라보는 마음을 이렇게 살아 있는 사람의 마음으로 어찌 짐작이나 하겠는지. 논바닥은 폭삭하고, 아지랑이가 아른거리고, 여기나 저기나 할 것 없이 순하고 파란 것이 돋아난 들판에 서서, 부드럽게 일렁이고 있는 봄바람 속에 손을 뻗쳐보던 그분, 오랜 후 간절히 하신 말씀은 살고 싶다― 였다고 한다. 살고 싶다, 살고 싶다고.

얼마 후 나는 다시 그분의 부음을 들었다.

그분이 봄이 오는 들판에서 저절로 부르짖은 살고 싶다는 그 간절한 원을 나 같은 젊음이 어찌 다 짐작이나 하겠는가만, 내가 이렇게 살고 있다고 해도 어쩌면 목숨이란 나의 것만이 아닌지도 모르겠다. 간절히 이 세상에 살고 싶었던 이들의 것을 내 속에 나눠 가지고 있는 것은 아닌지.

*

한겨레신문에서 본 사진 한 장이 생각난다.

제목이 어느 사형수의 어버이날이었다. 어버이날을 맞이해서 재소자들이 폐쇄된 면회실에서 말고 교도소 내 의자나, 교회 등에서 자유롭게 친지들을 만날 수 있도록 배려된 합동접견제에서 한 사형수가 참회의 눈물을 흘리며 아버지에게 큰

절을 올리고 있는 사진이었다. 무심코 보다가 나는 시선이 붙들렸다. 사형수의 얼굴은 절을 하고 있기 때문에 보이지 않았고, 절을 받고 있는 부모의 얼굴에. 살아가면서 기쁜 일은 단한 번도 치러보지 못한 것 같은 얼굴. 무슨 일을 해도 다 어긋나기만 해서 삶의 희망은 손톱만큼도 없는 것 같은 얼굴이 가슴에 카네이션을 달고 사형수 아들의 절을 받고 있다.

최민식 사진집 이 사람을 보라, 를 들여다보는데 최민식이 찍어놓은 사람들 얼굴 위로 사형수 아들의 절을 받고 있던 얼굴이 중첩된다.

최민식 사진집 안엔 온갖 인간군상의 넋이 모여 있다. 바랜 형겊 머플러를 쓴 게 아니라 동동 묶고 하품을 하고 있는 소녀, 차갑기 짝이 없을 시멘트 바닥과 기둥 옆에 엎드려 양은 그릇 속에 담긴 국수줄기를 입에 넣고 있는 궁색한 아이, 널빤지에 삶은 고구마를 올려놓고 팔고 있는 검정 고무신의 아줌마, 웃통을 벗고 햇볕에 기계충 오른 머리를 내놓고 있는 아이, 똥강치마를 입고 동생을 동이처럼 메고서 걸어가는 누나, 가파른 길을 저보다 더 큰 물지게를 지고 올라가는 소년, 마른 젖을 두 아이에게 한 쪽씩 먹이고 있는 여자. 사진의 제목은 따로 없다. 그저 1957…… 1958…… 1962……이다.

내가 태어나기 전의 시간들을 나는 그의 사진을 통해서 반은 넋을 내놓고, 보는 게 아니라 읽는다. 버려지고 지치고 떠

내려가고 아무것도 붙잡을 게 없는 막막한 주름살의 표정들. 근대화의 물결에 부황난 산골들.

큰집이었던 우리는 작은집과 담 하나를 사이에 두고 살았다. 한번은 작은아버지께서 소풍 가서 찍어온 내 사진들을 보시더니 대뜸, 사진 한번 찍으면 그만큼 혼이 빠지는 것이라, 고 하셨다. 혼이 빠진다고? 나는 그만 질겁을 했었다. 최민식 사진집 이 사람을 보라, 를 들여다보면 작은아버지의 그 말씀이 다시 실감난다. 넋이 사진에 옮겨가 붙지 않고서야 무슨 수로 사진들이 이렇게 많은 말을 하고 있을까, 싶은 것이.

외면하고 싶은 삶의 비통함들, 가진 것 없이 가난한 삶이 살아내야 하는 인간붙이들의 고독과 소외 번뇌들이 덕지덕지 붙어 있는 그의 흑백사진들을 보고 있으면 넋이 옮겨와 붙는다는 말이 진짜 같다. 때로 그는 인간의 고통스런 모습에 아예 귀의한 듯하다.

*

예전에 살던 동네를 우연히 지나가게 되었다. 습관처럼 나는 내가 살던 동네를 지나가게 되면 옆엣사람에게 옛날에 나, 저기 살았었어요, 하고 말하곤 한다. 이따금씩은 그 집 앞까지 가보기도 한다. 옛집 꼭대기를 쳐다보고 있는데 누가 아가

씨! 부른다. 돌아다보니 빵집 여자였다. 내가 살던 그때처럼
변함없이 여자는 빵가게 문턱에 서서 상냥하게 웃고 있었다.
거기 살 때 나는 자주 그 빵가게에 들렀는데 그 가게의 빵은
그 여자가 남편과 직접 만드는 빵이었다.

단순히 빵집 여자였다면 나는 그 여자를 잊었으리라. 그 여
자는 그냥 빵집 여자가 아니었다. 마치 창작품을 구상하듯이
빵의 모양을 구상하고 새로운 재료를 생각하는 생기로운 여
자였다. 얼마나 그녀가 빵을 만드는 일에 열심인지 나는 그녀
앞에 놓인 빵틀을 오랫동안 지켜보기도 했다. 빵을 사러 그
집에 들어가면 여자는 내가 사는 빵 이외의 다른 빵, 말하자
면 자신이 새로 만든 빵을 내게 내밀며 맛이 어떤가, 말해주
기를 바랐다. 나는 빵을 맛으로 먹는 사람이 아니라 대충 요
깃거리로 먹는 사람이기 때문에 늘 대답이 싱겁다. 그녀가 아
무리 맛깔스런 대답을 기다려도 나는 기껏 맛있는데요, 였다.

빵맛보다는 빵을 만드는 그 여자가 더 좋았다. 늘 빵냄새
속에 섞여 살고 있으면 질릴 만도 한데 여자는 홍조가 가득한
얼굴로 늘 웃는 얼굴이었다. 어떻게 저토록 자신이 하는 일을
즐거워할 수 있을까? 나는 늘 그 여자가 부러웠다. 그녀 때문
에 그 집의 빵은 다른 집의 빵들과 달라 보였고, 그 빵집의 단
골손님들은 다 그 여자와 친구가 되기도 했다.

나는 그 동네에 살며, 가끔 그 여자에게 불려들어가 그 여

자가 새로 만든 빵맛을 보며, 사람이 이렇게 아름다울 수도 있구나, 생각했다. 자신이 하는 일에 열심인 사람은 그 주변까지 풍요롭게 하는구나. 빵을 만드는 그 여자의 생기로운 얼굴을 대하면, 멀어져가는 생에 대한 신뢰가 얼마간 회복되는 기분이 들기도 했다.

이제는 다른 동네 사람이 된 나에게 그 여자는 여전히 새로 만든 더덕빵을 한 조각 내밀었다. 빵 위에 잼을 발라놓듯 빵 위에 더덕을 붙여놓았다. 빵과 더덕이라니. 거기다 나는 더덕을 싫어하기조차 한다. 그녀가 더덕빵을 맛보는 나를 향해 묻는다. 어때요? 나는 그녀의 더덕빵을 입에 물고 맛있다고 한다. 맛있다고, 아주 맛있다고.

*

영화 피아노의 여주인공 이름은 아다.

영화를 볼 때 내 손엔 볼펜 한 자루 쥐어져 있었는데 영화를 보는 도중 그 볼펜이 떨어지는데도, 주울 생각을 안 했을 정도로 나는 그 영화에 몰두했었다. 아다는 창백하고 조그맣다. 발육이 덜 된 어린 짐승 같다. 나는 화면 바깥에서 은근히 걱정했다. 저 한줌밖에 안 되는 여자가 저 원시 속에서 어떻게 사나. 그러나 그녀는 광활한 하늘과 광활한 물에 섞여 강

렸했다. 야만적인 베이스로 하여금 목덜미를 만지면 건반 두 개, 웃옷을 벗으면 건반 다섯 개…… 이런 식의 협상을 해올 수밖에 없도록.

영화가 시작되면 어린아이인 것도 같고, 이 세상 사람이 아닌 것도 같은 투명한 목소리가 자신은 여섯 살 때부터 침묵에 빠져들었다고 말한다. 하지만 피아노가 있기에 침묵 속에 갇혀 있다고는 생각 안 한다고 말한다. 이 내면의 소리를 내레이션으로 내보내는 이는 미혼모 아다이다. 미혼모이기에 고향에서는 다른 삶을 살 수가 없어 아다는 자신의 아홉 살 난 딸 플로라를 데리고 얼굴도 모르는 남자와 결혼하기 위해 미개척지 검은 모래와 진흙이 가득한 뉴질랜드에 도착한다.

아다를 세상과 이어지게 하는 건 피아노와 어린 딸 플로라이다. 그 외의 아다는 침묵이다. 원주민과 함께 해변으로 아다를 데리러 온 남편이 될 스튜어트의 아다에 대한 첫인상은 발육이 덜 된 여자 같다는 것이다. 아다는 그랬다. 겁먹은 듯한 검은 눈동자에 조그맣고 창백했다. 하지만 곧 그 조그만 여자의 내부의 힘은 화면 속의 원시림을 압도했다.

남편 스튜어트는 처음에 아다에게 피아노가 얼마나 중요한 것인지를 알지 못했다. 그래서 다만 옮겨가기 힘들다는 이유로 해변에 피아노를 버려둔다. 이것이 문제였다. 해변에 버려진 피아노를 잊지 못해 아다는 진흙벌을 밟고 가서 얼굴에 가득 문신을 한 얼핏 잔인하게까지 보이는 베인스에게 도움을 청했다. 베인스는 해변에서 격렬하게 피아노를 치는 아다의 모습에 그만 사로잡혀버린다. 그래서 그는 스튜어트에게서 아다의 피아노를 사버린다.

얼핏 진부해 보이는 이들의 삼각관계는 아다의 고독한 침묵에 의해 신비롭게 끌어올려진다. 처음에 아다는 피아노 레슨을 위해 베인스에게 가나 마음이 다른 베인스는 피아노를 배우는 게 아니라 아다로 하여금 피아노를 치게 했다. 그리고는 말한다. 당신이 피아노를 치는 동안 내가 하고 싶은 대로 하게 해주면 피아노를 돌려주겠소. 목을 만지면 건반 두 개, 웃옷을 벗으면 건반 다섯 개…… 이런 식이다. 결국 이들의 이 위험한 협상은 아다의 내부에 갇혀 있던 욕망을 깨어나게 만들고 피아노와 플로라뿐이었던 그녀의 삶을 변화시켰다.

침묵의 아다 역의 홀리 헌터는 오로지 머루알 같은 검은 눈동자와, 피아노 건반 위에서 섬세하게 미끄러지는 손가락의 물 같은 움직임만으로, 우리가 수선스럽게 가지고 있는 모든 언어를 무너뜨렸다. 엄마와 똑같은 눈동자를 가지고 있는 아다의 딸 플로라를 사이에 두고 미개척지의 원시림 속에서 이루어지는 삼각관계 속의 인물들 또한 자기 본능대로 경건하고 아름다웠다.

베인스는 협상을 깨고 아예 피아노를 아다에게 돌려주며

말했다. 이 협상은 나를 비참하게 하고 당신을 창녀로 만들 뿐이오. 나를 사랑하지 않는다면 이제 여기 오지 마오. 아다와 베인스와의 관계를 알게 된 남편은 질투와 분노에 아다의 손가락을 도끼로 자르며 말했다. 만약 베인스를 다시 만난다면 한 번 만날 때마다 손가락 하나씩 더 자르겠소. 이 광적인 남편의 질투와 분노도 사랑이다. 결국 남편은 베인스를 찾아가 말한다. 자네 아다가 말하는 걸 들었나? 나는 들었지. 그녀가 말하는 걸 들었어. 내 안엔 나도 제어할 수 없는 두엇이 있다고, 그러니 보내달라고 하는 그녀의 말을 들었어…… 그러니 그녀를 데리고 여기를 떠나게.

뉴질랜드는 여기에서 아득히 먼 곳일 것이다. 그곳의 풍광이 담긴 이 영화 한 편이 한동안 내 일상에 섞여 있었다. 새벽에 눈을 뜰 때, 컴퓨터 앞에 앉아 있을 때, 누군가와 전화 통화를 할 때, 그릇을 씻을 때, 과일가게 앞에 서 있을 때, 문득 아다의 피아노 소리가 들려오곤 했다.

조용한 능선과 무성한 원시림과 검은 진흙벌을 빗방울처럼 뛰어다니는 그 소리…… 소리의 끝엔 해변이 있었다. 하얗게 밀려오는 파도를 향해 버티듯 놓여 있던 고독한 아다의 피아노. 아다가 베인스와 함께 다시 고향으로 돌아오는 그 광활한 바다 속에 빠뜨렸던 피아노.

삶은 모두 달라서 각각의 숨겨진 열정은 발견되기도 하고 그냥 묻히기도 할 것이다. 겹겹으로 깊이 가라앉아 있던 아다의 사랑은 베인스에 의해 발견되어져 그녀 삶의 의지가 되는 것이다. 피아노가 가라앉던 그 깊은 바다 속은 곧 우리들 심연의 상징이겠지. 살아 있는 동안 심중에 가라앉아 있는 깊은 침묵이 사랑으로 길어올려지길, 그래서 그것이 삶의 의지가 되기를.

*

기차에서 내리고 보니 다음날이 어버이날이었다. 거리 상점 어디나 물통에 카네이션이 물을 먹고 있었다. 옷에 달기 좋게 핀까지 달린 카네이션 두 송이를 쇼핑 끝에 사가지고 집에 들어가 시들지 말라고 컵에 물을 받아 꽃을 담가 텔레비전 위에 얹어놓았다.

부모님 가슴에 꽃을 달아드린 기억이 없다. 어떻게 해서 꽃을 손에 쥐기는 하는데 가슴 가까이에 얼굴을 대고 꽃을 단다는 일이 내겐 어려웠다. 그래 어머니가 마루에 벗어놓은 웃옷이나 수건 옆에 카네이션을 살짝 놓고 내빼거나, 기껏 아버지가 벗어놓은 잠바 위에 꽃을 얹어놓고는 내빼곤 했다.

다음날이다. 예전이나 지금이나 달라진 것 없이 꽃 달아드리기 쑥스러운 나는 괜히 마당으로 나가 비질을 하고 있는데

238

어머니께서 부르셨다. 들어가보니 두 분은 성당에 가시려고 나들이 차림이신데, 어머니께서 컵에 담긴 꽃을 가리키시며 달아달라 하셨다. 그뒤 우리 모녀의 대화는 이렇다.

　나: 촌스럽게, 무슨 꽃을 달고 미사를 본대? 그냥 다녀오세요.
　어머니: 내가 자식이 여섯인데…… 뭣 땜새 내가 어버이날에 꽃도 안 달고 돌아댕기냐?
　하도 완강하셔서 멋쩍음을 누그러뜨리고 처음으로 어머니 가슴에 꽃을 달아드리는데,
　어머니: 작년엔 내가 사서 달았다. 내가 자식이 여섯인데, 이런 날에 꽃 하나 안 달아봐라, 사람덜이 너그덜 나무랜다.

*

　여름에,
　열명길, 죽음의 한 연구를 쓴 소설가 박상륭 선생이 캐나다에서 근 이십 년 만에 귀국했었다. 출판사에서 저녁을 먹는 자리를 만들었는데 어찌어찌해서 나도 그 자리에 있게 되었다. 그 자리에서 올해 만해문학상을 받은 관촌수필, 해벽, 우리 동네, 매월당 김시습을 쓴 소설가 이문구 선생으로부터 가

슴 찡한 얘기를 들었다.

두 분의 우정은 문단에 이미 널리 알려진 바 있으나, 나는 까마득한 아랫사람이라 그런가보다, 하던 차였다. 박상륭 선생이 이십 년 전에 이 땅을 떠나면서 라면상자 한 박스 분량의 원고를 이문구 선생에게 맡겨놓고 떠나셨다 한다. 이문구 선생은 친구가 맡겨놓고 간 라면박스 안의 원고를 이삿짐 속에 싣고 다니며 몇 년을 지냈다 한다. 언젠가는 친구 박상륭이 캐나다에서 돌아와 살펴줄 것을 기대하며.

그러던 어느 날 캐나다의 박상륭 선생으로부터 편지를 받았는데 편지의 내용은 맡겨놓은 원고를 불태워달라는 것이었다 한다. 이문구 선생은 원고를 불태워달라는 박상륭 선생의 말이 믿기지가 않아서 다시 한번 확인을 했으나 박상륭 선생의 대답은 같았다고 했다. 행여 이문구 선생이 원고를 남겨놓을까봐 아주 간곡하게 불태워줄 것을 다시 한번 부탁했다고 했다. 그 부탁하는 마음이 너무나 간절해 이문구 선생으로서는 더이상 그 원고를 맡고 있을 수가 없었다 한다. 친구의 소중한 원고를 아궁이불에 태우는데 눈물이 다 나더라고. 그러다가 이문구 선생은 박상륭이 이럴진대 나는 뭔가 싶은 생각이 들어 박상륭 선생의 원고와 함께 같이 끌고 다니던 선생의 쌓아놓은 원고 오천 장가량을 같이 태웠다고 하셨다.

이야기를 듣는 동안 나는 저절로 무릎이 끓어졌다. 불타버린 원고이니 무슨 내용인지는 모르겠지만, 토막원고까지 다 끌어모아 책으로 출판을 하는 현재를 살고 있는 나로서는 당연한 충격이었다.

수많은 날들을 바치고, 절망하며, 썼던 글들도 아니다, 싶으면 그렇게 버릴 줄을 아셨기에, 남은 문장들이 그렇게 탄탄히 살아 있는 것이리라. 아직은, 그런 선배들을 위로 두고 살아간다는 것이 얼마나 든든한 일인지.

＊

스물넷인가 다섯 되던 해.

지금 생각해보면 무엇이 그토록 문제였나, 생각도 잘 안 나지만 그때의 심정으로는 아침에 눈뜨기가 무서울 정도로 어떤 괴로움에 시달리며 지냈던 일이 있었다. 겨우 스물넷인가 다섯이었으면서, 정말 겨우 그랬으면서, 지금은 생각도 안 나는 그 괴로움 앞에서 나는 늙은이가 되어 있었고, 함부르 더 이상 웃을 일도 울 일도 없다고 생각했다.

그때 내가 다니던 일터의 쉰이 넘으신 분과 점심을 같이 먹고 사무실로 걸어들어오는 길이었다. 무슨 말 끝에 나는 그분 앞에서 세월이 어서 흘러서 얼른 늙어버렸으면 좋겠다 그, 했다.

그분은 다른 말씀 없이 그저 내 얼굴을 물끄러미 바라보더니 그냥 웃으시기만 했다.

얼마 후에 나는 그분의 고등학생인 아들이 소아마비이며 대학을 다니다 말고 일찍 시집간 딸은 아이를 낳다가 그만 못 깨어났다는 얘길 들었다. 거기다 그 무렵 그분의 아내가 무릎뼈가 상해 꽤 오래 병원에 입원중이라는 얘기까지.

세상에 그런 분 앞에서 그런 엄살을 부렸다니…… 세상을 다 살아버린 표정을 짓고 다녔다니. 삶이 어디 그리 만만하던가. 그분이 견뎌내고 있는 괴로움이 나무라면 내 괴로움은 나뭇잎 하나였다. 나는 정신이 퍼뜩 났고 그후 오랫동안 복도에서 그분과 마주치면 고개를 들지 못했다.

그때 그 부끄러움을 다시 잊었나보았다.

작년인가부터 나는 다시 내가 이제 더이상 젊지 않다고 생각하기 시작했다. 내 뺨은 시들었고, 많은 일들이 지나갔고, 상한 것들을 다시 회복시킬 수 없다고. 더이상 내 마음속에서는 일어날 일도 사라질 일도 없다고.

그러다가 지난번 어느 자리에서 환갑을 지내신 선배작가를 뵙게 되었다. 그분은 건너편에 앉아 있는 나를 물끄러미 보시더니 웃으셨다. 왜 웃으시는가 했더니, 지금 나이가 몇이냐? 물으셨다. 서른하나라 하니 이러신다.

서른 살은 생각도 안 하고 마흔 살도 생각 안 하고 누가 쉰이라고만 해도 그 쉰이라는 나이가 그렇게 젊고 싱그럽게 느껴져요.

그만 닫히는 말문. 쉰이 젊고 싱그럽게 느껴진다고? 그분은 말했다. 살다보면 어느 때 청춘만이 아니라 병마저도 사랑해야 하는 그런 때가 온다고. 그분은 짧은 기간에 청대 같은 자식을 앞세우고 동시에 남편을 여의는 상처를 지니고 계신 분이었다. 그래서 그분 입에서 말해지는 병마저도 사랑해야 하는 때, 라는 말씀은 깊은 울림이 있었다. 병마저도 사랑해야 하는 그런 때의 심중 근처엔 아직 가보지도 않았으면서 더 이상 젊지 않다고 고갤 수그리고 다녔다니.

*

침울함이 몸과 마음에 너무 스며서 어떻게든 그 상태를 이겨내지 않으면 그대로 잦아들고 말 것 같은 느낌인 때, 그런 때가 누구한테나 있을 것이다. 그때 나는 로맹 롤랑이 쓴 베트벤의 생애, 를 읽는다.

베토벤의 생애는 로맹 롤랑에게 노벨문학상을 받게 한, 장 크리스토프의 밑그림이 되는 글이 아닐까 생각된다. 로멍 롤랑은 1902년 파리에 파괴와 쇄신의 바람이 몰아치던 불안한 시대를 견뎌보려고 파리에서 뛰쳐나와 베토벤의 생가를 찾아간다.

비단 로맹 롤랑뿐 아니라, 당시 프랑스의 수백만 사람들은 그들의 영혼이 힘을 얻을 수 있는 무엇인가를 간절히 찾고 있었다. 로맹 롤랑 또한 베토벤의 생가를 찾은 이유를 이렇게 고백한다. "베토벤은 인생의 괴로운 싸움 속에서 늘 힘을 준 사람이어서"라고. 롤랑은 베토벤의 생가를 찾아가서 이미 세상을 떠나고 없는 베토벤의 모습을 마음속에 새긴다. 이미 없는 그에게만 자신의 불안한 심중도 털어놓는다. 그걸 로맹 롤랑은 이렇게 표현한다. "그에게 나의 생각을 고백하고 그의 슬픔과 용기와 고통과 환희에 마음이 송두리째 잠겨들었다. 그리하여 무릎을 꿇고 있던 나의 마음은 그의 힘찬 손에 의해 다시 일으켜졌다." 아, 그의 힘찬 손.

베토벤은 그 이름 자체가 정열과 불굴의 창조력을 느끼게 한다. 의지의 상징이라고 말하면 어떨는지. 하지만 나는 베토벤의 정열이나 그의 창조력에서 힘을 얻는 게 아니라, 그의 불행에서 힘을 얻는다. 어떻게 이토록 불행할 수 있을까, 어쩌면 이토록 고독할 수가? 나는 로맹 롤랑의 필치에서 베토벤의 지독한 불행과 지독한 고독을 감지해내며, 그의 정열의 거름은 불행과 고독이었음을 새삼스럽게 매번 확인하곤 한다. 어떻게 이게 한 사람의 인생인가, 탄복하곤 한다.

초라한 집안의 다락방에서 태어나, 괴로운 어린 시절을 보내고, 살림은 곤란하고, 사랑은 실패하고, 음악가로서는 치명적인 귓병을 앓는 그의 삶. 얼마나 삶이 무거웠으면 그의 표정을 두고 '치료하기 어려운 슬픔'이라고 했을까. 하지만 베토벤은 1819년 2월 1일에 빈 시청에 보낸 편지에 이렇게 쓴다. "선량하고 고귀하게 행동하는 인간은 단지 그 사실 하나만으로 불행을 견딜 수 있다는 것을 내 삶으로 입증하고 싶다"고.

그의 삶이 황량함으로 일그러질수록 그의 음악이 빛난 이유가 이것이 아닐는지. 그는 입증해 보였다. 그는 어제를 살다 갔지만, 그는 끊임없이 수많은 사람들의 가슴속에 오늘로 있다.

*

박수근전이 열리고 있는 화랑에 열흘간 두 번 다녀왔다. 아주 먼 시간 속을, 그러나 생생히 기억하고 있는 공간 속으로 여행을 다녀온 느낌.

박수근은 뼈만 남은 삶을 살다 갔다. 가세의 몰락으로 겨우 보통학교를 졸업했고, 독학으로 화가의 꿈을 키웠으며, 전쟁 중에 남쪽으로 탈출했으며, 다음 끼니가 걱정일 정도의 극심한 빈곤 속에서 지냈다. 거기다 백내장 수술의 실패로 인해 왼쪽 눈이 실명하기까지 했다. 화가의 눈이 실명이라니. 그의 삶만큼이나 그가 그린 그림 속의 사람들도 가난하다. 하지만 길이나 나무 밑이나 노상에서 앉아 있거나 서 있거나 걷거나 일을 하고 있는 그 사람들에게선 성실함과 소박함, 선량함이 덕지덕지 묻어난다.

다닥다닥 이어진 초가나 변두리 판잣집. 앙상한 나무들이나 비탈진 언덕들. 아기를 업거나 공기놀이를 하거나 독서를 하거나 나물을 캐는 소녀들. 길가에 나앉아 담소를 즐기는 남자들. 맷돌질을 하거나 빨래를 하는 여인들. 함지를 이고 나무 밑을 걸어 귀가하는 사람들.

색채가 없이 질감이 우선인 그의 그림들은 어찌 보면 단순할 지경이다. 그들은 인생의 진실을 윤곽으로 우직하게 전달한다. 바윗결, 혹은 고목결 같은 질감이 단순한 윤곽들을 은은히 받치면서 나무나 길목이나 사람들 표정에 숨결을 불어넣는다. 소박하고 육중하고 가식 없고 텁텁하고 투명하고 따뜻한 숨결을.

화랑을 나와 묵묵히 거리를 오래 걸었다. 가슴에 물방울처럼 서려지는 정감. 단순한 윤곽과 육중한 질감이 재생해낸 인생의 진솔한 내면들이 화랑을 따라나와 내 옆에서 같이 걷는다. 박수근의 삶은 고독과 가난을 지나 그에 대한 평가가 넓혀지기 시작할 때 마감되었다. 그의 작업 또한 완숙의 정점일 때. 지금은 누구나 박수근 박수근, 이지만 그는 생전에 개인전 한 번 갖지 못한 가난한 화가였다.

심미적 체험은 말로 설명되어지지 않는다. 그의 그림들은 그의 삶만큼이나 곧은 뼈만 남은 문장 같다고 말해보려 할수록 두께를 잃는다. 심미적 체험은 말해지기보다 인생을 다른 각도로 바라볼 수 있도록 내면을 변화시킨다. 그런 작품들 앞에서 할 수 있는 말은 한마디뿐인 것 같다. 참, 좋다.

*

며칠 전에, 뉴질랜드에 나갔다가 일 년 만에 잠시 귀국한 선배를 만났다. 얼굴빛이 맑아지고 머릿결도 고와지고 전체적으로 건강이 좋아 보였다. 그녀는 가방 속에서 부시럭거리며 거기 흙과 거기 물로 만들었다는 진흙팩이라는 걸 꺼내주었다. 사진도 보여주었는데 거기가 얼마나 아름다운 곳인지, 햇살이 얼마나 맑고 투명한 곳인지, 사진 속의 바다 하늘 나무 길, 그녀가 쓰고 있는 선글라스 등에서 느낄 수가 있었다. 자연, 자연들.

그녀는 우스갯소리도 곧잘 했다. 찰스 황태자가 뉴질랜드를 방문했을 때 바로 앞에서 황태자를 보게 됐는데 그 사람이 고갤 숙일 때 보니 뜻밖에 대머리더라나. 그러다가 그녀는 갑자기 김치에 대한 그리움을 쏟아놓았다. 몹시 앓아누웠던 적이 있었는데 생각에 맛있는 김치를 흰 쌀밥에 얹어먹으면 몸이 나을 것만 같더란다. 거기에서 우리나라 식으로 식사를 하려면 비용이 많이 들어 김치에 밥을 지어먹는 걸 참고 있던 중이었다고 했다. 날이 밝자 부리나케 먼 데 장에 나가 김치거리를 사와 밥을 지어 양껏 먹었는데 정말 거짓말같이 몸이 가뿐해지더라고. 밥과 김치를 그렇게 맛있게 많이 먹어보긴 그때가 처음이었다고. 사람은 눈앞에서 멀어지면 마음마저 멀어질지 모르지만 김치는 눈앞에서 멀어지니 마음이 더 찾더란다.

여기서 떠날 때 어쩌다 끼어들어온 테이프 중에 우리 옛날 가요가 담긴 게 있었는데 거기에서 아침마다 일어나면 그 테이프 먼저 틀었다고도 했다. 음반가게에 들러 다시 떠날 그녀에게 김소희의 구음과 단가, 정선아리랑, 배호며 장현 심수봉의 테이프를 몇 개 골라주는데 벌써 그녀, 눈시울이 젖어 있다.

*

문학 쪽에서 볼 때 1994년 10월은 단연 박경리 선생의 토지의 달인 것 같다. 토지는 지난 이십오 년 동안 박경리 선생의 철저한, 고독한 작가생활과 함께 탄생해서 한 권 한 권 묶여질 때마다 세간의 화제를 모아왔다. 이제 총 열여섯 권으로 완간이 되었고, 세미나와 기념잔치 등이 진행되고 있다. 토지의 완간은 마침표가 아니라 이제 작가의 손에서 놓여나 우리들의 마음속에 퍼지며 시작되고 있다는 생각이 든다.

토지 완간을 대하는 문화계의 반응은 유례없이 뜨겁다. 까마득한 후배작가 중의 한 사람으로 뜨거운 반응을 지켜보는 마음 또한 행복하다. 뭐랄까, 세상의 변화하는 속도 앞에서 토지는 천천히 바르게 삶에 대한 내밀한 희망을 향해 가라고 말하면서 나부끼고 있는 깃발처럼 느껴진다.

지금으로부터 이십오 년을 거슬러올라가보니 그때 나는 여섯 살. 우리말의 가나다라도 모르던 때다. 하지만 토지는 막연하게 작가가 되기를 희망하던 때부터 내게는 마음의 자연으로 다가왔던 작품이다. 토지를 통해서 인간됨의 기쁨과 슬픔을 고루 경험할 수 있었고, 우리말에 대한 아름다움과 우리 산천이 밑알처럼 품고 있는 전통문화에 대해 심미적 체험으로 다가갈 수 있었다.

연세대 동문회관에서 있었던 토지 세미나에 약정 토론자로 참석하게 되었을 때다. 나는 여전한 어버버한 말투와 비논리로 인해 그 자리에 참석한 다른 분들에게 누를 끼치고 말았지만(그럴 줄 알았기 때문에 주최측에 나는 토론자로서 적격자가 아님을 기회가 있을 때마다 주지시키곤 했었다) 대학을 졸업한 후 거의 처음으로 장시간 학생이 된 기분으로 공부하는 시간을 가졌었다.

그날 한 여자가 내 앞자리에 앉아 있었다. 그는 오전 열시부터 오후 여섯시까지 한 번도 자리를 비우지 않고 노트를 무릎에 내려놓고 열심히 발제자들과 토론자들의 이야기에 귀를 기울이고 있었다. 그는 거의 이야기들을 즐기고 있는 것 같았다. 어쩌면 저렇게 즐겁게 열심일 수가 있을까, 나중엔 몰래 그를 살펴보기까지 했다. 장시간 앞뒤 자리에 앉아 있다보니 나중에 인사를 하게 되었는데, 그는 안동에서 기차를 타고 올라왔다고 했다. 토지를 아주 감명 깊게 읽었고, 세미나가 있다기에 참석해서 토지에 대한 사람들의 다른 이야기를 들어보려고 왔다며 해사하게 웃었다. 그 여자의 해사한 웃음 앞에서 너무나 오랜만에 수업을 받는 분위기 속에 앉아 있다보니 샛노래진 내 얼굴 위에 쌓인 피로가 갑자기 부끄러워지면서 그 여자분 앞에서 수다쟁이가 되고 싶어졌다.

좋은 문화란 저절로 만들어지는 건 아니다. 바로 그분 같은 마음이 좋은 문화가 설 자리를 만들어주는 것이다. 요즘 같은 자본의 논리가 승한 시대일수록 천천히 가고 섬세히 가는 것들, 외길의 장인정신으로 철저히 매달려서 창출해낸 것들에게 힘차게 박수치는 일을 게을리해서는 안 된다는 생각이 든다. 그 힘만이 좋은 문화가 뒷전으로 사라지는 일 없이 뿌리를 내릴 수 있는 토양을 만들어줄 것이다. 뿌리를 내린 좋은 문화는 어디 다른 곳으로 가는 게 아니다. 다시 새로운 힘을 가지고 박수를 쳐주고 부추겨주었던 사람들의 삶 속으로 풍성하게 흘러들어갈 것이다.

*

새벽에 일찍 일어나는 편이라 오전 열시쯤 되면 하루를 다 보낸 기분이 드는 날이 종종 있다. 그런 날 가끔 영화관엘 간다. 조조영화를 보는 데는 솔솔한 재미가 있다.

매표구에서 어느 좌석을 지정해주든 내가 앉고 싶은 자리에 앉을 수 있고, 오징어며 새우깡 냄새, 앞이나 뒤 옆에 앉은 사람의 신경쓰이는 속삭임 발짓 웃음소리로부터 떨어질 수 있고, 남들 다 일하는 시간에 나는 한량이 된 것 같은 묘한 낯설음 또한 솔솔하다.

하지만 한적함이 어느 정도라야지, 지나치면 당황스럽다.

며칠 전이었다. 지난 봄에 개봉될 때 보고 싶다고 생각은 했으나 어찌어찌해서 놓친 영화를 상영하는 소극장이 있기에 아침에 간 적이 있다. 아무리 조조라지만 영화를 시작할 시간이 다 되었는데 관객이 나까지 합해 네 사람 앉아 있는 게 아닌

가. 한 사람은 맨 앞에 두 사람은 뒤쪽에 나는 앞도 뒤도 아닌 중간치에 점처럼 앉아 있었다.

나는 잠깐 긴장했다. 과연 우리 넷을 놓고 영화를 상영할 것인가, 싶었던 것이다. 원래는 오천원인데 조조이기에 오백원을 낮춰 사천오백원. 사천오백원씩 네 사람이면 만팔천원. 어쩐지 영화관 쪽에서 사천오백원씩 다시 나눠주면서 밑져서 상영을 안 할 테니 나가달라고 할 것만 같았다.

내 소심한 걱정과는 달리 영사기는 제시간에 돌아갔다. 관객 네 사람을 앉혀두고 아름다운 자연 풍광과 함께 잔잔하게 끝까지 제 톤을 유지하며 돌아가는 영사기 앞에서 좋은 문화의 고독을 엿보았다고 하면 과장일까. 하지만 관객 네 사람을 위해 영사기가 돌아갔듯이 어느 상황에서라도 고독한 작업을 계속하는 사람들이 있다. 다만 거기에 우리들의 시선이 붙으면 그들이 새롭고 깊어지는 데 새 힘을 얻을 텐데.

*

삼십 년 동안 수채화만을 그려온 강연균 화가에 대한 글을 읽었다. 나는 미술에 대해 아는 게 많지 않지만, 수채화는 미술 입문생들이나 하는 것이라는, 수채화를 경시하는 미술계 안에서 삼십 년 동안 수채화 붓을 들고 있기란 쉽지 않았을

것이다. 잘 영근 석류가 막 터지는 그의 그림 아래 한 미술평
론가는 이런 평을 써놓고 있었다.

……강연균 수채화 삼십 년전은 많은 것을 생각하게 했다.
그 가운데 수채화라는 장르가 새삼스럽게 부상되었다. 그 동
안 미술계의 관행에 따르면 수채화는 중심권 밖이었다. 수채
화로써 미술의 맛을 느끼지만 그러나 본격적인 작가의 대열
에 끼게 되면 수채화와는 담을 쌓고 지내게 마련이다. 아니
미술대학생만 되어도 수채화 붓은 쓸모가 없게 된다. 과연 수
채화는 작가로 가는 길목의 통과의례에 불과한 것인가. 그 동
안 수채화를 그려보지 않은 화가는 없을 것이다. 그러나 나이
들어서도 수채화만 고집하는 화가는 매우 드물다. 수채화는
결코 미술계의 변방이 아니다. 표현 재료에 대한 지나친 결벽
증이나 맹신은 재고해야 한다. 성공한 수채화 한 폭이 얼마나
우리들을 기분 좋게 하는가……

동료들이 수채화 그리기를 그만두고 유화로 옮겨갈 때 그
라고 해서 그런 유혹이 없었겠는가. 내가 읽은 그 글에서 그
또한 수채화 그리는 것을 후회하기도 했다고 고백하고 있었
다. 수채화는 작품세계를 스케일 있게 전개하는 데 제약이 따
르고 물감이 엷어 회화적 결점이 그냥 드러나는데다 한번 구

상하면 개작이 어렵다는 기법상의 어려움도 어려움이지만, 가장 힘이 들었던 것은 수채화를 경시하는 질긴 통념 때문이었다고. 그런데도 왜 수채화만을 고집해왔는가, 라는 질문에 대한 그의 대답은 유화는 내 그림 같지 않기 때문에, 였다.

그의 대답은 내가 이 삶을 신뢰스럽게 끌고 가기 위해 누군가에게 꼭 한 번은 듣고 싶은 말이었다. 그는 그의 수채화를 두고 사람들이 수채화가 왜 이렇게 비싸냐는 물음에도 수채화니까 비싸다고 자신 있게 대답하고 있었다. 내 것 같지 않아 다른 데로 가지 않고 자기를 지켜온 자의 대답이기에, 수채화니까 비싸다는 그 말은 겉돌지 않았다. 나는 그에 대한 글을 먼저 읽고 그의 전시회에 가보았다.

그가 그린 석류와 박과 여자와 광주와 국화와 떡장수 할머니와 포구의 아낙들이 화랑 안에 가득 차 있었다. 그가 그린 황토와 언덕에선 누군가 걸어나와 말을 붙일 것만 같았고, 자연 속에 눈물이 핑 도는 따뜻함이 있었고, 광주를 그린 하늘과 땅 사이엔 전율이 있었다. 버려진 자연들, 소외된 사람들…… 그들이 그림 속에서 이뤄내는 건 버려짐과 소외에 대한 한탄이 아니었다. 그들은 오히려 버려짐과 소외를 그대로 껴안음으로써 보는 사람으로 하여금 자신이 살아보지 않은 삶을 응시하게 만들었다.

굳건함. 따뜻함. 아름다움. 세련됨.

이 네 개의 감정이 그의 그림을 돌아보는 동안 내 마음 안에 내내 흘러다녔다…… 짜개진 석류를 볼 때는 입 안에 침이 고이고, 나신의 자매들을 볼 때는 그 한 여자가 내 동생 같고, 우시장, 탄광촌, 포구마을, 선창가들을 지날 땐 엄숙하고 신산한 삶을 본 것 같았고, 연한 연두의 박을 볼 때는 그래 박이 이렇게 생겼었지, 실감이 났다. 여름밤 산을 그린 초록 앞에서 나는 세상에는 이렇게 깊은 초록도 있구나, 한참을 초록에 빠져 서 있었다.

*

안드레이 타르코프스키가 만든 영화 중에 거울이 있다. 나는 이 영화를 보지 못하고 글로 읽었다. 언젠가 친구가 어디선가 구해온 테이프 향수를 보게 되었는데, 거기에 등장하는 연약한 인간들에 매료되어 한참 행복했었다. 그 기분에 겨워 타르코프스키에 대한 다른 것들을 한참 찾다가 만난 것이 타르코프스키의 감독일기책이라고 할 수 있는 분도출판사의 봉인된 시간이란 책이었는데 거기에서 그의 또다른 영화인 거울을 보았다.

타르코프스키의 영화들은 느리다. 연약한 인간들이 숙명적으로 끌어안고 있는 나직한 숨결, 스토리 전개보다는 수많은 이미지들의 조합으로 이루어져 있다. 그의 이름이 그토록 휘날려도 우리나라 극장에 겨우 희생 한 편만이 상영된 연유도 여기에 있지 않을는지.

타르코프스키의 어린 시절이 거의 그대로 재현된 거울엔 낡은 집이 나온다. 가족사진첩에 따라 그의 아버지와 어머니가 살았고, 그가 태어난 집을 사십 년 전의 것으로 재현한 뒤, 그는 그의 어머니를 그 집으로 모시고 간다. 재생된 옛집 앞의 어머니의 반응을 보기 위해서였다. 그 집을 가장 사랑한 이가 어머니이기에 재생된 옛집 앞에서의 어머니의 반응이 그가 영화에서 표현하고자 하는 감정을 불러일으켜줄 거라고 믿었기에.

그의 어머니는 그 옛집 앞에서 그녀의 지난날로 되돌아갔다. 이제는 사라져버린 그 지난날로. 어머니의 그 모습이 타르코프스키에겐 힘이었다. 만약 어머니가 그 옛집 앞에서 뚜껑이 닫힌 지난날로 돌아가길 서먹해했다면 타르코프스키는 낙망했으리라.

그는 다시 촬영팀을 이끌고 메밀밭을 찾아간다. 집과 이웃 마을로 가는 길에 눈이 내린 듯 피어 있던 추억 속의 그 흰 메밀밭. 어린 시절 추억의 본질로 깊이 아로새겨져 있던 그 메밀밭이 필요했다. 다른 곳이 아닌 그때 그 장소의 그 흰 메밀밭이. 그 장소에 도착했으나 메밀밭은 사라지고 귀리가 자라고 있었다. 농부들에게 그 땅에 메밀을 파종해줄 것을 청했을 때 농부들은 그 토양에선 메밀이 자랄 수 없다고 했다. 그렇다면 그땐? 그때 피어 있던 것은 메밀이 아니었단 말인가? 타르코프스키는 그 땅을 빌려 메밀씨를 뿌린다. 농부들을 늘라게 하며 메밀꽃은 찬란하게 피었다.

타르코프스키는 쓰고 있다. 만약 메밀꽃이 피지 않았다면 작품이 어떻게 전개되었을지는 나도 모른다. 메밀꽃이 피어주었다는 사실이 내게는 너무 소중했다, 고.

타르코프스키. 나는 그가 눈부셨다. 영화를 보지 못했지만 거울은 이미 내가 사랑하는 영화가 되었다. 그 유장한 시간이 덮어버린 뚜껑을 다시 열어 보인 타르코프스키의 열정이 내게 사랑을 불러일으켰다. 이젠 그 땅에 사는 사람들조차 믿지 않는 메밀밭을 다시 일구어낸 그 추억의 힘이 신뢰스러웠다. 오로지 그 추억을 찍기 위해 그 먼 길을 거슬러와서 파종을 하고 파종된 씨앗이 땅을 뚫고 나와 꽃을 피울 때까지 기다린 그 사람을 어떻게 사랑하지 않고 배기겠는지.

영화만이 아니다. 타르코프스키만이 아니다. 늘 사명감을 말 앞에 내세우지 않더라도 혼을 다해 무엇인가를 만드는 사람들은 그 성공의 여부와 상관없이 눈부시다. 우리들이 충분하게 견뎌주고 충분하게 사랑해야 할 이들은 바로 그런 이들이 아닐는지.

*

　독일에서 공부하던 친구가 귀국해서 그냥 서울 거리를 걷고 싶다길래 옆에서 같이 걸어주던 날이다. 광화문, 시청, 남대문 등을 어정어정 걷다가 셔츠도 하나 사고 실내화도 한 켤레 사고 그랬다. 그렇게 우리는 중앙극장을 지나 명동성당으로 들어가는 언덕배기를 걷고 있었다. 친구는 독일에 있어서라고 치고, 나는 서울에 살면서도 어찌어찌 명동 거리를 나가보기는 너무 오랜만이었다. 다니던 대학이 남산턱에 있었던 참이라 한때는 명동을 뒷마당 삼아 지내던 때도 있었는데.

　젊다는 것이 고통이던 시절, 한 번도 웃지 않고 지내는 얼굴들이 수두룩했었다. 노동자들 교직자들이 번갈아가며 명동성당에서 단식농성을 벌였던 그때의 명동 거리는 어느 하루 쉴 날 없이 최루가스가 터졌었다. 시위하는 사람들보다 어떤 땐 전경들이 더 많았다. 나중엔 명동의 상인들이 플래카드를 걸고 데모를 했었다. 데모 내용은 제발 명동에서 데모 좀 그만해달라, 생계를 꾸려나갈 수가 없다, 였다.

　이 생각 저 생각에 젖어 명동성당 앞 옛날의 디제이가 있던 음악다방 대신 내부가 환히 들여다보이는 커피전문점 앞을 막 지날 때다. 친구가 내 옆구릴 찔러댔다. 그녀의 손끝이 가리키는 곳에 전경 두 명이 가로수 밑에 차려자세로 서 있는데, 그들이 차려 하고 서 있는 바로 앞은 웨딩드레스 전문점이었다. 일부러 그런 건 아니었겠지만 전경들은 웨딩드레스를 마주 보고 사열해 있었다.

유리문 안에서 화사하게 반짝이는 웨딩드레스. 한 예비신부가 가슴이 깊게 파인 웨딩드레스를 입어보고 수줍게 웃고 있는 게 보였다. 그 모습을 차려 하고 선 채로 바라보며 근무 중인 전경. 그들은 사열하고 선 채 눈앞의 웨딩드레스를 보며 무슨 생각을 하고 있었을까? 80년대가 뼈아프게 지나간 자리에서 마주친 묘하게 대조를 이루는 풍경이었다.

*

청주에 있는 운보네 집에 가던 날, 고속도로 주변 야산의 나무들이 특이했다. 서리를 맞은 것인지, 눈꽃이 핀 것인지, 햇빛의 반사작용인지, 잣나무 소나무 들이 쌀가루를 뿌려놓은 듯, 물비늘이 얹힌 듯, 희게 희게 반짝였다. 아름답고 바보 같아 보이는 나무들을 지나 운보의 집에 도착해 하늘을 향해 얼굴을 들었는데, 운보의 집 어느 소나무에 앉아 있던 까치가 또 바보같이 하늘로 날아가고 있었다. 세 평쯤 되어 보이는 거실로 안내되어 들어갔을 때 한쪽 구석에 운보의 흰 고무신이 여러 켤레 다정히 겹쳐진 채 바보처럼 놓여 있었다.

나는 맨 처음 필담으로 건강은? 이라고 적었다. 그는 잘 먹고 잘 잔다, 라고 적었다. 그는 그렇게 적었지만 지난번 예술의 전당에서 그의 평생 작업을 망라하다시피 한 팔순 기념 대회고전을 가진 후 건강이 악화되어서 병원에 이 주일이나 입원해 있었다. 어찌 그냥 건강의 악화였겠는가. 전시된 작품이 천이백여 점, 국내 최대의 전시공간인 예술의 전당 미술관을 전부 사용했던 대대적인 이번 전시회는 소리를 들을 수 없는 신체장애자로서 화단의 거목이 되기까지의 거칠고 험난했던 그의 생애를 총망라해놓은 셈이었으니, 마치고 난 후의 병원 입원은 당연한 일이었을 것이다.

어려서 앓은 열병으로 세상의 소리와 단절된 청각장애의 멍에를 지고 운보가 그림에 바친 열정이 어떠했는지는, 그의 굵은 선들이 화선지 안에서 자유분방하게 살아 움직이며 산맥을 이루고 있는 청록산수, 십장생도, 세필화로 그린 동물, 예수의 생애가 포함된 성화들, 전쟁의 참혹함이 화풍에 담긴 사실 계열과 독특한 연필 데생들, 백두산이나 군마도의 거대함, 걸레그림들과 바보산수들을 일별한 사람들이면, 짐작하게 되었을 것이다.

젊은 시절부터 지금까지 열정의 활화산으로 불리며 거목의 길을 걸어온 그의 팔순 회고전은 일 년 사 개월에 걸친 치밀한 준비과정을 필요로 한 일이었던 만큼 운보 또한 올해의 가장 큰 일로 팔순 기념 대회고전을 들었다.

"그림은 자식과 마찬가지. 내가 그렸다고 내 옆에 있는 게 아니니까 언젠가 한 번은 눈감기 전에 내 그림들을 다시 만나보고 싶었는데 그 소망이 이루어진 셈이오. 시집간 딸들을 만나본 것같이 기뻤어요. 나는 화선지에 내 모든 심상을 정열적으로 바쳤어. 이번 회고전은 그 지나온 나의 정열을 다시 본 듯했소. 회고전을 위해 쾌히 그림을 내준 개인 소장가들한테 고맙소."

그가 얼마나 많은 그림들을 그렸는지는 거대했던 이번 전시회에 모아진 작품들이 그래도 팔분의 일 정도밖에 되지 않는다는 사실이 입증한다. 내년 초에 발간될 그의 도록에서는 더 많은 그의 그림들을 볼 수 있을는지.

하지만 올 한 해는 운보에게 팔순 회고전의 기쁨만 있었던 건 아니다. 지난여름 친일 시비가 있은데다 아직 미완성인 운보의 집 미술관에서 30년대 이후 시대별 대표작 열다섯 점을 도난당하는 아픔을 겪은 한 해이기도 했다.

"내 평생 한은 귀먹은 것이오. 우향을 만나지 않았다면 말도 못 하고 살았을 테지. 일제가 만든 조선미술 전람회에선 항상 일인들이 일등이고 그 다음엔 정상인들이 차지했어요. 나는 일인들도 누르고 정상인보다도 앞서고 싶었소. 농아로서 험난한 시대를 살아가야 하는 고통을 누가 알 것이오. 문제가 된 그림을 미술계에서 냉철하게 분석해달라고 했소."

그가 워낙 거목이기 때문일까? 그가 소리를 들을 수 없는 사람이라는 걸 나는 잊어버리다가 옆에서 말심부름을 해주는 그의 아들을 보거나, 수화를 못 하는 내가 그에게 뭔가 물어보고 싶은 게 있으면 사인펜을 들어 글로 써야 된다는 사실 앞에서만 잠깐씩 그렇지 그는 소리를 듣지 못하지, 깨닫곤 했다. 모두가 그렇지 않을까? 운보가 너무 큰 사람이기에 그가 듣지 못하는 고통을 껴안고 이 세상을 살아온 사람이라는 걸 잊어버리게 되는 건 아닐까.

친일 시비만큼이나 마음 아픈 건 잃어버린 그림에 대한 생각이다. "마음이 아파. 육이오 때도 무사히 보관해온 작품들인데…… 미술관 앞의 개한테 약을 먹이고서 가져갔지. 나는 찾을 수 있을 것 같은데 주변 사람들은 찾을 희망이 없다고 해. 나는 노인이오. 너무 마음 아파하면 죽을지도 몰라, 그래서 허허 웃지."

운보의 생애를 말할 때 등장하는 세 여인이 있다. 외할머니 어머니 그리고 아내 우향. 어려서 청각을 잃고 벙어리가 돼버린 그에게 외할머니는 하늘 같은 사랑을 주었고, 어머니는 어린 운보가 책갈피에 그린 꽃이나 새 동물들을 보고 화가의 길로 인도해주었으며, 아내이며 같은 화가였던 우향은 자신의 인생 전체를 수용한 사람.

그는 복잡하지 않았다. 간결하고 명확하게 중심을 뚫고 지나가곤 했다.

　나: 기억력이 좋으시네요.
　운보: 늙으면 다 그래요.
　나: (사진을 찍으러 연못 위의 정자 위에 올라갈 때 정자 밑에 오글거리고 모여 있는 잉어를 보고) 잉어들이 추운가봅니다.
　운보: 잉어는 얼음 속에서 살아요.
　나: 선생님이 생각하시는 바보의 의미는 무엇입니까?
　운보: 덜된 것.
　나: 그림의 영감은 어디서?
　운보: 나의 본능에서.

그와 함께 그의 집을 걷는데 여기저기에 묶여 있는 개들이 끙끙거리고 엎드리고 위로 뛰어올랐다가 금방 기절이라도 할 듯 늘고 난리다. 육중한 호랑이 같은 그가 느리디느린 걸음으로 다가가서 하나하나 등을 만져주자, 그때야 개들 또한 바보 같아진다.

간혹 생의 수많은 잔가지들이 다 쳐내진 큰어른들이 마지막으로 지니고 있는 마음이 동심임을 보게 되는데, 운보 또한 그랬다. 그래서 헤어지는 걸 서운해하는 그를 텅 빈 집에 두고 고속도로로 다시 나오는 일이 쉽지 않아 자꾸 뒤돌아보게 되곤 했다.

*

크리스마스 지난 일요일에 서울에 사는 가족들만 한자리에 모였다. 그날 나는 이제 육학년이 되는 큰조카에게서 카드 한 장을 받았다. 그애가 세상에 태어났을 때 나는 대학생으로 큰오빠네에서 함께 살고 있었는데 나는 그만 갓 태어난 그애에게 쏙 빠져서 한동안 정신이 없었다. 얼마나 업고 다니고 얼마나 안고 다니고 했던지 학교에 가면 내 옷에서 애기 냄새가 난다고 했으니까.

그애가 자라 도화지를 접고 색종이를 붙이고 파스텔로 그림을 그려서 만든 카드에 이런 말이 써 있었다.

고모! 고모 때문에 우리 반 남자아이들은 나를 괴롭히지 않아요. 왜냐하면 고모가 작가라서 그러는 건데 나는 도무지 이해가 안 돼요.

나를 비롯한 가족들은 모두 그애가 쓴 카드 속의 글을 읽으면서 폭소를 터뜨렸다. 확인해본 바는 없지만 우리를 웃게 만든 건 도무지 이해가 안 돼요, 라는 부분 때문이었을 텐데 그

때도 그애는 우리가 왜 웃는지 모르겠다는 표정으로 눈을 동그랗게 떴다.

집에 돌아와 그애가 만들어준 카드를 내 방의 메모지판에 붙이려는데 처음엔 웃고 말았던, 고모가 작가라고 해서 남자아이들이 왜 자기를 괴롭히지 않는지 이해가 안 된다는 조카가 쓴 카드 속의 글이 무슨 짐짝처럼 무겁게 되새겨왔다. 그애는 진짜로 이해가 안 되었던 것이다. 작가가 무엇이기에 다른 여자아이들을 괴롭히는 남자아이들이 자기를 괴롭히지 않는 것인지. 그것이 좋으면서도 왜 그럴까? 이해는 안 되었던 것이다. 농담으로 그 말을 썼다면 우리가 폭소를 터뜨릴 때 그애도 함께 웃었지, 왜? 하는 표정을 짓지는 않았을 것이다. 새해 앞에 받아놓은 이날들을 내가 어떻게 살아야, 작가라서 남자애들이 저를 괴롭히지 않는 이유를 그애가 이해할지.

*

라인홀트 메스너는 1944년 남티롤 태생으로 국제적인 전위 등산가다. 해발 팔천 미터가 넘는 히말라야의 설원과 계곡 빙벽들을 무산소로 홀로 등반한 신비한 알피니스트.

그가 그의 체험을 통해 남긴 산에 대한 저서는 검은 고독 흰 고독, 낭가파르바트를 혼자서, 거대한 암벽 등 십여 종이

넘는다. 어느 책을 보나 산에 대한 그의 정신의 편력이 생생하게 휘날린다.

해발 오천삼백 미터만 넘어도 그곳에서 오래 살 수 있는 사람은 없다. 인간이 그 높은 곳에 정착하려는 시도가 있었으나 모두 실패했다. 칠천오백 미터 이상의 죽음의 지대. 메스너는 그 죽음의 지대를 위험을 무릅쓰고 산소통 없이 어떤 트릭도 쓰지 않고 히말라야의 고산을 오르내리는 사람이다.

그 앞에 놓인 엄청난 고난들. 추락과 부상과 두려움과 고독. 그리고 끝내 이르게 되는 죽음. 신비로운 것은 그 엄청나고 무서운 고난들이 그의 발길을 멈추게 하지 못한다는 것이다.

기어이 묻지 않을 수 없다. 대체 무엇 때문에? 자살자 아닌가? 그러나 부질없는 질문. 오히려 이런 대답조차 나온다. 죽음의 지대라는 극한 영역에서는 거의 불안을 느끼지 않습니다. 오히려 그 한계영역에서 생이 새로운 차원으로 인식되지요. 나와 세계가 완전한 합일을 이루고 있다는 감정까지 발생합니다. 한계영역에서 존재의 차원은 더 넓어집니다. 알피니스트들은 정신면에서 자살자와 가장 거리가 멉니다.

산소통을 메지 않고 고산에 이르는 이유를 메스너는 단순히 그 무엇의 도움도 받지 않고 자연의 최고지점에서 자기 자신을 체험하고 싶었다, 고 하지만 그건 단순히 그의 체험이 아니라 인간의 체험이 되었다. 그는 알피니스트지만 지극히 내적 인간이다. 그의 의식 밑바닥에 깔려 있는 정신적 영역들은 그곳으로 통하는 통로를 알지 못하는 한 쉽게 이해되진 않는다. 그러나 사람은 누구나 만물이 형성되는 소재를 자기 안에 가지고 있다는 걸 메스너를 통해 다시 확인한다. 메스너는 내적 인간의 정신활동만이 기술의 발달을 정지시키고 인간을 한층 진화시키리라 믿은 것 같다.

지금도 부상당한 몸을 일으켜 다시 산에 오르는 사람이 있을 것이다. 그는 다시 돌아오지 못하게 될 때까지 가고 또 갈 것이다. 우리가 이렇게 살고 또 살고 있듯이.

*

사람 사는 일이 다 연장선상이지 어떻게 올해와 내년을 딱 구분짓는데? 해도 세상은 십이월만 되면 한 해를 정리하기 시작한다. 보낼 것은 보내고 맞이해야 할 건 맞이해야겠지만 그건 어느 때나 결정적인 순간에 하는 것이지 너나없이 가는 해 앞에서 그럴 일은 아닌데도 누구에게나 십이월은 정리하는 달로 내놓은 것 같고 그러다보니 일 년은 열두 달이 아니라 열한 달인 것만 같다. 사는 건 십일월로 끝나버린 느낌을 나만 갖는 것인지.

찬바람이 불면서 시골에 계신 아버지는 영산포로 자꾸 침을 맞으러 다니시더니 쌀 개방 타격으로 기어이 자리에 누우셨다. 시골 태생이면서도 그 심각성을 깊이 깨닫고 있지 못하다가 자리에 누우신 아버지 목소리를 수화기를 통해 듣고서야 바로 내 발등에 떨어진 불똥임을 알았다. 올해 초 상을 수상하면서 그 수상 소감으로 "우리말을 다루는 사람 중의 한 사람으로 고단해도 땅을 떠나지 않은 부모님처럼 이 땅에서 소설가로 살아가는 일을 제 숨결 닿는 대로 괴로워하고 사랑하겠습니다"고 썼었다. 그때만 해도 내 아버지이기 전에 평생을 땅과 함께 살아온 농부인 그분으로부터 내년에 농사를 지어야 할지 어째야 할지를 모르겠다는 말을 듣게 될 줄은 몰랐다.

십이월도 깊어 깊어 크리스마스가 지난 어느 날 저녁에 무심코 텔레비전을 켰다가 그 앞에 붙박였다. 카메라가 비추고 있는 곳은 어느 병원 902호였다. 그곳엔 세 어린이가 입원중이었다. 셋 다 소아암이었다. 죽음을 앞둔 머리가 다 빠진 세 어린이가 명랑하게 딱지치기를 했다.

죽음을 느끼고 있는 건 본인들이 아니라 간호하는 부모들이었다. 그들은 자식들이 소생할 희망이 없다는 걸 알고 있는 사람들이었다. 한 어머니가 울면서 말했다. 그냥 어느 날 아침에 가만히 나았으면 좋겠어요. 나는 그만 코끝이 맹해졌다. 세상엔 저런 희망도 있구나. 가만히라는 말을 저렇게 쓸 수밖

에 없는 사람도 있구나. 가만히…… 가만히…… 그들의 희
망은 자신의 아이들이 어느 날 아침에 가만히 낫는 것이었다.
 새로운 시간은 완전히 다른 시간 속에서 오는 건 아니다.
지금까지의 기쁨과 지금까지의 슬픔을 바탕으로 해서 온다.
아무리 새롭다고 해도 그 바탕 위에서 시작된다. 지나가는 시
간 앞에서 우리가 할 수 있는 일이란 몇 통의 연하장에 우표
를 붙이고 국경 바깥의 친구를 한 번쯤 더 생각하고 다달이
조금씩 보내던 기아대책기구의 후원금을 단지 잊어버린 탓에
두 달쯤 거르고 있는 것을 깨닫고 다시 한번 챙기게 되는 정
도가 아닐는지.
 그러나 분명한 건 마음의 타격을 받고도 농부인 내 아버지
는 내년에 다시 땅에 씨를 뿌리고 가꾸고 거둘 것이며 삶 앞
에서 어찌 해볼 도리가 없어 그저 어느 날 아침 가만히 상처
가 낫기를 바랄 수밖에 없는 속수무책의 사람들도 그 나름의
희망을 품으며 새해를 맞이할 것이라는 점이다. 나는 사람들
의 그 살아가는 힘을 믿는다.

어둠 속에서 불을 켜던 사람

지금 생각해보면 어쩌면 그는 몽유병중이었던 것 같기도 하다.

중학교를 졸업하고 얼마간 시골집에 있을 때였다.

친구들이―마을 비슷한 모든 또래들이―일찍 대처로 나갔거나 자전거 타고 아침마다 읍내의 여고에 가 있는 동안, 나는 마루 끝에 앉아 마당에 쏟아지는 햇빛…… 햇빛을 보았다. 꽃밭 속의 채송화, 그 엉거주춤한 아련함을 오래 들여다보았다. 어쩌다 신작로이 나가보면 툴툴거리며 지나가는 버스의 먼지세례를 옴싹 뒤집어쓰고도, 피할 의욕도 없이 마치 먼지나 되는 듯이 그냥 우두커니 서 있기도 했다. 골목을 향해 열려져 있는 대문 옆에 엎드려, 하염없이 시간을 죽이고 있는 늙은 개처럼 어쩔 수 없이 남아도는 시간을 어슬렁거리던 때였다.

어느 날 밤이었는데, 여름이라서 방문을 앞뒤로 다 열어놓고 자던 어느 날 밤이었는데, 자꾸만 잠결의 내 신경을 건드리는 소리가 났다. 낮에 고작해야 마당에 물 뿌리는 일밖에 더 하지 않았을 내가, 그래서 낮잠도 충분히 자뒀을 내가, 깊은 잠이 들었을 리가 없었기도 했다. 이상한 기척에 눈을 떴을 때, 나는 내가 누워 있는 아래 벽 쪽에 서 있는 검은 물체를 보았다.

그 물체가 사람이라는 걸 느꼈을 때의 오싹함—

어둠 속이라서 그는 내가 눈을 떴다는 걸 모르는 듯했다. 그는 뭔가를 자꾸 켜댔다(지금 생각하면 라이터가 아니었는가 싶다). 뭘 하려는 양인지는 모르겠지만 벽에 등을 대고 한사코 불을 붙이려고 애썼다. 왜 그랬을까? 나는 문득 그가 누구라는 게 짐작이 갔고(이건 아직도 짐작이다. 그게 누구였는지는 지금도 정확히는 모른다) 그는 라이터에 불을 붙여가며 방 안에 누워 있는 사람 중 나를 찾고 있는 게 아닐까, 라는 생각이 들었다. 소리칠 자신은 아예 처음부터 없었고, 손을 뻗어보니 동생의 등이 만져졌다.

그러는 사이 그는 잠깐 붙은 불빛을 내 얼굴에 비춰 댔다.

불빛은 금세 사그라들었고, 그는 다시 불을 켜려고 애썼다. 아아, 그때처럼 저만큼에 누운 어머니의 숨소리가 멀리 들린 적이 있었을까? 나는 그가 불을 다시 켜기 전에 동생의 등을 꼬집었다. 동생은 잠결에 낮은 소리를 내며 돌아누웠다. 그가 잠시 긴장하는 듯 불 켜는 일을 멈췄다. 나는 동생을 또 한번 꼬집었고 동생이 신경질을 내며 뒤채자, 그는 가만 뒷문으로 나갔다. 그리고 나는 어렴풋이 들었다. 담 뛰어넘는 소리를.

나는 일어나서 문을 잠글 힘도 없었다. 어둠 속에서 거의 기다시피 동생을 건너 어머니 곁에 누워서 그렇게 뜬눈으로 날을 샜다. 일어나서 방문을 잠가야 되는데 방문을…… 내 의식은 그렇게 말하고 있었어도 나는 달싹을 할 수가 없었다.

아침에 그가 담을 넘어간 듯한 뒤안 담길을 살펴보았다. 조금 파인 자국이 내겐 그의 발자국처럼 보였다. 아무리 실감나게 설명을 해도 어머니는 헛꿈이라 했다. 키가 크려고 그런 꿈을 꾼다는 것이었다. 어머니께서 아무리 꿈이라 해도 나는 그날 밤 이후로 제대로 잠을 이룰 수가 없었다. 문을 꼭꼭 걸어잠그고도 문고리에 숟가락을 꽂아놓았다. 한여름에 무슨 짓이냐 탓하여도 나는 막무가내였다. 부엌 문을 비롯해서 집 안으로 들어올 수 있는 모든 문을 나는 원천봉쇄했다(짚이는 게 있었으므로 나는 그럴 수밖에 없었다).

그 일이 일어나기 며칠 전에, 나는 너무도 더워 뒤안 장독대 곁에 커다란 고무통을 갖다놓고 우물에서 물을 길어다 쏟아부었다. 뒤안이라 안심했었다. 누가 보랴? 했다. 우리집은 마을에서 가장 가운뎃집이었고, 그 대낮에 누가 찾아올 사람도 없다고 생각했다. 안마당 우물과 뒤안 장독대를 오가며, 나는 고무통에 물을 가득 채웠다. 땀을 뻘뻘 흘리며.

통 안에서 물짓을 한참 하다가 기분이 이상해 뒤돌아보았다. 나는 소리치며 후다닥 방 안으로 뛰어들었다. 옆집 배나무 위에 그가 올라가 있었던 것이다. 손에 낫을 들고 있었던 점으로 보아 그도 일부러 그런 것은 아니고 나뭇가지를 쳐내려고 올라갔다가 나를 봤을 것이다. 이를테면 나는 대낮에 목욕을 하다가 그에게 들켰던 것이다.

단순히 피해의식일까? 어쩐지 나는 밤에 어둠 속에서 자꾸만 불을 켜려고 했던 사람이 바로 그일 거라는 생각이 들었고, 나중에는 내 육감을 믿어버리게 되었다. 그에 대해서 아는 것이라고는 나보다 나이가 네댓 많다는 것과 이름뿐이었는데도.

그렇게 철저하게 원천봉쇄를 시켰음에도 유독 나만이 그의 두번째, 세번째, 네번째 침입의 기미를 느끼곤 했다. 그는 또 왔다. 와서 방문을 흔들었다. 고리가 숟가락이 흔들거렸다.

그는 또 왔다. 내 예견대로 부엌 문을 통해 들어올 심사였는지 이번에는 부엌 문을 흔들었다. 그러나 나는 밀창이 었던 그 부엌 문에도 숟가락을 꽂아두는 걸 잊지 않았다.

아, 정말 그 집 안방은 왜 그렇게 통하는 문이 많던지. 앞문, 뒷문, 부엌 문, 광문, 웃방 문…… 문이 하나씩 흔들릴 때마다 나는 아침이면 어머니에게 하소연을 했지만…… 어머니는 그저 나쁜 꿈이란다. 방문이 자꾸만 흔들리는데도…… 그가 감나무 밑이며 마당을 밤새 걸어다니다가 가는데도 어머니는 나쁜 꿈이란다.

나는 집이 싫어졌다…… 나는 무서워서 집에 혼자 있으려 하지 않았다. 마당에 동네 꼬마들을 불러들였다. 꼬마들이 소란을 떨며 노는 걸 보며 나는 서울의 큰오빠에게 매일 편지를 쓰곤 했다. 오빠, 나를 여기에서 데려가줘ㅡ

밤이면 두 동생들을 하나씩 내 팔을 베고 자게 했다. 그는 골목에서 우연히 나를 만나면 황급히 시선을 돌리고 재빨리 내 앞에서 사라졌다. (나는 그가 내게 죄를 지어서 그렇다고 생각했다.) 어머니가 아버지 저녁밥을 들고 갔다가 돌아오지 않는 밤이면 나는 영숙이며 희숙이를 불러 같이 잤다.

……얼마 후 나는 그 집을 떠나왔다.

……그해 가을 어머니께서 서울에 왔다. 무슨 얘기 끝에 집에 도둑이 들었었다는 말을 했다. 어머니가 언뜻 잠이 깨었

는데, 누가 자꾸 방문을 잡아당겨서 도둑이야— 소리쳤더니 달아났다고, 동네 사람이 몰려오고 한바탕 난리가 났었다고……

나는 잠깐 그를 생각했다.

이젠 내가 잠그지 않아도 그 집 문들은 동생에 의해 다시 숟가락이 꽂히는 것 같았고, 한동안 나는 그 집엘 가도 뭔가 가슴이 썸벅거려서 가운데서 잤다.

……해가 바뀌어 내가 다시 거기 갔을 때 숟가락이 꽂히지 않았다. 내 마음을 아는 동생은 좀 멋쩍어하며, 그 사람 군입대 했거든, 했다. 그 말을 듣고 나서야 그 어느 날 밤 이흑, 처음으로 그 집에서 편안히 잠을 잤다. 그로 인해서 빼앗겼던 나는 집의 안락함을 되찾았다…… 오래 잊고 있다가 다시 그의 소식을 들었다. 군복무를 다 마치지 못하고 전역을 했다고. 나는 이젠 일 년에 서너 번쯤이나 그 집엘 가는 사람이 되어버렸고…… 그도 그 마을에 살진 않는 모양이었다.

어느 명절날, 신작로에서 성묘 다녀오는 그를 만났다. 그의 곁에는 그의 아내인 듯한 여자가 서 있었다. 그는 날 보고 어정쩡한 웃음을 지었지만, 나는 황급히 돌아서 왔다. 세월이 흘렀어도, 이제 정말 방문 고리에 숟가락 따윈 꽂지 않아도, 그는 내 십오 세 여름에 달라붙어 떨어지지 않는 낯선 소름이다.

샤갈의 마을

아침에 어머니가 전화를 했다. 새벽녘에 든 잠을 미처 털어내지 못하고 겨우 목소리를 추슬러 여보세요, 했는데 어머니다. 어머니는 대뜸 서울에 눈 왔냐? 물으신다. 안 왔어요. 그런데 눈은 왜요? 하니깐 어머니는 아니 뭐, 그냥…… 하신다. 왜요? 다시 물으니 그때서야 그냥 뉴스를 보니까는 너희 서울에 눈 왔다고 그리서…… 너희 서울? 그나저나 뜬금없이 어머니께서 눈은 왜? 싶었으나 수화기를 든 채로 커튼을 젖히다가 단박 내 입에서 터져나오는 소리. 눈이 왔네!

창 밖, 가까운 산자락에 흰 눈이 소복하다. 잠들 때 문단속을 할 적만 해도 눈발 같은 건 보이지 않았는데, 눈은 새벽에 내린 모양이다. 이후 어머니와 나의 대화.

276

"어머니, 눈 왔네요."

"왔어?"

"네."

"많이 왔냐?"

"소복이 쌓였는데요."

"거기도 눈 왔어요?"

"아니, 여긴 안 왔다."

갑자기 이른 아침에 시골에 사는 늙은 어머니와 도시에 사는 젊은 딸은 눈을 가지고 왔니, 안 왔니, 하다가 수화기를 내려놓으려니 뭔가 싱겁다. 어쨌거나 어머니의 전화가 아니었으면 나로서는 첫눈인 셈인 눈을 자느라고 보지도 못했을 것이다.

창을 열고 바깥을 내다보는데, 빈 나뭇가지 위에 귀족처럼 앉아 있던 까치가 포르르, 가볍게 눈 위로 내려앉는다. 작은 발을 흰 눈 위에 내놓고 징검징검 걸어다닌다. 발 시렵겠구나…… 그런데 어머니가 전화를 왜 하셨지?

전화를 끊으면서 뭔가 싱겁다고 생각한 마음이 다시 부풀어오른다. 정말 어머니가 전화를 왜 하셨지? 대부분 전화를 거는 건 나였고, 내가 안부차 전화를 걸면 끊임없이 이어지는 어머니의 중얼거림. 차조심하거라, 밤길 다니지 말거라, 문단속 잘 하거라, 하루 한 끼도 놓치지 말고 밥 챙겨 먹거라, 오빠네에 자주 찾아가거라. 드디어는 곁에 계시는 아버지의 전화비 많이 나온다는 지청구를 여러 번 듣고 난 뒤에야 마치게 되는 통화. 그런데 오늘 아침엔 그런 말씀도 없으셨다. 이상하네, 눈 왔느냐고 물어보시려고 아침부터 시외전화를 하신 건 아닐 텐데. 커피를 한 잔 타서 마시면서 곰곰 생각해봐도 어머니와 내가 통화한 내용이란 눈이 왔느냐 안 왔느냐는 것뿐이다. 무슨 하실 말씀이 계셨는데 못 하셨구나, 뒤늦게야 오는 깨달음. 아직 내가 잠에 취해 있다는 게 내 목소리에 다 담겨 있었을 테고, 그래서 괜히 눈 타령만 하시다가 끊으신 게로구나.

수돗물을 틀어 얼굴만 닦는 세수를 하고 돌아와 시골로 전화를 넣었다. 수화기 앞에 그대로 앉아 계셨는지 벨이 한 번 울렸는데 전화를 받으신다. 어머니는 깜짝 놀라시며, 전화를 왜 다시 했느냔다.

"무슨 하실 말씀이 있으신 것 같은데, 하세요."

"뭔 할말?"

어머니가 하시려고 했던 말씀을 끌어내기 위해 이렇게도 말해보고 저렇게도 말해보나 어머니께선 끝끝내 그냥 하셨다는 것이다. 텔레비전을 보고 있는데 서울에 눈이 왔다고 하고 춥다고 해서 어떡하고 있나, 싶어서 그냥 하셨다는 것. 나는 이제 거의 어거지를 부리면서 성까지 낸다.

“그러지 마시고 하실 말씀 있으시면 하시라니깐.”

“……”

“네에?”

“……”

“어머니?”

한참 후에 어머니 이러신다.

“근데 너는 여그 싹 잊어버린 것 같어야. 전에는 전화도 잘 허구 곧잘 댕기러 오구 하더니.”

아, 아. 그래서였구나. 내가 너무 오래 전화를 안 드렸구나.

산길의 눈만큼이나 차가운 것이 찡하니 콧등을 스치고 지나간다. 서운한 일을 내색하기보다는 참고 견디는 걸로 한 세월을 살아오신 분이라, 무엇을 요구하거나 왜 그러냐고 따지고 묻는 일엔 영 서투른 분이라, 날이 갈수록 무심하구나, 이제 전화도 안 하는구나, 싶어 벼르고 계시다가 눈 핑계 대고 건저 전화를 거신 모양인데, 오랜만에 통화가 된 딸은 저 대로 갈도 안 받아주고 졸음에 겨워 네…… 아니요……만 하고 있으니 밥 먹었느냐고도 미처 못 물어보시고 끊으셨던 거다.

나는 얼른 어머니 말을 받는다.

“어머닌, 전화를 안 하긴요. 어저께도 했는데 안 계시던데요.”

“그랬어?”

"그러믄요."

"몇시쯤 했는디?"

나는 할말이 없다. 사실은 전화를 안 했으니까. 대답이 궁색해 어물어물 글쎄 점심 먹구었든가, 둘러대는데 어머니께서 그러신다.

"수화기가 고장났나비다. 어제는 종일 집에 있었는디야."

생각해보면 그닥 중요한 일도 잘한 일도 없었는데, 뭣 때문인지 발등에 떨어진 일은 수북했고, 발등 내려다보는 일에 급급하다보니 시골로 전화 한 통 넣을 새 없이 열흘도 넘기는 일이 자주 생겼다. 어느 날부턴가 어머니로부터 먼저 전화를 받고 그럴 적마다 뭐라구뭐라구 변명을 해가며 넘겼는데, 이번엔 아예 열흘도 더 넘겼나보다. 내게 전화를 해보셔야 자동응답기가 뭐라구뭐라구 했을 터였다.

내가 맨 처음 자동응답기를 사와서 방 안에 작동시켜놓았을 때다. 하루는 바깥에서 돌아와보니 이게 뭣이래여? 하는 어머니 목소리가 녹음되어 있었다. 잘못 걸린 줄 알고 끊으시고는 다시 거셔서는 메시지를 남긴 목소리는 분명 내 목소리다, 싶으셨는지 내 이름을 애타게 부르셨다. "야야, 경숙아야, 경숙아아."

내가 어머니께 자동응답기란 무엇인가에 대해서 열심히 설명해드린 다음의 어느 날 어머니가 남긴 메시지. 여기는 정읍

인디요, 경숙이한티 엄마한티서 전화 왔었다고 전해주시우.
꼭 전해주시우! 그 메시지를 받고 내가 전화를 드리자 어머니
말씀. 나한티서 전화 왔었다구 전해주디?

*

작년이던가, 그 전해이던가.

샤갈의 전시회에 갔었다. 나는 그의 환상 앞에서 한없이 나
꿈을 꾸는 특이한 경험을 했다. 샤갈의 영감은 끊임없이 그
자신이 젊은 한때를 보냈던 고향 마을과 닿아 있었다. 유년과
소년 시절의 추억은 예술가들에게 공통적으로 끌려나오는 시
간 공간이지만 샤갈에겐 유난해 보였다. 다만 한때로서가 아
니라 그의 세계는 지속적으로 고향 마을과 닿아 있었다. 그의
환상과 따뜻함과 풍부함은 고향을 생각하는 그의 향수에서
새어나오고 있었다.

샤갈의 고향은 폴란드 국경에 가까운 비테브스크. 러시아
의 작은 변방도시. 그곳에서 유태인의 아들로 태어난 샤갈의
유년은 그닥 행복한 것 같지도 않았다. 그런데도 샤갈의 영혼
은 한사코 그곳에 뿌리가 닿아 있었음을 그의 원화들은 말해
주고 있었다.

전시회에 가기 전까지 나는 샤갈이 프랑스 태생인 줄로 알

고 있었다. 샤갈이 비테브스크에서보다는 파리에 나와 활동했던 시기가 길어서였을 것이다. 그렇다 해도 내가 샤갈의 그림을 보는 동안 느낀 것은 샤갈은 파리 사람이 아니라 비테브스크 사람이라는 것이었다. 파리가 그에게 어떠한 풍요와 어떠한 영광을 주었다 해도 샤갈에게 파리는 유랑지에 불과했다는 생각이 들었다. 그는 어디에 있어도 고향 마을 비테브스크를 몸 속에 넣어가지고 다녔구나. 누추하고 빈한한 비테브스크를.

샤갈이 그의 생애에서 비테브스크에서 살았던 기간은 짧다. 그런데도 어둡고 감미로운 북국 유태인 마을은 샤갈의 자전적 기술이 되었다. 어느 한 자리에 붙박이로 살지 못하고 떠돌아다녀야 하는 유태인의 유랑의식은 은연중 샤갈의 그림 속 곳곳에 깊게 스며들어 있다. 무중력의 환상적 풍경. 사람들은 물구나무서 있고, 바이올리니스트는 지붕 위에 올라가 있고, 연인들은 허공을 날아다닌다. 지상에 살면서도 뿌리내리지 못하는 떠돌이의 내면 풍경들. 그런데도 그의 그림은 따뜻하다. 산양이나 수탉이나 말 같은 동물들이 그의 그림 속에선 인간과 차별되지 않고 같이 살고 있다. 연인들은 관능적이며 따사롭고 화려한 꽃다발의 풍경들이 들어찬 가장자리를 차지하고 있다. 어두워가는 하늘에 불길한 예감의 검은 기운이 자욱이 깔린 배경 속에서도 샤갈의 연인들은 청순하고 애

틋한 정감의 화신들로 그려져 있다.

바깥에서 볼 때는 추위 보이나 안은 언제나 따스했던 고향 마을에 대한 샤갈의 추억의 표현 아니었을는지. 그의 행복은 그리운 고향 처녀 벨라를 아내로 맞아들인 점에 있지 않았었을는지. 벨라에게 오직 너만이 나와 함께 있다, 내 영혼이 헛되지 않게 해줄 오직 한 사람, 너를 뚫어져라 바라보노라면 네가 마치 나의 작품인 것 같구나, 라고 고백할 수 있는 생애를 살 수 있었던 샤갈. 그림 속의 연인들은 어떤 역경도 서로를 힘으로 뛰어넘으려는 듯 손을 놓지 않고 있다. 고향 마을에 대한 샤갈 자신의 곡진한 향수와 고향의 여자 벨라와의 사랑이 있었기 때문에 그의 세계는 그처럼 빛이 났을 것이다. 부질없이 이런 생각을 해본다. 샤갈이 고향을 잊고 살았다면, 고향 여자 벨라를 만나지 못했더라면, 어떤 그림을 그렸을까.

*

창 밖으로 여전히 까치가 징검징검거리며 눈 속을 걸어다닌다. 눈 속에 내려깔린 까치의 날개를 바라보는데 문득 내가 태어난 고장의 까마귀가 떠오른다. 겨울 초입부터 눈이 무진장 내리는 고장. 한번 눈이 내리기 시작하면 이틀 사흘 계속되었고, 마을은 곧 눈에 덮인 연하장 속의 그림 같은 마을이 되곤 했다. 가끔 눈길을 뚫고 들판이 내다보이는 또랑가에 나가보면 광활한 백설의 들판에 내려앉은 수십 마리의 까마귀 떼들, 그들의 생기로운 깃질. 겨울 들판의 설야에 내려앉은 검은 새떼들이 나는 좋았다. 떼지어 흰 벌판에 내려앉았다가 다시 떼지어 어디론가로 날아가는 까마귀들의 소리를 들으며 그 고장 사람들은 방 안에서 고구마를 삶아 먹고, 민화투를 치고, 가마니를 짜고, 양말을 깁고, 낡은 스웨터의 털실을 풀어 새 목도리를 떴다. 그 겨울날에도 개들은 마루 밑에 새끼들을 꾸물꾸물 낳아 젖을 먹이고, 들판에 나가지 못하는 염소들은 헛간에 매인 채 종이를 씹어가며 추위를 밀어내고, 차디찬 밑알을 품고서 닭은 알을 낳느라 꼬꼬꼬, 까탈을 부렸다.

따뜻하기론 봄날이련만 그곳의 겨울이 내겐 더 따뜻하게 온다. 길이 얼어붙고, 논이 얼어붙고, 또랑물도 얼어붙었지만, 겨울이 끝날 때까지 처마 밑에 고드름도 꽝꽝 얼어붙었지만, 얼어붙은 고드름 위로 또 고드름이 얼어붙어 나중엔 고드름이 마당에 닿을 지경이었지만, 추웠다는 느낌이 없다. 아궁이며 부뚜막이 있어서였을까. 큰 솥 속에 뜨끈뜨끈한 고구마가 거의 매일 삶아지고 있어서였는지도, 아니면 아랫목에 늘 밥통이 묻혀 있어서였는지도. 그 들판의 눈이 녹고, 눈이 녹은 자리에서 보리 싹이 파랗게 자라 올라올 때까지, 어머니는 군불을 지펴 세숫물을 데워내주고, 부뚜막에 털신을 말려주고, 돼지뼈를 사와 푹푹 고아 김치를 잘게 썰어 다시 폭폭 끓여 우린 돼지뼈 국물을 대접에 떠 담아주곤 하셨다. 도시에 와서 추운 겨울을 날 적마다 생각키우던 어머니. 어머니라면 이렇게 해주실 텐데, 어머니라면, 어머니라면…… 이런 끊임없는 되새김의 추억들. 도시에서 차가운 음식을 먹을 적마다 생각키우던 어머니가 끓여주신 간 맞은 따뜻한 국. 생각만으로도 시린 손이며 얼어붙은 발가락들이 녹아내리던 어머니가 종종종 파를 썰어넣어 만든 따뜻한 음식들.

그런 옛날을 지나와 수화기 저쪽에서 어머니가 말씀하신다.

"근데 너는 인자 여그는 싹 잊어버린 것 같어야. 전에는 전화도 잘 허구 곧잘 댕기러 오구 허더니."

외로우신 어머니께서 어렵게 뱉으신 말씀이 고드름에서 떨어지는 차가운 물방울처럼 내 마음에 떨어진다. 이제 고향 쪽보다는 이 도시가 내 삶의 울타리가 되어 있고, 내 일상은 거의 모두가 여기에서 익힌 습관과 여기에서 이루어진 관계로 이어지고 있다. 실제로 이제 나는 깜박깜박 어머니를 잊는다. 함께 고향 마을도 깜박깜박 잊는다. 이제 그곳을 다녀오면 마음이 편하지가 않다. 사람은 늙고 집들은 퇴락해가고 들판은 비었다. 기억으로만 남게 될 내 태생지. 나는 이제 더이상 그곳을 향해 나를 지켜달라고 말하지 않는다. 그토록 의지했을 때를 생각하면 이러고도 살아진다는 게 의아스럽기까지 하다.

이 도시에서 살며 나는 까탈스러워졌다. 이마에 신경질이 고였다. 세련됨에 유혹당했다. 그에 대해 엄격해졌다. 자지러질 듯 조심스러워졌다. 기억으로만 기억으로만 남게 될 사라져가는 내 태생지. 거길 잊은 다음 나는 어떻게 될까…… 까치가 눈길 위에서 다시 퍼드득 나뭇가지 위로 날아오른다. 저런, 겨드랑이가 춥겠구나.

수화기를 내려놓고 오래 앉아 있는다.

어떤 흐린 날

　리비아로 해외 근무를 갔던 오빠가 삼 주간의 휴가를 얻어 귀국했었다. 그를 가장 반긴 사람은 그의 어린 아들이었다. 오빠가 귀국한 첫날, 풍성히 차린 식탁에서 녀석은 생글거리며 오빠 곁에 바싹 붙어앉아, 그 쪼그맣고 여린 손으로 "아빠, 이거 먹어, 이것두", 접시들을 부지런히 오빠 곁에 당겨 쌓아놓았다.

　한국의 장남은, 그것도 전형적인 농가에서 동생을 여럿 가진 사람은 앉으나 서나 눈에 밟히는 것이 많다는 걸 나는 내 큰오빠를 통해 어려서부터 감득했었다. 그런데다 내 큰오빠는 일상에 대해 복잡하지 않고 정직하며, 확실히 팔이 안으로 굽는 무심치 못한 인품이었으므로, 그는 우리 집안에서 가장 안심이 되는 그래서 정작 그 자신은 고달픈 보초였다. 큰오빠가 만든 그늘은 오동잎처럼 널찍해서, 우리 가족은 그를 중심으로 함께 밥 먹고 숨쉬었다. 우리 오누이는 넓은 서울의 많은 동네 이 방 저 방에다 비키니옷장을 세우며 살았었다. 나의 작은오빠와 여동생의 계속 이어지는 서울 행진에 우리 오누이가 처음 마련했던 작은 밥솥은 점점 커졌고, 비키니옷장이 미어터져 지퍼가 벌어질 무렵엔 그의 책임도 불어붙어갔다. 마치 옥수수튀밥처럼. 나는 그런 큰오빠가 측은해서 시장을 볼 때 그의 식성에 맞춰 반찬거리를 구했고 옷가지를 빨아 널 때도 그의 옷이 가장 햇빛 잘 받게 위치를 정했으며……사사로운 것들, 모두를 그에게 맞췄다. 큰오빠는 놀랍다 싶게 말간 피부를 가진 동안의 얼굴로 구겨지지 않고, 포기하지 않고, 자신을 지켜가며, 우리를 돌봤다.

큰오빠가 푸른 올리브나무, 적막한 사막, 지중해의 숨결을 편지지 두 칸씩 차지할 만큼 큼직한 글씨로 교신해오는 동안, 큰조카는 빨간 구두를 신고 유치원에 나가 노래를 배워왔고, 둘째조카는 갑자기 내 방문을 발칵 열며 내게 장난감 권총을 두두두― 쏘아대었다. 큰조카는 리본과 꽃핀을 아끼며 수줍음이 많아 오랜만에 만난 아빠에 대한 애정 표현이 소극적이었는데, 어항의 금붕어를 잡아 찌개냄비 속에 천연덕스럽게 집어넣던 둘째조카는 갑자기 최대 관심사가 아빠가 되었다.

선물로 가져온 포클레인을 좌우로 조종하며 행여 아빠-의 그림자라도 놓칠까 종종종…… 눈물겹도록 따라다녔다. 잠자리에서조차 녀석은 그 조막만한 손으로 아빠 얼굴을 쓰다듬고, 헤헤 웃고, 신기한 듯 얼굴을 만져보다 잠이 들었고 잠결에도 손을 뻗어 아빠의 눈, 코, 입을 확인하기 일쑤였다.

큰오빠가 다시 출국하던 날 밤에 무심히 TV를 켰다가 나는 그대로 무릎을 굽히고 앉았다. 화면에선 뜨거운 해후장면이 나가고 있었다. 사할린에 살고 있는 한 여인이 사십몇 년 만에 고국땅을 찾아와, 자신이 유년을 보낸 집, 팔십구 세 된 노모가 눈 못 감고 있는 회한의 집에 당도한 순간이었다.

"여그가 내 살던 집이냐, 여그가." 여인은 대문을 들어서기도 전 울먹임으로 얼굴이 일그러졌다. "어머니, 내가 왔소. 덕순이가 왔소." 방문을 차고 들어간 여인은 노모를 끌어안고 대성통곡을 했다. 목이 메어 자주 끊기는 통곡 끝에 따라 올라오는 한 맺힌 딸꾹질. 어머니와 딸의 손목에 얼굴에 핀 저승꽃이 이별한 세월의 황폐함을 말해주고, 늙은 딸은 더 늙은 어머니가 자신을 못 알아보자 '어머니 어머니, 우리 어머니'만 안타깝고 뜨겁게 외쳤다. "나요, 나 덕순이요. 나 좀 알아보소. 어머니!" 절박하게 우는 칠십 된 딸의 주름투성이 얼굴을 만지며 노모의 괴로운 한마디는 "기냐, 정말 덕순이냐. 너 보고 죽을라고 내가 밥도 많이 먹곤 했제"였다. 노모가 혼절

할까 물을 떠넣다가, 늙은 두 여자는 끌어안고 숨 넘어가는 어린애처럼 끅끅 울었다. "내 목을 잘라버리소. 나 인자 세상에 할 일이 없네." 잇몸도 없는 노모의 절규에 나는 더워져 괜한 머리만 자꾸 귀 뒤로 넘기며…… 울었다.

오빠는 새벽에 조카 모르게 떠났다. 녀석은 눈을 뜨자마자 "어디 갔어, 어디 갔어, 아빠!" 이 방 저 방 문을 열고 닫고 후다닥 세면장까지 점검하고는 다리를 쭉 뻗고 주먹으로 거실 바닥을 치며 "아빠, 내놔, 아빠 내놔", 울음을 터뜨렸다. 상실감으로 목놓아 우는 녀석 주변에 어른들은 우두커니 서서 마음 붉히며 어쩔 줄 몰랐다. 이제 세상에 손 뻗은 지 삼십 개월 된 녀석에게 사막의 나라에 가 있는 아빠의 부재를 설명해줄 수 있는 능력을 아무도 갖고 있지 못했으므로.

녀석을 등에 업고 골목으로 나왔다. 그러나 나도 "동우야, 동우야 울지 마라……" 그애의 이름이나 부르며 골목 이 끝에서 저 끝까지 왔다갔다나 할밖에.

하지만 꼬마야, 이것은 아무것도 아니지. 아빠는 육 개월 후에 또 만나지만…… 이제 자라보면 설명할 수조차 없는 이별이 많아…… 헤어져야 할 사람이 만날 사람보다 더 많아…… 다시 만날 수 없는 줄도 모르고 네 자신이 떠나게 될 때도 있을 건데…… 울지 마라.

어느 결에 녀석은 내 등을 따뜻하게 데워주며 잠이 들었는

데 나는 그래도 서둘러 집으로 들어갈 생각을 못 했다. 등에
서 녀석이 이따금 가슴에 맺힌 듯 설운 숨을 몰아쉬며 '아빠,
아빠'를 불러대었으므로.

지금은 다시 오지 않는다

며칠 후면 이사를 해야 한다.

저 커다란 냉장고와 책들을 싸가지고 다른 곳으로 살러 가야 한다. 가습기와 식탁과 세탁기도 다 옮겨야 한다. 나 자신마저 며칠 후면 여기가 아닌 다른 곳에서 세수해야 하고 밥을 지어야 한다. 이사 날짜가 정해진 후부터 모든 것이 이삿짐으로 보였다. 책이며 침대며 쌀통들. 읽던 책을 꽂으려다가도 그냥 가까운 자리에 내려놓는다. 꽂으면 뭐 하나 싶다. 곧 이사를 가야 되는데. 창틀에 내려앉은 먼지를 닦으려다가도 그냥 내버려둔다. 한켠의 형광등 촉이 나가도 갈아끼우지 않는다. 신발장이 삐그덕거리는데도 나사를 조이지 않는다. 짐을 싸기도 전인데 이사를 가야 한다는 생각에 모든 일상은 질서를 잃고 허둥거린다. 이 도시로 온 후 일 년쯤 혹은 이 년…… 길어야 삼 년쯤마다 이사를 열 번도 넘게 다녔으니 면역도 생겼으련만.

이사하기 며칠 전부터 가게에서 빈 상자들을 얻어다가 작은 것들과 남의 손에 맡길 수 없는 대목부터 짐을 꾸리기 시작한다. 서랍장을 열고 셔츠나 바지들을 봄 여름 가을 겨울로 나누어 상자에 넣는다. 속옷들을 보자기에 싸서 상자에 넣는다. 싱크대 아래 위에서 쏟아져나오는 작은 그릇들 수저들……을 상자에 넣고 시간이 날 적마다 책장 한켠을 허물어 책들을 상자에 넣는다. 며칠 되지 않아 나는 상자 사이에서 자고 상자 사이에서 일어나 상자 사이를 걸어다니며 머리를 감고 외출을 한다.

이사하기 며칠 전부터 쌓이기 시작한 상자들과 심리적으로 제자리를 잃은 살림들은 어지럽고 누추하다. 때때로 그 어지럽고 누추한 속으로 수많은 기억들이 썰물처럼 밀려와서 나를 물끄러미 본다. 책장 위에 얹어놓은 사진첩들과 우편물들을 정리할 때는 그 먼지구덩이 속에 들어앉아 한 장 한 장 펼쳐보다가 한나절을 보내기도 한다. 내가 살아낸 시간들인데, 마치 남의 추억을 들여다보듯 보고 있다. 어떤 것 속에선 무슨 생각이 날 듯 날 듯 하기도 하다. 추억에 붙들려 있으면 슬퍼지기도 한다. 겨우 사진 한 장으로 남아 있는 그를 볼 적엔 눈물이 돌기도 한다. 책상이나 선반 서랍 속이나 노트 속에서 불쑥불쑥 튀어나오는 어제들.

국민학교 오학년 때 담임선생님은 핸드볼 코치였다. 어떻게 된 셈인지는 모르겠으나 선생님은 풍금을 칠 줄 몰랐다. 그래서 우리에게는 음악시간이 없었다. 대신에 선생님은 이야기를 재미나게 해주셨다. 선생님은 일 주일에 한 번씩 우리가 음악 하자고 할 때마다 연재소설처럼 이야기를 이어서 해주셨다. 가장 재미있을 만한 대목에서 이야기를 뚝 그치시고는 다음에 해주마, 하셨다. 선생님은 음악 대신에 이야기를 가지고 계셨던 것이다.

그 선생님께 들은 이야기 중 아직도 가슴 찡하게 남아 있는 이야기는 스잔나. 병든 스잔나가 비 오는 거리를 헤매는 대목에서는 아마 울었을 것이다. 내가 서울에 와서 맨 처음 본 영화는 공교롭게도 사랑의 스잔나. 갑작스런 이향으로 침울해졌을 뿐 영화관 같은 델 다닐 생각은 전혀 못 하고 있었는데 어느 골목 벽보에서 사랑의 스잔나를 상영한다는 광고지를 본 것이다. 어느 극장이었는지는 잊었으나 재상영을 한다는 광고였다. 외사촌과 함께 영화관엘 갔다. 그 벽보를 보는 순간 그 선생님이 떠올랐던 것이다.

선생님의 이야기보다 진짜 영화가 덜 슬펐다. 어쩌면 이미 슬픔을 준비하고 갔기 때문에 눈물이 나오지 않았는지도 모른다. 학교 시절은 이미 지나가버렸고, 여름방학이면 고향에 내려가 한없이 철길을 걸어다니던 시간도, 처음으로 보는 사물에 대한 호기심도, 친구를 갖고 싶어 편지를 쓰던 밤시간도 나를 통과해 가버렸다. 만약 내가 사랑의 스잔나를 다시 보게 된다면 나는 이제 웃으면서 보고 있을지도 모른다. 처음 그 선생님께 이야기로 들었을 때 내가 슬퍼하며 울 수 있었던 건 그것이 첫 감정이었기 때문일 것이다. 한번 슬퍼하고 나서 영화관 갔을 땐 덜 슬펐듯 다시 본다면 웃고 있을 것이다. 처음 맞이하는 것들을 하나씩 지나오면서 내 얼굴에선 표정이 사라졌다.

시간이 흘러갔다.

많은 것들이 그 시간 속으로 스쳐 지나갔다.

무엇을 잃었기에 이렇게 광대 같아졌을까. 정면을 피해다닌 탓일까. 싸울 일이 있으면 입을 다물어버렸고, 상대편이 고갤 쳐들면 묵묵히 숙여버렸다. 한순간을 모면하는 것들로 나는 시간 속을 지나왔다. 이 광대의 얼굴은 어물쩡 넘긴 일들이 내게 내린 체벌인가? 두통과 무력감, 권태들도?

온갖 것들이 트럭에 실린다.

가스레인지나 책상이 놓여 있던 자리들은 기름방울과 먼지로 드러난다. 세탁기를 들어낼 때 잠시 세탁기가 놓인 자리를 바라보았다. 세면장이 좁아 방구석에 내놓고 쓰던 세탁기. 전화를 기다리다가 지쳐 그 세탁기에 기댄 채 밤을 샜던 날이 있었다. 날이 밝은 뒤 그에게 전화를 걸었다. 왜 전화를 한다고 하고서 전화하지 않았느냐고 물었을 때 그는 동전이 없었다고 했다. 힘없이 수화기를 내려놓았던 그런 날이 함께 트럭에 실렸다. 짐이 다 실려나간 빈 방을 비질한다. 먼지를 쓸어담고 기름방울들을 닦아낸다. 바퀴벌레 약을 뿌려두고 문을 잠근다.

짐을 풀지도 않았는데 빈 집으로 다시 간다. 통장과 카드를 침대맡에 올려둔 채 이사 왔다. 경비실에 맡긴 열쇠를 다시 찾아 엘리베이터를 타고 칠층으로 올라간다. 문을 따고 빈 방에 들어선다. 뿌리고 간 바퀴벌레약 냄새가 훅, 끼쳐온다. 괴괴함.

영화감독과 연극연출자 부부가 이 방 주인이다. 그들은 열평인 이 원룸아파트를 사서 바닥을 고동색 마룻장으로 바꾸고 공중에다 침대를 달았다. 침대로 가려면 사다리를 타고 가야 한다. 처음 여기로 이사 와서 잠결에 화장실에 가려고 사다리를 타고 내려오다가 발을 잘못 디뎌 넘어진 후론 여기 사는 동안 잠자기 전엔 물을 마시지 않았다. 침대맡에 통장과 카드가 얌전히 놓여 있다. 그걸 들고 다시 사다리를 내려온다. 이제 다시 이 사다리를 타고 침대로 올라갈 일은 없을 것이다. 내 살림들이 빠져나간 빈 방은 여전히 괴괴하다. 가만

히 빈 마룻장에 누워본다. 창으로 현저동 산동네가 쏟아져들
어왔다. 조금만 누워 있어본다는 것이 잠이 들었던 모양이다.
눈을 떠보니 한 시간이 지나 있다. 얼른 일어나 다시 문을 잠
그고 나온다. 엘리베이터를 타기 전에 한 번 뒤돌아봤다. 이
제 다시 이 엘리베이터를 타는 일은 없을 것이다. 행촌동 대
성아파트 나동 708호.

　정리되지 않는 이삿짐 속에서 며칠을 지내다보니 머릿속도
짐을 쌓아둔 것 같아졌다. 다른 건 조금도 비집고 들어올 틈
이 없이 오로지 아직도 덜 해결된 은행문제, 버릴 수는 없어
다 끌고 온 책들, 110볼트로 조정된 걸 220볼트에 꽂아버려
고장난 세탁기, 닦아도 닦아도 쌓여 있는 먼지들, 어지러운
책상 속, 어쩔 수 없이 어길 수밖에 없는 약속들, 어디로 갔는
지 사라져버린 메모판…… 이런 생각들만 앞서거니 뒤서거
니 꽉 차 있다. 무엇이든 다 새로 자리를 잡아주고 정리하려
면 부지런해야 하는데. 옛집에서 떠나온 지 며칠이 되도록 어
수선함 속에 대책없이 놓여 있다.

　오피스텔. 어쩌자고 이곳으로 왔을까. 주인은 이달 안으로
이사를 갔으면 했다. 나는 소설을 쓰고 있는 중이었다. 원고
마감 날짜를 세 번이나 미뤄 더는 미룰 수도 없었다. 방을 얻
으러 다녀야 할 때에 나는 책상에 앉아 있었다. 마무리를 짓
고 나니 주인이 말한 날짜에서 보름이 남아 있었다. 여기저기

알아봤으나 주인이 말한 날짜에 이사를 할 수 있는 곳은 이곳뿐이었다. 물건을 어떻게 배치해봐도 구석이 없이 트여 있다. 이렇게 앉으면 이 구석이 되고, 저렇게 앉으면 저 구석이 되었던 저번 살던 곳과는 완전 반대다. 이곳으로 이사를 하기로 결정했을 때 그나마 가장 위로가 되었던, 북한산 쪽으로 나 있는 커다란 창조차도 너무 트인 역할만 하고 있다. 사무실이 아니다. 나는 여기에서 살아야 한다.

짐구덩이 속으로 찾아온 그녀가 단순하게 중얼거렸다.

왜 이렇게 짐이 많아? 버릴 건 다 버려!

나는 멍하니 그녀의 얼굴을 바라보았다. 버리지 못한 책을 제외하고는 필요한 것밖에 없다고 생각하고 있었는데.

다 필요한 것들이야.

그녀가 나를 돌아다본다. 이게 다 왜 필요하냐는 그런 눈빛이다.

텔레비전 안 볼 수 있어? 음악 안 들을 수 있어? 책을 아무데나 꽂아놓을 순 없는 일이고.

더듬거리는 내가 안돼 보였는지 그녀가 피식, 웃는다.

그래. 다 필요한 것들이네.

그녀가 가고 나는 어수선한 이삿짐 속의 내 살림들을 둘러보았다. 아닌게 아니라 무엇이 이렇게 많은가. 달력, 탁자, 액자들…… 그저 예뻐서 사다놓은 쟁반 따위나 스탠드들, 자동응답기…… 드디어는 고장난 세탁기. 가방 하나에 야구지게 싸지는 만큼 그만큼만 갖고 살 수는 없는지.

당분간 귀가할 적마다 헤맬 것이고, 당분간 책을 읽지 못할 것이다. 달라진 건 없어. 당분간 잠에서 깨어날 때마다 좀 낯설 뿐이야. 짐구덩이에서 일어나 창 밖을 본다. 당분간일 뿐이야, 중얼거린다. 짐 속에 굴러다니는 앉은뱅이달력을 집어 책상 위에 세운다. 삼월이다. 계절은 개개인의 내면생활과는 상관없이 어김없이 왔다가 머물다가 지나간다. 나라고 제외될 수는 없다. 저 덩치 큰 냉장고를 이끌고 이사를 왔든 아니든 봄이 올 것이다. 지천에 꽃이 필 것이고 향기들은 명랑히 시시덕거리며 대기를 껴안을 것이다. 삼월이면 괜한 사람도 길을 떠나고 싶어진다는데 나는 아예 살던 곳을 옮기게 되었으니 얼마나 행복한 일이야, 피식, 웃음이 나온다.

창 밖으로 개가 한 마리 골목으로 걸어간다. 개는 곧 시야 속에서 사라진다. 시간도 저렇게 지나갈 것이다. 달라진 건 풍경일 뿐이다. 시계탑을 만들고 종을 쳐야지. 이 순간은 다시 오지 않는다.

노래를 부를 때는 왠지

툭, 탁……

몸을 세우고 벽을 향해 잠들었다가 귀가 예민해졌다.

도둑?

적막하다. 어떤 기척도 없다. 치열해지는 상상력. 내 등뒤에서 나를 바라보고 있는 눈길이 느껴진다. 날쌔게 뒤돌아보지만 눈은 무슨 눈…… 텔레비전, 어항, 탁자, 화장품 그릇들만 옹기종기 서 있다.

그래도 적막 속에서 귀를 거두지 못하는 연유는 가족들이 모두 시골에 가 빈 집에 혼자 있기 때문이다. 귀를 바짝 세우고 오래 있어도 다시 고요하고 고요하다. 부엌에서 냉장고 돌아가는 소리가 이명처럼 잡힐 뿐.

누구…… 누구세요?

분명히 담을 뛰어넘는 듯한 소리를 들었는데, 조용하다. 지난 이틀 동안 빈 집에 일부러 남아, 졸리면 자고, 배고프면 먹었다. 전화 받다가 책을 읽다가 음악을 듣다가 다시 잤다. 이 혼곤한 게으름 속에 이런 위기의식의 적막이 끼어들 즐은 몰랐다. 타의가 완전히 배제된 시간 속에서 나는 마음껏 게으름을 부리며 느긋했는데.

누구세요? 누구세요?

영 기척이 없으니 한편으론 자신이 생겨 누구세요, 를 네 번이나 한다. 풀기 서린 내 목소리가 빈 집을 울린다…… 누구세요?

그래도 아무 소리가 없으니 자신이 생겨 몸을 일으키고 방안을 둘러본다. 형광등이 켜져 있고 문고리는 단단히 잠겨 있다. 괜히 큼큼, 소리를 내본다. 무반응. 싱거워라. 텔레비전을 켜본다.

뚜—

이미 모든 프로그램은 끝이 났는지 화면엔 푸르그 흰 나선만 어지럽다. 라디오를 켜본다. 라디오도 뚜— 카세트데크를 열고 테이프를 꽂고 플레이를 눌러놓는다. 할 수 있는껏 방안을 시끄럽게 해놓고 나서야 두려움이 조금 갠다. 근데 아까 툭탁 소리의 정체는 뭐지? 아직껏 남아 있는 두려움을 이끌고 창문 쪽으로 다가가본다. 그 소리의 정체가 무엇이었는지 확인하지 않고는 편안히 잠들기는 틀렸으므로.

밖은 어두워 아무것도 보이지 않는다.

내 기척에 놀라 창문에 몸을 붙이고 서 있던 나방이가 날개를 접고 천장으로 사라진다. 나는 창문을 두들기며 바깥을 향해 누구 있어요? 얼른 소리치고는 귀를 기울인다. 조용하다. 나는 망설이다가 에라, 하는 심정으로 거실의 불을 켜고, 괜히 슬리퍼 끄는 소리를 차락차락 내며 현관문을 따고 마당을 내다본다. 담벼락조차 깊은 잠에 빠져 있다.

무슨 소리였지?

불까지 켜고 다시 마당을 살펴보던 내 시선이 감나무 밑에서 멈췄다. 풋, 웃음보가 터진다. 조카 주먹보다 작은 감이 감나무 밑에 떨어진 채 납작해져 있다. 감 떨어지는 소리에 화들짝 놀라 소스라치다니. 아주 안심한 나는 마당으로 나가떨어진 감을 주웠다. 한쪽만 주홍색으로 물든 감은 꼭지가 작아 제 무게를 견디기가 힘들었나보다. 나는 주워온 감을 책상 위에 얹어놓고 잠시 의기소침해진다. 이깟것에 겁을 먹고 팬터마임을 벌이다니.

한번 깬 잠이 다시 오지 않는다.

저만큼 밀쳐져 있는 프랑시스 잠의 시집 한 페이지가 위로 말린 채 구겨져 있다. 읽다가 팽개치고 잠들었었나보다. 말린 페이지를 편편히 펴다가 우연히 서문을 읽는다.

……주여, 당신은 사람들 가운데로 나를 부르셨습니다. 자, 내가 여기 있나이다. 나는 괴로워하고 사랑하나이다. 나는 당신이 주신 목소리로 말했고, 당신이 우리 어머니 아버지에게 가르쳐주신, 또 그들이 내게 전해주신 말로 글을 썼습니다. 나는 지금 장난꾸러기들의 조롱을 받으며 고개를 숙이는 무거운 짐을 진 당나귀처럼 길을 가고 있나이다. 당신이 원하시는 때에 당신이 원하시는 곳으로 나는 가겠나이다. 삼종의 종소리가 웁니다……

괜히 읽었다. 마치 내가 무거운 짐 지고 가파른 길을 끄덕끄덕 올라가고 있는 잠의 당나귀처럼 한순간 괴롭고 고단하다. 천진스런 프랑시스 잠. 그는 정말 당나귀를 끌고 천국까지 갈 수 있을 것이다.

잠시 멍해 있는데 테이프의 노래가 돈코사크 합창단의 볼가 강의 뱃노래로 바뀐다. 남자들의 웅장한 목소리. 웅장함에 비애가 실린 목소리.

내게 이 노래를 처음 듣게 해준 그는 말했었다.

화물을 싣고 볼가 강 하류에서 상류로 출발하는 배의 노를 저어가며 노예들이 합창하는 거예요. 노예들, 이라는 갈이 내 가슴에 남았다. 뱃노래라는 번역은 노래의 분위기로 보아 맞지 않아요. 정확히 하자면 배 끄는 노래가 되어야 할 겁니다.

배 끄는 노래? 다음날로 나는 이 테이프를 샀다. 그가 말한 대로 나는 테이프에 써 있는 뱃노래의 앞 자인 뱃, 을 지우고 배 끄는, 이라고 적어넣었다. 그로 인해 내게 볼가 강의 뱃노래는 볼가 강의 배 끄는 노래, 가 되었다.

볼가 강의 배 끄는 노래를 들으며 나는 돈코사크 합창단에 이끌렸다. 그들의 목소리가 나를 사로잡았다. 나는 다음날부터 음악서적들을 뒤져가며 돈코사크 합창단에 대한 이야기를 찾아내기 시작했다. 세르게이 쟈로프라는 이름을 만났다. 우람한 체구를 가진 코사크인들. 그들은 노래부르기를 좋아했다. 코사크인은 노래를 부르고 있는 한 죽지 않고 살아 있다, 라는 속담이 생길 정도로. 세르게이 쟈로프는 코사크인답지 않게 연약한 체구였다. 그래서 그는 주변으로부터 조롱을 받으며 성장했다. 왜소한 아들이 염려된 재목상인이었던 그의 아버지는 쟈로프에게 상업 공부를 시켰다. 체구는 왜소했으나 어느 코사크인들보다 노래를 좋아하고 목소리가 아름다운 쟈로프는 아버지의 명을 어기고 그리스 사교학교(司敎學校)에 들어가 합창음악교육을 받았다. 다시 돌아와서 상트페테르부르크의 황실합창학교에서 합창 지휘자 훈련을 받았다. 그가 군에 입대했을 때 러시아엔 사회주의 혁명으로 소비에트 정권이 수립되었다. 레닌이 주도하는 혁명군과 이에 대항하는 제정 러시아군의 치열한 싸움이 시작되었다. 혁명군의 공격은 날이 갈수록 맹렬해졌다. 전세가 점점 가늘 길 없이 악화되자 정부군은 후퇴하기 시작한다.

계속되는 패주의 어느 밤. 모닥불 둘레에 모여앉은 장병들 중에서 목청 좋은 장병들을 모아 합창단을 만든다. 지휘자로 오 척 단구의 쟈로프 중위가 선출되었다. 그들은 패주에 패주를 거듭하면서 러시아 민요를 합창했다. 투박하고 거친 흙냄새를 풍기는 러시아 민요는 패자의 처절한 심정을 달래주는 유일한 것이었다. 패전 후, 사십여 명의 합창단은 망명군과 함께 유럽으로 빠져나간다. 그들은 때와 땀으로 절은 남루하기 그지없는 군복에 구멍난 군화를 신고 세계를 떠돌아다니며 노래 부른다.

돈코사크 합창단의 탄생 경위를 알아가며 나는 문득 깨달았다. 그들의 목소리가 왜 그렇게 나를 이끌었는지를. 그들의 목소리 속엔 고향을 잃어버린 사람들의 아픔이 절절히 스며들어 있었던 것이다. 망향의 슬픔을 공유한 그들이라 그토록 절묘하게 목소리의 앙상블을 이룰 수 있었던 것이다.

감 떨어지는 소리에 잠이 깨어, 나는 남프랑스의 한 시인과, 돈코사크 합창단에 오랫동안 붙들려 있다.

몇시나 되었을까.

시계는 마루벽에 걸려 있다.

문을 열고 나갈 엄이 나질 않는다. 손을 뻗어 수화기를 들고 116을 누른다. 다음 시각은 두시 사십구분 구초, 두시 사십구분 구초입니다. 밤이 새도록 그리고 또 다음 밤이 새도록 수화기 속의 여자는 다음 시각은, 다음 시각은을 말할 것이다.

이불을 젖히고 일어나 앉는다.

머리를 흔들어본다.

방문을 열고 나와 주방으로 간다. 냉장고에서 물병을 꺼내 보리차 끓인 찬물에 찬밥을 말아 후루룩 먹는다. 사과도 깎아 한 개를 다 먹는다. 뜬금없이 그저께 내일 줄게요, 하고 과일가게 아줌마한테 꾼 돈 만원이 생각난다. 까마득히 잊어버리고 있었다. 그래서 아침에 우유를 사러 나갔을 때 그 아줌마가 무슨 할말이 있는 듯한 눈빛으로 나를 보았었구나.

다시 뜬금없이 조카가 신신당부하고 간 강아지 생각이 난다. 세상에 나 좀 봐. 빈 집을 지키는 사흘 동안 강아지 밥을 단 한 번도 챙기지 않았다. 물을 말아먹던 밥을 들고 대문 옆의 개집으로 나가본다. 순하게 엎드려 있다. 혹시 배고파 죽은 건 아닌지…… 조급해져 흔들어본다. 강아지는 귀찮다는 듯 끙끙거리면서도 꼬리를 흔든다. 개밥그릇에 밥을 부어주니 어지간히 배가 고프기는 고팠었는지 졸면서도 입맛을 다신다. 청소도 단 한 번도 안 했지. 냉장고 옆의 진공청소기의 코드를 꽂는다. 윙— 큰방 작은방 진공청소기를 끌고 다니며 청소를 한다. 윙—

다시 적막 속에 앉아 있다.

고요를 신부 삼아 추억들에게 고해성사를 한다.

중학교 삼학년 때 짝이었던 명실아, 미안하다. 난 네가 괜히 만만했지. 학기 초에는 강명실이었는데, 나중에 너는 최명실이 되었어. 나는 네 몸에서 만두 냄새가 난다고 투덜거렸어.

밤기차를 타고 정읍역에 새벽에 내린 적이 있었다. 집으로 가는 버스가 아직 다니지 않는 그 겨울 신새벽. 나는 역 앞의 목욕탕엘 갔다가 몇 년 만에 명실을 만났다.

너의 분홍빛 몸…… 너의 귀여운 복숭아뼈…… 우리는 아이들이 되어 마치 목욕탕이 이어도나 되는 것처럼 활발하게 아무도 없는 목욕탕 안에서 아름다운 분탕질을 쳤지. 꿈이었나? 너는 수녀가 되어 있었어. 뭐? 목욕탕 안엔 하느님이 없을 거라고. 만두 냄새 나던 소녀가 정결한 수녀가 되어 있었어.

수녀님과 잠깐 함께 걷던 눈 쌓인 역 앞 길…… 어이가 없어 입이 대자로 튀어나온 나에게 네가 묻던 말…… 왜 내게 화를 내? 나는 너를 거리에 세워두고 도망치듯 와버렸어. 이 바람결 같은 인연 속에서 우리가 다시 만날 수가 있을까. 다시 만난다면 이렇게 말해줄 텐데…… 나, 그때 화난 게 아니야, 어떻게 수녀가 될 수 있었는지 깜짝 놀라서 그랬어.

내게 명실이의 사진이 남아 있을까? 선반 위에서 사진이 빼곡히 쌓여 있는 상자를 꺼낸다. 이 사진들을 언제 다 찍었는가. 작은아버지는 사진 한 번 찍을 때마다 그만큼씩 영혼이 사라진다고 겁을 줬었지. 그래, 내 영혼은 이만큼 달아났다. 너를 찾겠다고 사진을 보기 시작한 걸 나는 잊어버리고, 너에게로 가기까지 수많은 해찰을 한다. 이상하지. 지난 사진들을 아무리 뒤져봐야 마음놓고 환했던 때를 만날 수가 없어.

아, 너 여기 있구나. 너는 단발머리의 모습으로 나를 업고 잔디밭에 서 있다. 나는 하얀 체육복 차림이고 너는 모자를 썼다. 우리는 모두 이 왕솔밭으로 소풍을 갔었지. 이 사진 속에 나오지는 않지만 솜사탕을 파는 아저씨가 자전거를 받쳐놓고 부지런히 설탕으로 하얀 솜사탕을 만들어내고 있었겠지. 무료해진 동무들은 솔밭 어느 무덤 뒤로 가서 낮잠을 자고 있겠지. 그리운 명실.

뜻밖에 발견되는 사진 한 장. 어, 아직 여기 남아 있었네요? 어떻게 지내는지. 한번은 거리에서 당신을 보았죠. 어떤 여자와 소곤거리며 나를 스쳐가더군요. 뒷모습이 내 시야에서 사라질 때까지 멀거니 처다봤었어요.

텔레비전을 끈다. 볼가 강의 배 끄는 노래도 끈다. 노래책을 펼치고서 반듯이 눕는다.

너는 내 곁에 숨소리 가까이…… 너는 내 곁에 아주 오래 전부터 곁에서 잠자듯…… 아주 멀리서부터 나를 따라와서 아주 먼 옛날부터 너는 내 곁에…… 해와 달 천천히 돌아서

가고 음악 소리 천천히 흐르는……

희망 없는 사랑을 해본 사람. 사랑은 정상이 아니에요. 오죽하면 사랑에 빠진다고 했겠어요. 어느 날 정상이 되고 보면 내가 갑자기 당신에게 아무것도 아닌 그냥 여자. 당신도 갑자기 아무것도 아닌 그냥 남자. 그런데도 천국과 지옥이 동시에 왔다가 가고, 깊은 무덤이 되고, 노래가 되고.

그가 숲속에 있을 땐 그는 나무 한 그루…… 그가 굴가에 앉으면 그는 작은 돌 하나…… 그가 산길을 걸으면 나비처럼 가볍게…… 그가 노래를 부르면 흐르는 강물 소리…… 그는 항상 자유로워…… 그는 언제나 멀리 있지만 그는 벌써 내 그림자……

노래를 부를 때는 왠지 세상에 유일한 게 있다고 믿어지지요. 노래를 부를 때는 왠지 무덤까지 당신 기억을 가지고 갈 수 있을 것만 같지요. 그래, 감 떨어지는 소리에 놀라 잠이 깬 내가 노래를 부릅니다. 어둠 속에서, 더욱 어둔 곳으로…… 안개 속에서 더욱 깊은 곳으로…… 숨결 고르게 숨결 고르게…… 마음은 물처럼 마음은 물처럼.

실컷 흠모할 분이 계시니

서울을 떠나올 때 갑자기 비가 사나웠습니다.

집 나올 때 급히 머리를 감고서, 네시 오분에 있다는 기차시간을 놓칠세라 선풍기 바람으로 말린 제 머리는, 금방 다시 빗방울에 축축이 젖었습니다. 빈 택시 몇 대가 제게 물창을 튀기며 그냥 지나가서 머리만이 아니라 옷까지 다 젖었을 때는 택시 잡는 걸 그만두고 집으로 도로 들어가버릴까도 했지요.

여기는 제가 태어난 시골집이고 얼마 전에 새벽 세시를 알리는 괘종 소리가 건넌방에서 들렸어요. 건넌방은 안방이고 그 방에서 들려오는 건 시계 소리만이 아닙니다. 주무시면서도 어머니와 아버지는 앓으십니다. 오랜 지병에 관절퇴화증까지 보태게 된 아버지는 주무시면서도 으으, 하십니다. 그

곁의 어머니는 십이지장궤양이고 심장이 약하십니다. 무슨 말을 못 합니다. 조금만 성이 나시면 가슴이 쿵쾅거린다 하시고, 주무시다가도 깜짝 놀라 일어나 앉으셨다 다시 눕기를 반복하십니다. 그 기척에 안방 쪽으로 귀 기울이게 되는 게 벌써 예닐곱 번이 넘어섭니다.

안방의 기척에 귀 기울이며 서울, 서울을 생각합니다.

여기에 내려오게 되어 지키지 못할 몇 가지 약속들이 메모지에 적힌 채 제 빈 방 안 메모판에 매달려 있겠지요. 신경쓰시면 그대로 자리에 눕는 어머니만 아니라면 제가 예정에도 없이 이 집에 와 있지는 않을 테니 대략 지켜졌을 약속들입니다. 오전에 어머니께 안부전화를 드렸다가 제가 어머니 신경을 되게 건드렸습니다. 제 어머니께서 제게 가장 잘 하시는 말씀은 다른 집 딸들은 다 에미 편인데 너는 에미한테 차갑기가 살쐐기 같다는 말씀이랍니다. 사실은 어머니 딸인 제게 못된 성미가 있고, 그 기를 마음놓고 부릴 사람이 세상에 없어 가장 가까운 당신께 그러는 건데, 마음놓고 비빌 언덕이 당신이라 그러는 건데. 아시겠지요. 다 아실 겁니다. 전화통화하다가 제가 어머니 허한 속에 불을 질렀고, 참다 못한 어머니께서 너는 나빠, 하시면서 전화를 끊으셨고, 제가 다시 전화해 엄마도 나빠, 하면서 수화기를 내려놓았죠. 그리곤 곧 후회가 되어 다시 전화를 걸었는데 방에 계실 텐데도 전화를 안 받으시는 거예요. 십 분 후에도 이십 분 후에도 사십 분 후에도.

그래서 결국은 가방에 책 몇 권 넣고 어머니 곁에서 입을 헐렁한 옷 한 벌 챙기고 나선 길입니다. 빗속에서 택시 잡는 시간이 길어져 네시 오분 차는 못 타고 다섯시 오분 기차를 타고 왔습니다. 기차를 기다리는 동안 서울역 서점에서 서성거렸어요. 그 서점을 나올 땐 선생님 특집이 실린 작가세계 가을호가 옆구리에 끼여 있었습니다. 기차 안에서 내내 원주 집 마당에서 고추를 담고 계시는 선생님을, 박완서 선생님이랑 함께 스웨터 차림으로 서 계시는 선생님을, 젊었을 적 민소매 옷을 입으시고 흰 의자에 가만히 앉아 계시는 선생님을, 보고 또 봤습니다. 평론가 류보선씨는 선생님의 토지가 끝난다 하니까 제일 먼저 든 생각이, 이제 고희를 넘기신 선생님께서 생애를 걸듯 매달렸던 필생의 작업을 끝내고 또다시 무엇을 시작할 수 있을까, 였다면서, 그는 그 근심을 이렇게 이겨내고 있었습니다.

"박경리에게서 문학이 없는 삶은 생각하기 힘든 것이다. 바로 한국전쟁이다. 토지가 일제시대의 상황을 다루고 있으니, 한국 근대사의 또하나의 중요한 분기점인 한국전쟁은 자연스레 이어질 수도 있으리라. 박경리의 연보에 토지 이후의 목록이 덧붙여지기를, 그리고 한국 소설사에 그 작품이 언급되기를 바라는 마음은 한국 소설의 발전을 기대하는 사람 모두의 것이리라. 그만큼 토지가 서 있는 자리는 높고 그곳까지 올라섰기에 한 걸음 더 올라서기를 바라는 마음은 간절한 것이다."

그의 글에 동감하면서 한편으로 저는 이런 생각도 같이 했어요. 이젠 선생님, 지금까지처럼 말고 그냥 편안하고 넉넉하게 잉크병은 이제 그만 물리시고, 그냥 보통 사람들처럼, 혼자 계시지 말고 여럿이서 같이 시끄럽게 그렇게 사셨으면. 선생님께서 인내하신 철저한 고독이 토지를 낳았지만, 잉크병을 곁에 두시는 한 그 고독은 더 지독해지실 거라는 걸 짐작하겠기에.

선생님.

선생님께서 토지를 쓰시기 시작하던 해가 1969년이었다고 들었습니다.

제가 1963년생, 그러니까 제 나이 여섯 살 때인가 봅니다. 여섯 살, 저는 우리말의 기역 니은도 모르던 때입니다. 소녀도 못 되고 아이였던 제가 자라 토지를 읽었던 시간들은 제게 심미적 체험의 시간으로 남아 있습니다. 한 문장 한 문장을 읽을 적마다 그대로 그 상황이 머릿속에서 실제처럼 떠오르며 등장인물들의 감정이 고스란히 제게로 흘러들어오곤 했습니다. 선생님께서 귀녀가 최치수의 방에 등을 밝히고 나와 품속의 면경을 꺼내어 얼굴을 비춰본다고 쓰시면, 등을 밝히는 여자, 품속의 면경 등이 얼른 그려졌고, 어린 서희가 조준구를 향해 찢어죽일 테야, 말려죽일 테야, 하고 분을 품을 적엔 제 마음에도 분이 담기는 것 같았으며, 용이를 기다리는 월선이 나루터에서 왔다갔다하면 그 마음이 짚어지고도 남아 눈시울이 붉어지곤 했어요. 선생님께서 그려낸 평사리 사람들이 끌어안고 사는 삶 속엔 온 인생이 다 있는 것 같았습니다. 한 사람의 성격을 설정하면 그 사람으로 하여 그 성격으로 할 수 있는 온갖 일을 설득력 있게 다 시키시는 통에 악인도 이해를 했고, 비정함도 이해를 했으며, 어쩔 수 없는 운명의 어긋남이 정체불명의 힘으로 삶 속에 자리잡고 있음도 감지했습니다. 작가가 되기를 그저 꿈으로만 간직하고 있던 때, 토지 속의 그들은 한 사람도 그냥 지나가지 않고 제 마음속에 속속 배어들며 별이 되었지요.

그리고 지난 늦봄과 여름.

이젠 저 또한 작가가 되어 토지를 다시 정독하게 되었습니다. 토지를 음악극으로 만드는 데 어떻게 제가 대본을 쓰게 되는 일로 엮여 유월에 원주에서 선생님을 처음 뵈었지요. 저는 그만 말문이 막혀 저만큼 앉아 계시는 선생님을 바라만 봤습니다. 그때 선생님께서 동학 접주 김개남에 대해 말씀하셨죠. 저한테뿐 아니라 후배들이 오면 선생님은 김개남에 대한 이야기를 많이 하시는 것 같았어요. 누가 좀 김개남에 대해 자세히 써주었으면 좋겠다고, 그는 종교적이기보다는 혁명적인 냄새가 강하게 풍기는 중요한 인물이라고, 전봉준은 서울로 끌려왔으나 김개남은 서울로 이송도 안 되고 전주어서 효수당했는데 그건 전봉준보다 김개남이 더 강한 위험인물이어서였다 하시면서 혁명가로서의 김개남을 러시아의 네차예프와 비교해가며 말씀하시다가 그저 가만히 앉아 있는 저를 향해 "니가 좀 김개남에 대해 써보려나?" 하셔서 제 가슴을 덜컥 내려앉게 하셨어요.

그날,

다른 일행보다 먼저 내실에서 나와 개와 고양이가 기척을 내는 선생님 마당을 서성이다가 고추밭으로 가는 길목에서 그때까지 열려 있는 딸기를 손바닥으로 가득 따서 씻지도 않고 먹었어요. 선생님 밭에서 딸기를 따먹을 때 제가 몹시 야성적으로 느껴져서 피식 웃었더랬습니다. 제가 야성적이 아니라 딸기, 아무렇게나 열려 있었던 그 딸기가 야성적이었겠죠. 단물이 어찌나 쏙쏙 나오던지 제 손바닥과 혀가 빨갛게 물들었죠. 딸기를 따느라 엎드렸을 때, 제 블라우스가 위로 한참 딸려올라가 드러난 제 맨등에 쏟아지던 햇살의 감촉도 고스란히 되살아납니다. 따사롭고 평화로웠어요 그냥 거기 선생님 집 어느 뒷방에 내 책상이나 하나 옮겨놓고 발짝 소리 조용조용 내며 선생님 시중이나 들며 살았으면, 하는 생각도 했었습니다.

선생님, 대문까지 따라 나오시며 같이 갔던 선배에게 까마득한 후배인 저를 부탁하시던 말씀도 기억납니다. "신경숙씨 바른길로 가게 옆에서 도와줘요. 본인이 안 가려고 해도 끌고 가요."

글을 쓰던 손을 놓고 화장실에 다녀왔습니다.

무심히 올려다본 하늘에 총총히 뜬 별들이 밀가루를 뿌려놓은 듯했습니다. 우두커니 마당에 서서 한참 그 별자리들을 헤매다니는 제 뺨에 팔에 목에 서늘한 기운이 내려앉았습니다. 가을인가, 문득 팔에 소름이 돋았습니다. 이제, 거리에서 마주친다 해도 제가 그분을 알아볼 수 있을지조차 의문이지만 별 속에서 소름처럼 돋아나는 그리운 얼굴. 하늘에 대한 이야기, 특히나 안드로메다, 전갈, 카시오페이아…… 밤하늘의 별자리들에 대한 이야기를 저는 그분, 국민학교 사학년 때 담임이었던 여선생님께 처음 들었어요. 슬프고 아름답고…… 나중엔 전설을 들려주시는 그분이 별같이 빛나 보여 무척 따르며 흠모했습니다. 지금껏 학교 다니는 동안 제가 공부를 가장 열심히 했던 때가 그때예요. 그분이 너무 좋아서 저절로 그렇게 됐어요. 학년이 갈릴 때 몹시 울었던 생각도 납니다. 그토록 그분을 사모했는데 이상하지요. 어느 순간, 그분을 볼 수조차 없었으니.

선생님.

글을 이어 쓰는 곳은 이제 서울입니다.

다시 서울에 와서 시골을 생각합니다. 젖꼭지는 여덟 개뿐
인데 새끼는 열두 마리를 낳아서 결국은 제 자식 네 마리를
잃어버린 검둥이가 밤새 신경질을 부리던 헛간 풍경을 생각
하고, 자장이며 멸치조림이며 참기름을 담아주시던 어머니의
늙고 피로한 얼굴을 생각하고, 쑤시는 다리를 이끌고 저를 오
토바이 뒤에 태워 역에 데려다주시던 아버지를 생각합니다.
어쩌지를 못하고 그분들의 연로를 그냥 생각만 합니다. 산 너
머에서 태어나 산 너머에 있는 마을로 출가해오셔 자식 여섯
을 낳아 서울로 보내고 그들의 뒷바라지로 평생을 보내신 어
머니의 삶을 생각합니다. 저는 어머니처럼 살지 않을 테지만,
이미 다르게 살고 있지만, 어머니의 삶을 온전히 달 수만 있
다면 세상의 일은 다 배운 거나 다름아닐까, 하는 생각도 해
봅니다. 지금껏 다들 허둥지둥거리다 이제 저희들이 어떻게
어떻게 살아가게 되자 반면 매사에 생기를 잃어버리신 어머
니는 그러십니다. "낳아줬으니 묻어주겠지. 그러면 됐지."

선생님.

지난 유월 그렇게 원주에 다녀와서 여름 동안 오래 의자에
만 앉아 있었답니다. 선생님께선 장르가 달라지는 작업이니
제 마음대로 하라, 하셨지만 다시 정독한 토지 앞에서 제 마

음이 따로 생기질 않았습니다. 토지가 파종한 그 수많은 인물들의 심화된 한, 우리의 전통문화, 평사리를 떠난 용정, 그리고 다시 회귀, 동학과 항일운동, 전후좌우에서 살핀 민족주의, 생명사상…… 선생님이 만드신 산이며, 강, 운명, 삶을 향한 연민 속에서는 그냥 지나가는 등짐장수까지 그대로 주인공이 돼버리곤 했으니…… 그 너비와 깊이 앞에서 제가 어떻게 따로 제 생각을 가질 수가 있었겠어요. 이미 선생님께서 이렇게 들여다보고 저렇게 들여다보는 일을 다 해버리셨는데요. 저는 그만 병이 나서 윤씨 부인의 가슴에 얹어졌던 맷돌이 제 가슴에도 얹어진 것처럼 폭폭했습니다. 결국, 다른 장으로는 넘어가지도 못하고 1부를 요약하는 식으로 대본을 넘기면서 창피스럽다 못해 서럽기까지 했습니다.

선생님.

이문재씨는 시사저널에 토지의 대미를 이루던 일 주일 동안의 선생님 일상을 이렇게 써놓고 있습니다.

새벽 두시에 일어나 원고지 앞에 앉고, 소설이 잘 나가지 않을 때면 무심하게 원고지를 바라보다가 가만히 펜촉을 원고지에 대본다. 그러면 문장이 이어진다. 그래도 막힐 때면 부엌으로 가 그릇들을 닦거나, 텃밭에서 따온 고추를 다듬거나 했다……

이 무심으로 오는 길목에 작가로서의 선생님의 고통, 생활인으로서의 선생님의 고통이 다 담겨 있겠지요. 죽음의 허두까지 통과한 뒤의 무심이기에 선생님의 무심은 그렇게 투명하겠지요. 선생님의 무심 속에선 삶이 주는 고통과 올바르게 대결한 분만이 갖는 맑음이 느껴집니다. 미천한 생물과 풀벌레에도 삶과 생명이 있다는 선생님의 말씀이 간절하고 아프게 들리는 연유도 다른 분이 아닌 선생님이 하시는 말씀이기에, 절대 고독과 죽음의 심연을 거쳐 나온 말씀이기에, 그럴 테지요.

선생님.

누구도 어쩌지 못할 외로움이 스칩니다. 하루 더 묵고 가라는데 기어이 돌아와버린 어머니 앞에서의 제 냉정이 되짚어집니다. 이렇듯 길러주셨는데 손님밖에 될 수 없는 슬픔.

언제나 부모님이 계시는 정읍으로 가는 기차를 탈 때는 거기 가서 좀 오래 있어야지 한답니다. 그러나 곧 이렇게 돌아오고 말지요. 언제부턴가 부모님이 계신 그곳이 불편하고 혼자 있는 이곳이 편합니다. 다시 돌아오면 또 그곳을 생각하지만 찾아가면 불편한 마음의 이중이 왜 생겼는지 저도 모르겠습니다. 아예 아무 연고도 없는 타지에 가 있으면 차라리 마음은 편하지요. 다음날 다시 돌아와야 해도 틈만 나면 밤기차를 타고 내려가던 곳이었는데, 세상에서 유일하게 집을 느끼던 곳이었는데, 왜 지금은 그곳에 내려가면 방문객처럼 서성이다가 서둘러 돌아오게 되는지…… 이야기가 자꾸만 다른 곳으로 흘러갑니다.

글을 쓰는 동안 문득문득 까마득한 후배로서 행복을 느꼈습니다. 바라다볼 삶이 기록으로가 아니라 체취로 바로 옆에 있다는 것, 실컷 존경하고 실컷 흠모할 분이 함께 숨쉬며 같은 시대를 살고 계시다는 것, 그것만으로도 저는 생기롭습니다. 작가는 철저한 고독 속에 놓여야 하고, 그걸 두려워해서는 안 된다는 말씀을 언제까지라도 제가 잊지 않기를 저 자신에게 소망해보며, 선생님 건강을 빕니다.

사로잡혀서 生의 바닥까지 내려가기

밤 열한시.

창을 닫으려다가 그대로 잠시 가만 서 있다. 하늘에 달이, 노란 달이, 둥글게 솟아 있다. 달빛 아래 야산이 고요하다. 고요하지만 저 야산 속의 섧은 진달래는 불타고 있으리라. 처음에 진달래는 야산의 아래쪽에서 가만히 피었다. 그 옆에 또, 또, 또…… 피며 위로 위로 붉게 번졌다. 이제 야산은 진달래로 뒤덮였다. 오전에 방바닥을 걸레질하다가, 오후에 책장을 넘기다가, 저물녘에 수화기를 들려다가, 나는 내 눈 속으로 차오르는 그 선연한 빛깔에 흠칫 놀라곤 했다. 진달래는 그저 문득, 생각난 듯이 피어 있는데, 그 꽃자리를 느낄 적마다 내 가슴은 왜 쩡, 소리를 내는지. 그때마다 걸레를 밀어놓고 책장을 덮고 수화기를 내려놓았다. 왜 그 철렁함 속으로 야릇한 쓰라림이 휘익, 번지는지.

　바람의 넋 속의 그 여자 이름은 최은수였다. 살결이 맑고 눈이 커서 선량해 보인달 뿐 눈에 띄는 특징 없이 수수하고 평범한 인상의 그 여자가 집 안에 라디오를 틀어놓은 채 집을 나가 돌아오지 않았을 때 그의 남편 세중이 낸 실종서에, 최은수, 여, 당 이십팔 세, 신장 백오십팔 센티가량, 쇼트커트한 머리형에 마른 체격. 얼굴색은 창백한 편이며 왼쪽 귀 뒤쪽에 녹두알 크기의 사마귀가 있음, 으로 기록되었다. 먼 데서 누가 부르기라도 한 듯이 육 개월 만에, 서너 달 만에, 겨울을 넘기고 봄이 올 무렵이나, 여름으로 접어들 무렵에, 꽃구슬이 달린 슬리퍼를 얌전히 벗어놓고 기억의 맨 밑바닥을 향해 휘적 걸어가던 여자. 어디에 갔었냐? 물으면, 그저 여기저기를요, 라고 대답하던 여자. 이층으로 오르는 어둑신하고 가파른 나무계단과 하얗게 햇빛이 쏟아지는 마당에 나뒹굴고 있던 두 짝의 검정 고무신이 놓여 있던 최초의 기억으로 향한 그 여자의 회귀는 처절했다. 전쟁중. 태어나면서부터 둘이서만 노는 데 익숙해진 어린 쌍둥이 여자아이들. 부모가 아닌 그 누구도 두 아이를 구별할 수 없이 똑같은 두 여자아이가 있다. 똑같이 신고 있던 검정 고무신을 벗어 잡은 개미를 넣으며 놀고 있다. 그 한낮의 정적 속으로 낯선 사내들이 곡괭이

322

와 쇠지렛대를 들고 침입했을 때 한 아이는 고무신을 벗어둔
채 엄마를 부르며 마루로 뛰어간다. 다른 한 아이는 본능적인
공포로 마당 귀퉁이 변소로 뛰어들어가 문을 잠그고서 변소
문의 성긴 판자쪽 틈으로 바깥을 내다본다. 사내들이 신을 신
은 채 성큼성큼 마루로 올라가는 게 보인다. 그들이 방금 왕
개미를 잡으며 함께 있다가 엄마를 부르며 방으로 뛰어들어
갔던 자신과 똑같이 생긴 아이와 엄마를 향해 내리찍는 곡괭
이를 보고야 만다.

　변소에서 나왔을 때 사방은 조용했다. 피비린내 속으로 햇
살이 가득하고 왕개미마저 죽은 듯한 정적 속에 엄마어 게로
도망쳤던 자신과 똑같이 생긴 아이가 벗어놓은 두 짝의 검정
고무신만이 덩그러니 놓여 있을 뿐이었다. 아이는 그 비경 같
은 햇살 속에서 피비린내를 맡으며 검정 고무신을 향해 간신
히 어디 있니? 어서 나와, 동생의 이름을 불러본다. 살아남았
지만 그 여자의 반쪽 넋은 그때 이미 바람 속으로 섞이었다.
피비린내 속에 혼자 남은 다섯 살짜리 아이는 폭격으로 무너
지고 사람의 자취 하나 얼씬대지 않는 거리를 넘어지고 발이
부르트며 일 년 전에 엄마 손을 잡고 한 번 가본 적이 있는 시
의 끝에 있는 집을 찾아간다. 그 집의 여자는 알아볼 수 없이
무너진 거리, 전쟁의 포격으로 인적 하나 없이 텅 비고 죽어
버린 거리를 혼자 타박타박 걸어 걸어온 아이의, 피가 더께로

엉긴 무릎과 부르터서 물집 잡힌 작은 발에 약을 발라주며 여기 어떻게 찾아왔느냐고, 엄마는 어디에 있느냐고 물어보나 아이는 간혹 흐느낌을 잦히며 배가 고파, 라고 말할 뿐이다.

최은수.

바람의 넋에 매인 여자. 그 여자의 아들이 금시 울음이 터질 듯한 얼굴로 묻는다. 왜 바람이 불지? 그 여자, 역시 울음이 터질 듯한 얼굴로 어린 아들에게 대답한다. 바람은 그리워하는 마음들이 서로 부르며 손짓하는 것이란다.

누구도 그날에 대한 이야기를 해주지 않으므로 자기 자신의 넋의 반이 왜 바람에 섞이었는지 알지 못한 채, 그저 여기는 내 집이 아니라는 생각으로 홀린 듯이 대문을 나서 황폐하게 떠돌아다니는 여자.

어린 그녀를 받아 기른 어머니는 그 여자의 가출을 더는 어찌 해볼 수 없었을 때에야, 남편 세중조차 그녀를 포기하고 났을 때에야 그해에 있었던 이야기를 말해준다.

그해, 그 지독한 전쟁의 시가전이 끝나고 나서야 아이를 데리고 찾아가 목격했던 그 목조 이층집의 정경. 부엌 앞에 쓰러진 여자와 다락 층계에 엎어진 남자, 마루에 엎드려 있는 여자아이의, 이미 얼굴을 찾아볼 수 없이 부패한 시체에 대해. 말할 것도 없이 부엌 앞에 쓰러져 있는 여자는 그 여자의 어머니이고 다락 층계에 엎어져 있던 남자는 아버지, 그리

그…… 그리고 마루에 엎드려 있는 여자아이는 쌍둥이 동생
이다.

　그 참혹한 목조 이층집에서 혼자 살아남아 타박타박 황폐
한 거리를 걸어 걸어 찾아온 그 여자를 기른 어머니는, 네 손
을 이끌고 그 집을 찾아갔을 때 너는 햇볕 가득한 마당에 부
옇게 먼지를 쓰고 나뒹구는 두 짝의 검정 고무신만을 멀거니
바라볼 뿐 절대로 안으로 들어가려 하지 않았다, 고 말해준
다. 누가 그런 끔찍한 짓을 했는지. 집 안에서 무슨 일이 벌어
졌었는지, 어떻게 해서 어린 너 혼자 살아남아 우리집까지 그
먼 길을 걸어왔는지, 누가 데려다주었는지, 종내 나는 알 길
이 없었지만 너는 아무것도 기억하지 못했고 그후로도 그 일
에 대해 아무런 설명도 하지 못했다…… 너를 맡아 기르며
네가 그날 집에서 있었던 일을 비롯해서 네 부모, 늘 붙어 있
던 쌍둥이 짝, 집의 기억을 완전히 잊은 것을 나는 얼마나 다
행스럽게 생각했는지 모른다. 온전히 내 자식으로 만들고자
하는 욕심 탓만은 아니었다. 그 끔찍한 장면을 보았다는 업
(業)을 지니고 평생을 어찌 편안히 살기를 바랄 수 있었겠느
냐, 고. 그래서 지금까지 말하지 못했었다고.

　그 여자가, 무의식 속에 깃든 바람을 타고 무서운 본능이
이끄는 대로 그 기억 속의 작은 목조 이층집과 검정 고무신을
벗어놓고 죽은 자신과 똑같이 생긴 어린 영혼 속으로 희귀해

가는 과정은 처절했다. 한 생이 파괴당해가는 자리에서 태어났던 또다른 생에 대한 암시. 그 여자의 심연에서 흘러나왔던 한숨과 절규가 내게 왜 그렇게 친숙하게 다가왔었는지 모를 일이다.

최은수를 알게 된 후 봄산에 지천으로 피어나는 진달래를 보게 되면 진저릴 쳤다. 어느 봄날, 또다시 처절한 기억이 부르는 소리로부터 마음을 수습지 못한 그 여자가 정류장을 지나치고 지나쳐서 이르게 된 야산. 꽃과 무덤과 골의 이쪽 저쪽에서 들리는 뻐꾹새 울음소리들이 엉겨 있던 봄날의 야산. 낮술이 벌겋게 오른, 진달래 꽃잎을 먹고 있던 사내들. 시큼한 냄새를 풍기던 땅딸한 사내들에게 그 여자가 반항하길 포기했을 때 희디흰 햇볕 속에서 그 여자의 시야를 가득 메운 건 바위 벼랑의 진달래였다. 그 섬광 같은 순간에 나는 그 이전까지의 내가 지녔던 진달래에 대한 이미지들을 빼앗겼다. 너무 일찍 오정희를 읽기 시작한 대가였다. 하늘을 두고 달을 두고 야산을 두고…… 헤쳐놓고 싶은 폭력을 유발시키는 진달래숲을 두고 창문을 닫는다.

*

자동차가 춘천가도로 접어들었다. 간밤 내린 비 탓에, 초봄의 먼산은, 아직 잠 깨지 않은 꽃들을 안에 숨기고 해맑은데, 돌연 가슴이 벅차왔다. 내 집 앞에서 약속을 했으면서도 동행자를 삼십 분씩이나 기다리게 한 미안함과, 지난밤 설친 잠 때문에 개운치 못한 머릿속이, 춘천가도에 접어들자 그제서야 개었다. 이 길 어디쯤에서 모습을 드러낼 춘천. 평일의 고속도로는 막힘이 없다. 연초록의 산빛들이 뒤로 뒤로 물러난다. 춘천. 내게 춘천은 호반의 도시가 아니라 작가 오정희가 사는 곳, 이었다. 원주가 치악산이 있는 곳이 아니라 작가 박경리가 사는 곳이듯. 그래서 아무 연고도 없는 춘천이나 원주를 생각하면 마음이 설렜다. 그 설렘 속에는 해와 달을 같이 보듯, 생의 발랄함과 비의가 동시에 깃들곤 했다.

삼 년 전이라고 기억되는 어느 날에 시외버스를 타고 이렇게 춘천가도를 달렸던 기억이 났다. 그때도 오정희 선생 댁엘 찾아가는 길이었다. 그 무렵, 서른을 앞두고 나는 애가 달아 있었다. 인생에서 서른을 엄청난 나이로 정해놓고 있었던가. 아무 변화도 없이 지난날의 나를 무찌르듯 다가온 서른 앞에서 나는 쩔쩔매고 있었다. 그 무렵 만난 아는 분이 오정희 선생 댁엘 갈 거라고 했다. 오정희, 라는 이름을 듣는 순간 나는 나를 동행시켜달라고 그에게 부탁을 했다. 그때 그랬다. 왠지 그분을 만나고 나면 두렵기만 한 서른맞이가 대수롭지 않게 여겨질 것 같았다. 그때껏 나는 먼발치에서도 그를 본 적이 없었다.

처음 그를 만났을 때 그는 잊지 않고 내 첫 책에 대한 이야기를 해주었다. 작가란 누구나 첫 책에 자신의 유년 체험이 드러나는 모양이라고, 거기서부터 시작이 아니겠느냐고. 나는 그를 만나고(아는 분과 선생이 나누는 얘기를 옆에서 들었을 뿐이지만) 돌아오면서 서른 따위는 인생에서 아무것도 아니다, 한낱 사춘기에 지나지 않는다, 스스로 단단해지려고 애썼다.

그날 그 집을 나올 때 내 손엔 커피잔이 들려져 있었다. 대화가 끊기는 어색함을 벗어나보려고 커피잔이 예쁘다고 서너 번 말하게 되었는데, 집을 나올 때 선생은 그 찻잔을 싸주셨다. 나는 그 찻잔을 선반에 따로 올려놓고 오랫동안 내 전용 잔으로 썼다. 소설에 전념해보겠다고 돈벌이가 되던 일을 무작정 청산하고 방에 돌아왔던 오후에, 침대가 공중에 매달려 있던 그 어두운 방에서 한밤중에 깨어났을 때, 나는 선반에서 그 찻잔을 꺼내와 커피를 타 마셨다. 함께 살던 여동생이 그 잔에 커피를 타서 마시려 하면 나도 모르게 성을 내곤 했다. 그 찻잔을 애지중지 가지고 다니며 그사이 세 번 이사를 했다. 마지막 이사 때 그만 찻잔을 깨뜨려버렸다. 깨진 잔을 보는데 눈물이 쏙 솟아났었다.

자동차는 아직 차단기가 사용되는 철길을 건너간다. 노란 차단기가 60년대를 떠올리게 한다. 뎅그렁뎅그렁 종소리가 귓가에 스민다. 종소리의 여운이 내가 작가 오정희에게 있어서 낯선 방문객이라는 걸 깨닫게 한다. 너무나 친숙하게 느껴지는데 생각해보면 그분을 뵈었다고 할 수 있는 건 그때 한 번뿐이다. 처음 출판사에서 오정희를 찾아서, 란을 위한 춘천행을 타진하는 전화를 걸어왔을 때 아니에요, 아니에요, 라고 손을 내저었다. 일거리를 가지고 그를 만나기가 두려웠다. 야릇한 인간의 심리. 그를 흠모하는 것도 그 앞에 나서지 못하게 하는 작용을 한다. 어째서가 아니라 흠모해서, 그래서. 아직도 면역이 되지 못한 낯 붉어짐이나 돌연한 불안이나 조바심들을 어떻게 감당하려고 그 집을 향해 이렇게 가고 있는지.

그 집은 차단기가 있는 철길을 건너가자 곧이었다. 그는 고층 아파트의 적요 속에 혼자 있었다. 일하러 왔다 생각하지 말고 재미나게 놀다가 가요. 내 마음을 다 읽고 있는 배려. 춘천에서 벌써 십칠 년인데…… 아직도 여기가 낯선 곳 같고 외지인 같고 그래요. 그는 웃는다. 밝고 화사하다. 소박하고 부지런해 보이기까지 하다. 어디에 있었어도 그는 같은 말을 했을 것이다. 그가 유년을 보낸 인천의 그 중국인 거리에서 지금까지 살았다 해도. 그가 완벽하게 그의 글쓰기 이외의 살림 속으로 들어가 있었을 때조차 그건 그래 보였을 뿐 그 자신 안의 또다른 그는 내가 지금 여기에서 뭘 하고 있지? 반문

하고 있었을 것이다. 문득 고미석씨의 말이 떠오른다. 오정희 선생은 글을 읽으면 가까이 가기가 굉장히 힘들 것 같은데 실지로는 사람을 얼마나 편하게 해주는지 몰라, 당신도 좀 그래라, 했었다. 삶의 섬광 같은 순간들을 도저한 섬세함으로 포착해내서 인생의 양면을 섬뜩하게 드러내놓는 그의 문체를 대하다보면 그를 사랑하게 되거나 그를 외면하고 돌아서지, 중간이 없을 것 같다.

그의 손을 본다. 해도 해도 끝이 없을 살림을 살며 아무도 모르게 혼자만의 시간에 문장을 낳고 낳았을 그의 손. 어쩐지 나는 알 것 같다. 그가 현실에서 보여주는 편안함과 소박함, 그가 글 속에서 보여주는 예리함과 까탈스러움이 따로따로가 아님을. 한 사물의 안과 밖처럼 한 생명의 생과 죽음처럼, 현실 속의 그와 글 속의 그가 한 몸임을. 여기에서 저기까지를, 갓난애에서 늙은이까지의 세계를, 동시에 한 등에 업고 있는 분임을.

가죽의자가 베란다를 향해 놓여 있다. 방금까지 그가 앉아 있었을지도 모를 의자가 향하고 있는 창으로 덤불과 잡목이 우거진 야산이 멀리 내다보인다. 그 야산에 햇살이 투명하다. 이 의자에 앉아 저 햇빛을 바라보시고 계셨는가. 그의 소설 속에서 빛은, 특히 햇빛은, 적요를 동반한 섬뜩한 비수였다. 세상을 환히 비추는 햇빛은, 그에 의해서 숨이 막히고 질식할 것 같은 비의로 재생되어 삶의 덧없음과 진부함과 권태로움을 예리하게 찌르며 긴장시킨다. 그 야산의 햇살을 물리치듯이 유난스럽게 커 보이는 가족사진이 거실에 식당에 한 점씩 걸려 있다. 서로 손을 잡고 있거나 어깨에 손을 얹고 있다. 스냅사진을 확대시켜놓은 것도 아니다. 아마도 마음먹고 일부러 사진관에 가서 찍은 것 같다. 그들은 모두 웃고 있으나 그들의 포즈에선 사진사의 연출이 느껴진다. 사진 속의 식구들은 너무 단정해서 그 넷 이외에 다른 사람들이 끼어들지 못하게 하는 완강함마저 풍긴다. 가족사진을 바라보는 내 눈길을 느꼈는지 그는 이사 오던 날 부려놓은 그대로 그 자리에 두었다고 말한다. 그런데 그 자리라는 것이 현관에서 들어오는 사람이면 맨 처음 정면으로 보게 되는 자리다. 내방객들의 첫 시선이 머무는 자리라는 걸 그가 모를 리가 있겠는가. 처음엔 어떻게 하다보니 거기 두었을 것이고, 나중엔 다른 자리로 옮겨놓고 싶은 마음이 없어졌을 것이다. 내 마음을 짐작하는지 그는 그 가족사진이 그저 가족으로서의 행복한 한때를 보여주는 사진으로만이 아니라 삶과 문학의 한 상징으로 다가온다고 했다. "감춤과 드러냄, 순종과 반역, 참 반듯하고 단정한 삶에의 욕구와 파괴 탈출의 욕구 등 상반된 욕망이 극단적으로 길항하는 자리에 글쓰기, 내 소설이 생겨납니다. 어느 것이 더 진실이고 진정한 가치인가를 가리거나 따질 수 있는 것이 아니겠죠." 그러니까 유난스레 다정해 보이고 단정한 가족사진은, 그것으로부터 일탈해서 일궈내지는 그의 문학의 경계선인 셈이다. 그래서 현관문을 열고 들어오자마자 가족사진을 봐야 한다는 게 내방객으로 하여금 그 집의 분위기에 끼어들었다는 마음을 상기시킬 걸 알면서도 다른 자리를 찾아주지 않은 것인가. 나는 사진 앞으로 가서 작가 오정희의 가족들을 세밀하게 들여다봤다. 그들의 다정하고 깔끔한 모습 속엔 행복이 깃들어 있었다. 더 세밀히 들여다봤다. 그들의 웃고 있는 얼굴과 의복들은 아주 미세하게 손질되어 있다. 그랬을 것이다. 그토록 단정하려면 수정과 가필이 불가피했을 것이다. 그의 문학이 완벽하게 우리에게 읽힐 때까지 한밤중에 책상 앞에 불을 켜고 앉은 그의 손이 수정에 수정을 거듭 거듭했을 것과 마찬가지로. 그의 가족사진은, 너무 완벽하게 다듬어져 있는 것으로 해서 내 마음을 아프게 했다…… 꽤 오랫동안 소설을 쓰지 못하는 중에도 그는 매일 똑같이 집안 살림을 되풀이했을 것이다. 어쩌면 글을 쓰지 못하는 마음을 보상받듯이 살림에 윤을 내고 완벽을 기했으리라. 글쓰기 바깥의 삶에 대한 의미와 가치를 충분히 인정하는 그이기에, 글을 쓰지 못했던 시간 동안 그가 감수해야 했던 마음의 분란은 더욱 팽팽했을 것이다. 알고 있지 않은가. 그가 피묻은 밑알처럼 내놓는 문장들은 일상을 배반하지 않고는, 범속성에 살의를 느끼지 않고서는 나올 수 없는 것들임을.

　그의 이력에 뜻밖에도 정구부 선수 시절이 끼어 있다. 잠깐도 아니고 삼사 년씩. 오정희와 정구 선수는 그에게서 풍겨나오는 이미지에 또 한번 파문이 일어난다. "나는 눈에 띄지 않는 아이였죠. 형제가 많았지만 지독히 외로움을 탔는데 아주 어렸을 땐 자폐에 가까울 정도로 순종하고 말수가 적었다고 해요. 그땐 마음속에 언제든지 집을 나가버리면 그만이라는 고아의식을 품고 있었지요. 그러다가 굉장히 사나와졌어요. 콩나물이나 두부 같은 걸 사러 가면 사방이 깜깜해지도록 집에 돌아가지 않았는데 식구들 중 누가 찾으러 나와 손목을 이끌 때까지 시장통 사람들과 싸우느라고 그랬어요. 국민학교 삼학년 가을에 오늘 아침이라는 제목으로 경기도 내 백일장에서 특선을 했는데 시상식날 아침에 머리 깎으러 이발소에 갔다가 이발사와 싸우느라 시상식에도 참석을 못 했다니까…… 별명이 싸움닭, 쌈패, 여맹위원장이었다면 말 다했죠. 상대를 안 가리고 달려들어 내 얼굴 남의 얼굴이 손톱 자국을 남기고 머리털도 한움큼씩 뽑고…… 그 시절을 생각하면 지금도 얼굴을 돌리고 싶어진다니까요. 아버지는 돌아가실 때까지 나의 글쓰기에 대해 못마땅해하셨죠. 문학을 하면 불행해진다, 고 생각하셨던 것 같아요. 처음엔 몸이 약하다고 하시며 정구 하기를 권유했는데 그게 아니었어요. 정구 선수로서는 체격 조건이 어림도 없었지만 정구 코치 선생이 아버지의 옛 친구였던 관계로 특별히 청을 넣어서 들어가게 되었는데 나중에 그러시더군요. 문학을 하겠다고 나설 것이 싫어서 그랬다구요. 어쨌건 삼 년간 죽어라 라켓을 휘둘렀는데 사일구의 물결도 정구 연습하다가 총소리도 듣고 데모 군중도 보았죠."

고교 졸업까지의 자신의 모습을 그는 '저녁에 밥이 아닌 죽을 먹게 될 것에 낙심해서 마루 끝에 앉아 쿨적쿨적 우는 아이, 한밤중에 우물을 들여다보는 아이, 벽장 속에 숨어 화투를 치는 아이, 등록금을 주머니에 넣고 교복 스커트 위에 언니의 블라우스를 입고 어디론가 달아나려는 궁리로 서울역 주변을 배회하는 아이'로 기억한다. 그러면서 과거에 대한 그리움이나 애틋함은 없다고 말한다. 묵은 짐들을 헤쳐보아도 스무 살이 되기 이전의 사진은 한 장도 남아 있는 게 없고, 옛날을 떠올리게 하는 편지 일기 낙서쪽 하나 찾을 수 없다고. 그렇다면 그의 글 속에 나타나는 생에 대한 비극적인 인식이나 불행감의 근원은 어느 과거에서부터 흘러들었을까. 그의 기억에 가장 오래 남아 있는 집은 인천 시절의 적산가옥. 가장 최근에 모 출판사에서 기획한 문학앨범 때문에 사진을 찍기 위해 그곳을 다시 가봤었다는 그는, 중국인 거리에 나온 인물들이 아직도 그곳에 살고 있더라고, 그 집터를 찾아낼 수 있었다고 말하면서도 그것을 크게 기뻐하는 것 같진 않았다. 그 여정을 소설로 한 편 만들어볼 수는 있을 거라는 생각은 했다고. "그곳에서 살 때 학교에서 돌아오는데 남동생이 나를 부르다가 발을 헛디뎌 아래층으로 굴러떨어졌던 일이 있었죠. 다친 남동생을 병원으로 데려가는 와중인데 누군가가 나를 향해 너 때문이라고 하더군요. 그 말이 주었던 두려움과 죄의식은 대단했어요. 병원에서 그애를 바라보며 이애가 죽는다면 나도 죽어버리겠다고 생각했죠. 그러면서 만약 살아난다면 언제까지나 내가 이애를 보호하겠다고 맹세도 했었고." 그 동생은 곧 나았지만 곧 막내동생의 죽음이 이어졌고 그때 발생된 모성본능과 죄의식은 그를 오랫동안 사로잡았다. 그 사로잡힘이 탄생시킨 작품이 완구점 여인. 등단작이기도 한 완구점 여인을 두고 그는 손볼 데가 많은 작품이라고 했지만 죽은 동생의 환상과 어머니에 대한 증오심으로 달팽이처럼 한껏 움츠린 소녀가 휠체어를 타고서 오뚝이를 파는 완구점 여인과 나누던 춘화와도 같은 고독한 사랑은 희귀한 감동을 주었다.

나의 이십대의 얼마간은 오정희로 인해 유지되었다고 고백하려다가 참는다. 어쩌면 그건 나만이 아닐 것이다. 글쓰기에 꿈을 둔 나와 비슷한 연배들 중의 얼마간은 다들 그랬을 것이므로. 최루가스의 거리와 예술론의 강의실 어디에도 마음을 못 붙이고 선배작가들의 작품을 내 노트에 옮겨보는 일로 나의 회색을 참아냈던 시절, 가장 빈번하게 옮겨졌던 소설이 그의 작품들이었다. 강의실을 떠나 도서관의 문학실에서 전갈 같은 한때를 보낼 때도 옆엔 늘 오정희가 있었다. 그가 구사해내는 언어의 적확함은 마치 자석의 플러스처럼 의식 여기저기에 흩어져 있는 내성들을 불러들였다. 주술에 가까운 정교하고 치밀한 그의 문장들이 일구어낸 생(生)이 사그라들다 침묵이 되다 절망이 되다 결국은 미학의 정점을 향해 타오르는 걸 보며, 나는 은밀하게 이루어지고 부서져가는 삶의 비밀들을 감지해나갔고, 그럼에도 '우리 가슴으로 흘러드는 한 조각의 빛'이 존재함도 믿게 되었다.

결혼 이후, 아이를 낳아 기르는 동안, 그는 가족 누구에게도 글을 쓰는 모습을 보이지 않으려고 애써왔다. 빈 원고지의 공포 앞에서 '한숨 쉬고 참담하고 가슴 두드리는' 모양을 내보이기도 싫었고, '작가는 오로지 나 혼자만의 몫'이니 그것만은 온전히 자신의 것으로 누리겠다는 주장도 섞여 있는 행위였다. 동인문학상을 수상하기 전까지 그의 이웃이나 주변 사람들이 그가 작가라는 걸 까마득히 몰랐다 하니, 그가 작가 오정희와 일상인 오정희를 얼마나 철저하게 구분해서 살았는지를 짐작할 일이다.

식구들이 모두 잠든 틈에, 더이상 주부로서의 그의 손이 쉬어도 될 시간에만 원고지 앞에 앉다보니 그건 늘 자정 이후에나 가능했다. 빈 집의 우렁이색시가 아무도 모르게 밥을 지어놓으려고 우렁 속에서 나오듯, 가족이 모두 잠든 자정이 지나서야 책상 앞에 가서 앉을 수 있었다면 더이상 그를 향해 왜 좀더 많은 글을 내놓지 않느냐고 말할 수도 없어진다. 그러면서도 그는 스스로 일상생활도 작가생활도 철저하게 하지 못했다고 말한다.

선생님 아이를 업고 많이 다니셨죠? 라고 묻자, 그는 멋쩍게 웃는다. "어느 날인가는 아이를 업고 서점에 갔었나봐요. 아마 누가 나를 알아본 모양인데 내가 바지를 접어 입고 아이를 업고 책을 읽고 있더라고……"

아이를 업고 있는 오정희.

내가 아이를 업고 있는 그의 모습을 목격해서 물어본 말은 아니었다. 어느 무더운 여름날에 등에 아이를 업고 서울 어느 가로수 밑을 부지런히 걸어가더라는 애기를 누군가로부터 전해듣긴 했다. 아이를 업고서 무거워 보이는 짐보따리를 손에 들고 있었다고 해서 나는 가슴이 짠했었다. 그러나 그 때문에 한 질문도 아니었다. 그가 아이를 잘 업고 다녔을 거라는 생각은 그의 소설이 하게 만들었다. 저녁의 게임의 이층에 사는 여자가 아이를 업고 어르는 소리, 작은 지방도시의 병원 원장 집 뜰에서 있었던 어느 날 밤의 진부하고 공허한 야회어서 일찍 일어난 명혜가 아이를 업고 언덕 위의 집을 걸어나오는 장면들을 읽어서일 것이다. 명혜는 등에 업은 아이를 아예 돌려 안고서 아이의 귓불을 잡아당기며 독백을 한다. 괜찮아. 곧 집에 갈 수 있게 될 거야, 보잘것없는 사람들의 더러운 모임이야. 조금만 쉬었다가 가자. 이상하지? 난 어릴 때는 어른들은 아무것도 모르는 게 없을 거라고 생각했는데 이렇게 어른이 되었어도 밤이 되면 가끔 집에 가는 길도 잃어버리다니.

그는 지난 1984년에서 1986년 사이 뉴욕주립대 교환교수로 나가는 남편을 따라 근 이 년간 미국에 체류했을 때를 이렇게 회상한다. "그리웠던 건 음식도 사람도 아니었어요. 해 저물녘의 우리나라 야산들이 그렇게 그립더군요. 야트막한 능선이나 잡목숲들 그 사이로 난 길들이 눈앞에서 아른아른 거리는 게……" 그가 말하는 야산은 특정한 어느 곳이 아니라 우리나라였을 것이다. 광활할 것도 우람할 것도 없는 야트막한 우리나라의 산과 들. "그곳에서도 내내 한 줄의 글도 못 썼죠. 이 토양을 떠나자 말은 머릿속에서 들끓기만 했지 글로서의 생명력과 함께 현실감을 잃었어요. 마치 나 자신마저도 화석이 되어버리는 듯한 그런 두려움을 느꼈지요. 정신적 공황이랄까, 하는 것이 찾아오더군요." 그때의 정신적 공황을 그는 파로호를 발표한 후 근 오 년 동안 다시 느꼈다고 했다. "내가 어느새 사십대 중반을 넘기고 있었고, 글쓰기의 열망이

사라진 것은 아닌가 싶어 고독했습니다. 좋은 작품 열심히 쓴
작품들을 읽으면 가슴이 아팠지요. 쓰겠다는 말만으로 일생
을 보내게 될지도 모른다 생각하면서 종일 우두커니 앉아 있
기도 했어요. 걸레질 빨래 설거지 들을 하면서는 나 스스로에
게 들으라고 큰 소리로 혼자 외치곤 했죠. 나는 소설가다!"

오랫동안 소설을 쓰지 않음으로 해서 그를 사랑하는 사람
들을 안타깝게 하던 그는 우물에 금빛 잉어를 담아가지고 돌
아왔다. 사소한 여자의 삶을 신화로 승화시켜서. "옛우물은
소설쓰기로 다시 한 발 내딛어보기 위한 작업이었어요 소설
쓰기의 두려움과 주눅듦에서 벗어나려는 안간힘의 소산이었
다고나 할까." 나는 옛우물을 푸른 새벽에 읽었다. 돌아온 그
가 바닷속 산호 같다고 생각했다. 어느 장에서나 펼쳐지는 삶
의 중첩된 이미지들은 신새벽 푸른 우물 속에서 펄떡이는 금
빛 잉어 같았다. 남루했던 여자들이 그가 짠 언어의 옷을 입
자 푸르게 빛이 났다.

그 여름, 나를 찾아온 그의 전화를 받았을 때 나는 아이에
게 젖을 먹이고 있었다. 허둥대는 어미의 기색을 본능적으로
느낀 아이는 필사적으로 젖꼭지를 물고 놓지 않았다. 진저리
를 치며 물어뜯었다. 이가 돋기 시작한 아이의 무는 힘은 무
서웠다. 아얏, 나도 모르게 비명을 지르며 아이의 뺨을 후려

첫다. 불에 덴 듯 울어대는 아이를 떼어놓자 젖꼭지가 잘려나
간 듯한 아픔과 함께 피가 흘러내렸다. 아이의 입에도 피가
묻어 있었다. 브래지어 속에 거즈를 넣어 흐르는 피를 막으며
나는 절박한 불안에 우는 아이를 이웃집에 맡기고 그에게 달
려나갔다.

피가 흐르는 젖꼭지에 거즈를 댄 어미가 별과 꽃이 난만한
밤에 죽은 그를 만나러 가는 걸 보며 나는 책에서 눈을 거두
고 일어섰다. 더는 읽을 수 없게 휘몰아치는 생에 대한 절박
함. 방 안을 이리저리 날이 밝도록 서성였다. 그는 줄 끊어진
두레박을 타고 푸른 우물의 가장 밑바닥까지 내려갔다 온 듯
했다. 상실의 깊은 멍으로부터, 그 깊디깊은 어둠의 심연으로
부터, 금빛 잉어 한 마리가 지느러미에 묻은 푸른 물방울을
털어대며 삶의 표층으로 솟아오르는 환각을 보았다.

그런 그가 현재의 자신의 심정을 권태스럽고 초조한 나날,
이라고 표현한다. 권태와 초조. 순종과 반역만큼이나 상반된
욕망. 오전 일곱시 반이면 식구들이 모두 집을 나가므로 그때
부터 혼자인 그는 권태와 초조가 서로 길항하는 자리에서 온
종일 혼자 앉아 있기도 하고 온종일 글을 쓰기도 한다고 했
다. 온종일 써도 원고지 한 장이 채워지지 않을 때도 있지만,
어렵게 소설로 돌아온 그는 쓰는 기쁨과 고통을 더이상 가질

스 없으리라는 생각에서는 빠져나온 것 같다고 한다. 그 자신, 글을 쓰지 않는다는 건 '삶을 바라보는 방법, 인생을 경영해 나가는 방법을 잃는다'는 뜻임을 절박하게 깨달았으므로.

여전히 삶에 뿌리를 두지 않는 상상력, 추체험들을 그리 신뢰하지 않는 편이며 그건 자신에게도 적용된다고 했다. '내가 쓰는 글과 삶은 별개의 것이 아니다. 지나치게 개인적이라거나 보편성의 부족들의 혐의와 비판을 수긍하면서도 나 자신과 개인적 체험을 질료로 하는 글쓰기를 벗어나기는 아마 당분간 쉽지 않을 듯하다'고. '내게 있어 소설이란 만들기보다 자신 속에서 생겨나는 것이기를 원하는 탓인지 내가 그 동안 써온 소설들을 읽어보면 나, 오정희를 주어로 내세워 토로하는 어떤 글들보다 더 자신의 모습이 그 소설을 쓸 때의 심리나 상황 나아가 살아온 자취가 어쩔 수 없이 확연히 브인다'고. '아무리 별개의 소재 인물을 다룬다 할지라도 작가에게 있어서 그가 쓰는 소설은 어차피 자전적인 것이 아닌가 하는 말로 변명을 한 적이 있다'고.

"건너편에 전상국 선생이 사시는데 요즈음 들꽃에 즐거움을 붙이셨어요. 베란다 가득 산에서 한 뿌리씩 캐온 들꽃들을 기르시는데 아침에 들꽃들에게 물을 줄 때 그 신선함을 들여다보고 있으면 아무 일도 하고 싶지가 않으시다고 하시면서 내게도 얼마를 나눠주시겠다셔서 싫다고 했네요." 왜요? 선생님도 그 들꽃에 반할까봐 걱정이세요? 되물으니 나지막이 웃으신다. "문학이 구원이 되리라고 생각하지는 않지만 달리 할 줄 아는 일도, 하고 싶은 일도 없으니 다행이라고 생각하고 있어요." 다행이다, 는 그의 말이 다시 되새겨진다. 예전에도 지금도 앞으로도 그 자신이 가장 원하는 것이 글쓰기임이 분명해지는 순간이다. "장차 어떤 소설을 쓰게 될지는 모릅니다. 막연한 예감은 있지만 예감은 왕왕 얼마나 우리를 배반합니까. 또한 예감이란 기대, 잠재적 열망의 다른 이름이죠. 나는 다만 되돌이킬 수 없는 것들을 뒤에 두고 내 앞의 생과 더불어 무언지 모를, 그 끝이 가 닿는 곳까지 가보려 할 뿐이에요."

거실에 불을 켜야 할 만큼 어스름해졌을 때 초인종 소리가 울리고 그의 가족사진 속의 한 가족이 바깥으로부터 돌아왔다. 오셨어요! 휘장 저편으로 사라지듯 그의 가족은 담담히 인사를 받으며 안쪽으로 자취를 감춘다. 새삼 나는 그의 가족이 아니라 방문객이었음을 깨닫는다. 찻잔 얘기를 꺼낸다. 찻잔에 대한 내 사랑을 고백하자, 그는 그때 그 찻잔과 같은 찻잔을 꺼내와 다시 싸준다. 이제 같은 건 없네. 깨먹지 말아요. 찻잔을 받으며 선생님 기가 제게로 다 몰려올 거예요, 나는 염치도 좋게 싱글벙글거렸다.

도시로 돌아가려고 자동차를 세워둔 곳으로 나오자 덤불숲으로 이루어진 야산 쪽에서 어스름녘의 찬바람이 휘익, 몰아

쳤다. 자동차 바깥에 서서 손을 흔드는 그의 모습이 바람에
흔들린다. 한나절을 그의 표현대로 앉아서 놀았던 그 공간이
그의 집이었던가? 시동이 걸린 자동차가 그의 집 앞을 출발
하려 할 때다. 작별인사까지 나눴는데, 돌아가려는 자들은 우
리이고 배웅 나온 이는 그인데, 정작 떠나려 하는 자가 그 같
다. 못내 아쉬워 저만큼서 돌아다봤다. 그가 입은 치마 밑에
한 번 정갈하게 접어 신은 카바양말이 정지된 화면처럼 눈에
차오른다. 몸을 바로하다가 나는 무엇엔가 이끌려 다시 그를
쳐다봤다. 바람 속에 서 있던 그가 잠시 두 팔을 내젓는다. 누
군가를 부르는 것 같다. 그와 점점 멀어지면서 그가 부르는
소리를 들어보려 귀 기울인다. 누구를 부르시는가. 바람의 넋
인가, 그의 너무 깊은 속으로 들어가 이제는 사라져버린 듯이
보이는 유년인가, 바람 속에 서서 그가 부르는 이가 누구이든
넋이여, 그리움 잠재우고 그에게로 돌아가라.

*

책상 앞에 앉아 있다가 문득 나가서 치과엘 갔다. 이따금,
물도 못 마실 만큼 시린 이가 치명적인 병처럼 느껴질 때가
있다. 간호사와 잡담을 나누고 있던 여의사는 나를 진찰대에
눕게 하고 내 입 안을 이리저리 살펴본다. 내 이 속에 쓸데없

는 사랑니가 왼쪽 오른쪽에 두 개나 나 있다고 뽑아야 한다고
한다. 나는 어물어물 없으면 허전할 것 같으니까 그냥 놔두겠
다고 한다. 속으론 이 화사한 봄날에, 이를 뽑고 전전긍긍하
기가 싫어서지만. 그냥 놔두면 옆의 이를 상하게 해요. 그제
서야, 무력해져서는 아프겠지요? 묻는다. 백만원 주면 안 아
프게 뽑아줄게요. 붉은색 스웨터 위에 흰 가운을 덧입으면서
여의사는 사월처럼 웃었다. 다시 진찰대에 드러눕는데 창에
쳐진 블라인드 사이로 아까는 보지 못했던 야산이 내다보인
다. 거기 진달래가 또 분분히 피어 있었다.

이를 빼낸 허전한 자리에 피를 먹는 솜을 꽉 물고 치과를
나왔다. 타타타, 포클레인이 산을 깎고 있다. 열쇠를 따고 들
어와 주전자에 물을 받고 가스레인지의 불을 켠다. 그날 춘천
에서 돌아와 내 책상 위에 얹어놓은 찻잔에 더운 물을 부어
어렵게 한 모금 마시며 찻잔에 새겨진 청남빛 무늬들을 들여
다본다. 문득 오정희라면, 생각한다. 손님이 나 혼자뿐이던
치과 안의 적요며, 사월의 붉은 야산이며, 타타타 터널을 뚫
는 기계 소리들 속에서 그라면 어떤 익명 하나를 존재론적인
차원으로 끌어올렸으리라, 고.

오정희라면, 이라고 생각하는 게 처음이 아니다. 그를 읽기
시작하면서부터 너무 아름다운 것이나 너무 조용한 것과 맞
닥뜨릴 때, 어떤 섬뜩함에 뒤돌아보게 될 때, 아이를 업고 가

는 젊은 여자의 뒷모습을 볼 때, 비 내리는 한적한 시골 학교 운동장을 가로질러갈 때나, 오래된 목조계단을 내려올 때에도 문득 오정희라면, 생각했다. 그라면 처처에 도사린 말해질 수 없는 삶의 이물스러움과 비애와 초조들을 흔들어서 작품으로 만들어놓으리라고.

피를 먹은 솜을 뱉어내고 새 솜을 꾹 깨물면서 그의 가장 최근작인 새를 펼쳐본다.

골목을 향한 창에 보자기를 치는 소녀의 가슴속에 검은 고독이 출렁인다. 아랫목엔 새가 되어 날기를 꿈꾸던 조그마한 동생이 썩어가는 시체로 누워 있다. 먹먹해진 가슴으로 소녀는 중얼거린다. 이 세상에 한번 생겨난 것은 절대로 없어지는 법이 아니라고, 먼 옛날의 별빛을 이제사 우리가 보는 것처럼 모든 있었던 것, 지나간 자취는 아주 훗날이라도 그것을 기다리는 사람들에게 나타난다고 연숙 아줌마가 말했다, 고.

피를 먹은 솜을 뱉어내고 새 솜을 꼭 깨문다.

신경숙

1985년『문예중앙』신인문학상에 중편소설「겨울 우화」를 선보이며 작품활동을 시작한 이래 소설집『겨울 우화』『풍금이 있던 자리』『오래전 집을 떠날 때』『딸기밭』『종소리』『모르는 여인들』, 장편소설『깊은 슬픔』『외딴방』『기차는 7시에 떠나네』『바이올렛』『리진』『엄마를 부탁해』『어디선가 나를 찾는 전화벨이 울리고』『아버지에게 갔었어』, 짧은 소설『J 이야기』『달에게 들려주고 싶은 이야기』, 산문집『자거라, 네 슬픔아』『요가 다녀왔습니다』, 한일 양국을 오간 왕복 서간집『산이 있는 집 우물이 있는 집』등을 펴냈다.『엄마를 부탁해』가 미국을 비롯해 41개국에 번역 출판된 것을 시작으로 다수의 작품들이 영미권을 중심으로 유럽과 아시아 등에 출판되었다. 국내에서 오늘의 젊은 예술가상, 한국일보문학상, 현대문학상, 만해문학상, 동인문학상, 이상문학상, 오영수문학상, 호암상 등을 받았으며『외딴방』이 프랑스의 비평가와 문학기자가 선정하는 '리나페르쉬 상'을,『엄마를 부탁해』가 '맨 아시아 문학상'을 수상했다.

문학동네 산문집

아름다운 그늘

ⓒ 신경숙 2011

1판 1쇄	1995년 6월 20일
1판 4쇄	1995년 10월 30일
2판 1쇄	2004년 6월 15일
2판 3쇄	2007년 3월 17일
3판 1쇄	2011년 11월 23일
3판 8쇄	2022년 11월 30일

지은이 신경숙

책임편집 조연주 | 디자인 송윤형 유현아
마케팅 정민호 이숙재 박치우 한민아 이민경 안남영 왕지경 김수현 정경주
브랜딩 함유지 함근아 김희숙 고보미 박민재 박진희 정승민
제작 강신은 김동욱 임현식 | 제작처 상지사P&B

펴낸곳 (주)문학동네 | 펴낸이 김소영
출판등록 1993년 10월 22일 제2003-000045호
주소 10881 경기도 파주시 회동길 210
전자우편 editor@munhak.com | 대표전화 031)955-8888 | 팩스 031)955-8855
문의전화 031) 955-2689(마케팅) 031) 955- 2675(편집)
문학동네카페 http://cafe.naver.com/mhdn
인스타그램 @munhakdongne | 트위터 @munhakdongne
북클럽문학동네 http://bookclubmunhak.com

ISBN 978-89-546-1664-5 03810

* 이 책의 판권은 지은이와 문학동네에 있습니다.
  이 책 내용의 전부 또는 일부를 재사용하려면 반드시 양측의 서면 동의를 받아야 합니다.

잘못된 책은 구입하신 서점에서 교환해드립니다.
기타 교환 문의: 031) 955-2661, 3580

www.munhak.com